LOS ADIOSES PÓSTUMOS

SERGIO VILLANUEVA

LOS ADIOSES PÓSTUMOS

algaida

Imagen de cubierta: García Poveda

Primera edición: 2024

Avda. San Francisco Javier, 22
41018 Sevilla
Teléfono 95 465 23 11. Telefax 95 465 62 54
e-mail: algaida@algaida.es
ISBN: 978-84-9189-891-7
Depósito legal: SE. 339-2024
Impreso en España-Printed in Spain

PAPEL DE FIBRA CERTIFICADA

Índice

A Rosa

«Cuando muere, todo el mundo debe dejar algo detrás, decía mi abuelo. Un hijo, un libro, un cuadro, una casa, una pared levantada o un par de zapatos. O un jardín plantado. Algo que tu mano tocará de un modo especial, de modo que tu alma tenga algún sitio adonde ir cuando tú mueras, y cuando la gente mire ese árbol, o esa flor que tú plantaste, tú estarás allí. No importa lo que hagas —decía—, en tanto que cambies algo respecto a como era antes de tocarlo, convirtiéndolo en algo que sea como tú después de que separes de ellos tus manos. La diferencia entre el hombre que se limita a cortar el césped y un auténtico jardinero está en el tacto. El cortador de césped igual podría no haber estado allí, el jardinero estará allí para siempre».

RAY BRADBURY
Fahrenheit 451

I. ECLIPSE

1

ECLIPSE DEL 3 DE OCTUBRE DEL AÑO 2005. MADRID, 10 horas, 55 minutos, 56 segundos. El parque del Retiro comienza a ser cubierto por un frío irreconocible. Hay un cambio súbito de textura en la luz matinal. Van surgiendo por los alrededores rostros en silencio con especiales lentes bicolores, como de juguete, azules y rojas. Son gafas cuadradas de papel que impedirán el posible daño en los iris y las córneas. Algunos se prestan al envite estelar ejerciendo de druidas con zapatillas y vaqueros, manejando pueriles inventos con improvisados telescopios y extrañas ópticas. Los hay que se abrazan, en plena comunión de mutismos y sonrisas. Quizá porque no saben hacerlo un día normal. Quizá porque el violeta reina calladamente de un modo denso y puro en los semblantes de ciertos niños maravillados y rubios. Los ramajes de abedules y pinos se mimetizan en sombras extrañas en los caminos que circundan el Palacio de Cristal. Rebotan en su elegante y vidriosa estructura haces de luz. Parecen diminutas hadas que dispersan su juego y diamantina travesura como litografías que saltaran de las páginas de un cuento infantil. Se desparrama visible una energía cuántica sublime. Se polariza en el sueño y en las miradas lo quimérico. Hay un alrededor de leyenda, un callado mensaje de armonía de los universos. Es el lenguaje de los corazones fluyendo por cada rincón del estanque de ese palacio acristalado que se erige dócil y cortés frente a esa alfombra casi de gelatina de plata.

Las decenas de patos y cisnes arrebujan su desconfianza entre las tímidas vegetaciones acuáticas. Hay un alrededor cárdeno y diamante, de certidumbres o incógnitas. Hay quietud de quietudes. Hay silencio de silencios. Comunión de astros a lo lejos o a lo cerca. Todo anuncia un mensaje de paz y esperanza tal vez lanzado a los hombres, a las mujeres, a las razas, a los credos y a las ideologías: Si dos elementos tan distintos como el sol y la luna pueden llegar a entenderse de esta casi imposible manera, ¿cómo no vamos a poder nosotros arreglar nuestras pequeñas diferencias sin la necesidad de inútiles furias ni armas?

No muy lejos de allí, a una altura que supera la de los abedules del parque, una pequeña buganvilla rodea un ventanal medio abierto por el que desemboca la agitada tela de una clara cortina y el sonido presumible de un apagado grito. Justo en el ático de un edificio que disfruta frente a sí de la totalidad verdosa y casi latente sobre la que se asienta el eclipse. El lamento, pungente e intenso, corresponde a un hombre joven. Conduce ese ominoso sonido de muerte a un pasillo cuyas paredes se encuentran inundadas de centenares y centenares de libros, custodiados por varias fotografías en sepia, color y blanco y negro. Vestigios que resumen la historia de tres generaciones de una familia, que desembocan en la puerta ligeramente abierta de una habitación ocupada por un dolor mordido y penúltimo.

La estancia desprende una casi sensación de fría ausencia. Porque hay una marchita soledad inundando ese cuarto repleto de apuntes y cuadernos desparramados en la cama melindrosa. Y en medio de todo ello, una figura masculina y joven, pero muy enferma, que camina encorvada y con dificultad en la pierna izquierda, desde la cama hacia un escritorio en el que hay un ordenador portátil. El hombre llega a su escritorio. Se deja caer en la silla con una queja. Lleva puesto un deslucido pijama de color gris. Está frente al teclado. Abre el correo. Sus blanquecinas y delgadas manos redactan con dificultad un *e-mail* dirigido a…

smartín-santos@martín-santos.com.

Sonríe al clicar en la opción de «Enviar». El *e-mail* recorre la distancia de media España. Es entonces cuando muerde un último grito de dolor y se derrumba, antes de llegar a su cama. Pero no cae. No del todo. Un brazo firme y seguro le impide caer al suelo. Se trata del brazo de un hombre delgado que viste como un auténtico cuáquero de hace dos siglos. El sorprendente hombre de otra época acompaña al joven enfermo hacia la cama mostrándole un gesto amable que concilia. Lo ayuda a introducirse en ella con sumo cuidado. Una vez dentro de las sábanas no tiene el aliento necesario para emitir las palabras que quisiera, pero puede indicar con un gesto que pretende algo que no alcanza y que permanece envuelto. El señor de otro siglo lo mira, comprende y se lo acerca. Se trata de un paquete casi plano y cuadrado. El agonizante enfermo lo deja apoyado entre su pecho y las sábanas. Comienza a dibujar otra leve sonrisa en sus labios resecos cuando el insólito guardián de perfil heroico le indica en silencio, y asintiendo con la cabeza, que ahora sí ha llegado definitivamente su momento.

Es entonces cuando sucede el último pensamiento del moribundo. Un pensamiento que queda fijado en ese señor de ropas oscuras y pañuelo enlazado en el cuello. El hombre joven se va desprendiendo irremisiblemente de esta existencia sin cerrar los ojos, agarrando fuertemente la mano del otro hombre antiguo y extraño, sabiendo que toda huida tiene una encrucijada, que todo viaje tiene un regreso y que ya nunca llegará a añadir un año más a esos treinta y cinco que cumple ese mismo día, cuando la luna oculta por completo esa misma mañana al sol madrileño.

2

Eclipse del 3 de octubre del año 2005. Valencia, 10 horas, 59 minutos, 54 segundos. Una mujer de la misma edad contempla unas gráficas y resultados en la pantalla de su portátil. El ordenador descansa sobre una gran mesa lacada en blanco, a juego con la totalidad de su elegante y amplio despacho. Prefiere mantenerse ajena al acontecimiento que muchos otros presencian con cierta excitación infantil y asombro. Mucho más importantes que un tonto eclipse para ella son las cifras y balances que no cuadran esa mañana en su pantalla. Casi todo el mundo en las oficinas de ese mismo edificio de la calle Colón, o de cualquiera de los edificios de la calle entera, se encuentra asomado a las ventanas con lentes especiales bicolores, casi de juguete, azules y rojas. El eclipse comienza a ser total también en el cielo de la ciudad mediterránea. Suceden los mismos designios sutiles que solo muy pocos son capaces de percibir. Las mismas sensaciones dulces e inexplicables en los corazones de quienes han dispuesto su tiempo y su alma para la recepción perfecta de esa fiesta de los astros. Hay gente que no vivirá nunca ese momento a los niveles de las sencillas personas que sí contemplan la posibilidad de dedicar el tiempo que haga falta a la escucha de lo invisible.

Porque hay gente prudente que tiene que dedicar la totalidad de su tiempo a la gravedad de los números, gráficas, facturas, divisas y valores graves en alza o baja como los del ladrillo y el cemento.

Eso mismo le sucede a ella. Su pelo castaño con destellos dorados está recogido con una elegante coleta. Se sirve de unas distinguidas gafas bifocales de Dior para poder atender a pantallas de ordenador y circunspectas colecciones de folios y carpetas.

En el momento justo en el que detecta una importante irregularidad en las cuentas, en la misma pantalla del ordenador, sucede un aviso de recepción de un nuevo correo. Decide abrirlo. En ese preciso instante en el que su dedo presiona la tecla de *enter*, es cuando acontece también íntegra en la ciudad de Valencia, la totalidad anular del eclipse.

Sofía Martín-Santos —ese es su nombre, ese su apellido— lee el correo. Tras unos segundos en silencio, gira la mirada hasta dar con sus dos teléfonos móviles alineados a la perfección a su derecha. Se quita las gafas con un ademán fino y tenso al tiempo que resopla. Sin desprenderlas todavía de su mano, acciona el botón del teléfono fijo para pedir a su secretaria que acuda al despacho. En el tiempo que le cuesta encender otro cigarrillo entra una mujer más o menos de la misma edad que Sofía, aunque de cuerpo más rotundo, más de mujer, más de esa forma ineludible en que quedan las espaldas, las caderas y los brazos femeninos tras el tercer parto.

—¿Tienes mucho lío con lo de Castellón? —indica Sofía tras expulsar prolongada y finamente el humo de la primera calada, y al tiempo que regresa las gafas a sus ojos.

—Bueno, sí, algo de lío; pero dime qué necesitas —responde solícita.

—Necesito que llames a mi hermano.

Por unos instantes la sola mención del hermano de su jefa y mejor amiga provoca una contracción en el rostro de Eva Martos.

—¿A Marcelo?

—Sí, a Marcelo; no tengo otro hermano, Eva.

—Ya sé que no tienes otro hermano.

—Lo vas llamando hasta que des con él —añade cortándola y sin mirarla—. Y, si es necesario, no hagas otra cosa en todo el día.

De su boca vuelve a salir otro hilo de humo, como una prolongación de sílabas, tal vez palabras, que forman parte del diálogo, ese que ya no existe entre líneas, sino más allá de ellas. Y ahora sí queda suspendida su mirada intensa y felina sobre su secretaria personal, la mujer que nunca ha dejado de estar a su lado, quien mejor que nadie sabe de sus soledades íntimas cuando ya es sencillamente Sofía y no la gerente del Grupo Martín-Santos.

—Quiero que lo llames a su casa y al móvil en todo momento hasta dar con él.

—Pero... ¿ocurre algo? —pregunta con cierta inhabilidad, sin saber muy bien cómo reaccionar ante esa petición cargada de desasosiego—. ¿Qué ha pasado, Sofía? —requiere abandonando el papel de secretaria para regresar al de confidente y amiga.

—He recibido esto... —contesta, manteniendo en la pantalla del ordenador portátil su mirada verde perdida.

Eva Martos se acerca prudente hacia la pantalla del ordenador. Lee el mensaje. No sabe bien qué decir.

—Estoy harta de sus bromas.

—Sofía, no sé de qué va todo, y seguramente tengas razón, pero y si...

—Y si ¿qué?

—Pues que igual se trata de algo serio, no sé…

—¿Qué quieres decir con eso? —Se genera un tenso silencio—. Eva, esto es muy típico de mi hermano, ya lo conoces.

—Creo que deberías llamarlo tú —se atreve a sugerir.

—Me importa una mierda lo que creas. Ya has escuchado lo que quiero que hagas, Eva —resuelve contundente y tajante al tiempo que apaga con fuerza el cigarrillo en el cenicero.

—Conmigo no tienes por qué ser así.

Las palabras han salido suaves y concisas por su boca, de un modo tal que algo en la mirada de Sofía parece darle la razón a su secretaria y amiga.

—Sofía, de verdad, creo que deberías hacerlo tú. Al fin y al cabo…

—¡Vale, perfecto, muy bien! —contesta tajante, y retomando ese tono casi violento desde donde se siente siempre fuerte y a salvo—. ¡Se lo puedo pedir a otra persona! ¡Solo en esta planta creo que tengo a veinte personas a sueldo que pueden hacerlo!

Eva Martos queda por un instante enmudecida; luego, una ligera y nerviosa sonrisa sucede en su casi trémulo rostro, la misma sonrisa de quien solo paga con amor las constantes desconsideraciones del otro.

—Ya lo llamo yo. No te preocupes —dice volviendo a asumir su papel de resignada secretaria—. Ah, y feliz cumpleaños.

—Gracias —contesta de un modo seco tras mirar a su amiga y confidente un par de segundos.

Con el mismo pensamiento de innumerables ocasiones, ese que le recuerda lo insoportable que se está volviendo su amiga con el tiempo, abandona ese despacho para intentar desde el teléfono de su mesa conectar en Madrid con el hermano de su jefa.

En ocasiones, los despachos aumentan o reducen sus tamaños. Depende ese cambio de los estados de ánimo de sus habitantes. En eso mismo piensa ahora Sofía, al verse nuevamente sola y tan pequeña ahí adentro, preguntándose por qué tiene que ser ante tanta gente, ante su gran amiga incluso, día a día tan Martín-Santos. La respuesta o no respuesta la cree encontrar en esos lienzos que recogen a los que la precedieron con ese apellido compuesto o impuesto: su padre y, por supuesto, su abuelo Jesús. Queda suspendida su vista en la escrutadora y fuerte mirada heredada de quien fundó ese imperio de construcción que ella ahora dirige. Seguidamente y con un presagio de turbación y de incredulidad vuelve a leer el *e-mail* de su hermano.

«Mi querida Sofía:

Creo que fue Hermann Hesse quien dijo que la función del poeta es ante todo la de recordar, la de no olvidar, la de conservar en la palabra lo pasajero y conjurar lo pasado. Trataré, pues, de cumplir humildemente esa función.

Cuando leas estas líneas que hoy mismo escribo haciendo esfuerzos para que no tiemble la mano y no precisamente por el posible vértigo del momento, cuando tu mirada centre su atención en esto que te escribo, solo te pido un favor, una pequeña cosa que nunca en vida te pedí tal vez por falta de tiempo: necesito, te ruego encarecidamente, que apagues esos dos móviles que siempre van contigo, que le pidas a tu secretaria que no te pase llamadas, que desconectes del mundo de ahí afuera o de ahí adentro. Hazlo, por favor, hasta que concluyas las páginas del archivo adjunto. Lee ese texto. Léelo sin que nada ni nadie te interrumpa hasta el final. Te pido la atención total y plena, querida hermana. Y no, no pienses que se trata de un juego de los míos. No, no pienses eso. Quien esto te pide ya no tiene tiempo para bromas ni juegos. Solo para la nada, que es el infinito».

Las palabras vienen acompañadas de un archivo adjunto, en efecto. Tras pensarlo unos segundos, lo abre y continúa leyendo.

3

UN DISCURRIR DE PEQUEÑAS PARCELAS DE HUERTA, DE CASITAS de cal aisladas y envueltas en una ligera bruma con tintes celestes, sucedían como preámbulo al antiguo cauce del Turia. Detrás de ellas comenzaban, como una amenaza las grúas gigantescas, los nuevos desafíos de cemento y hierro. Era la conocida y gigantesca maraña de hierro y ladrillo pretendiendo desafiar a los cielos o tal vez a los dioses, con el reconocible cartel del Grupo Martín-Santos. En ese mismo momento, escuché el aviso de la inmediata llegada a la estación del Norte de Valencia.

A escasos minutos de las 12 de la mañana del 1 de septiembre del 2005, justo hace un mes, un palpitar de memorias y de certezas acontecía en cada rincón de mi alma. No llevaba equipaje conmigo. Tan solo una bandolera de cuero viejo. Aquella que me regaló el tío Santi. No sé si te acordarás. Llevaba en ella algún cuaderno para tomar notas, la pluma Cross de papá, una botella de agua de medio litro que había comprado en el vagón cafetería, el billete de regreso a Madrid por la tarde de ese mismo día y, por supuesto, algo que más tarde te pretendería dar, pero que más o menos previsiblemente rechazarías.

Llevaba conmigo también una edición de bolsillo de *La broma,* de Milan Kundera. Justo a la entrada del tren en Valencia, subrayé con lápiz un párrafo que me llamó la atención: «No hay nada que una más rápido a la gente —aunque solo sea en apariencia e ilusorio— que una comprensión mutua triste y melancólica».

El tren Alaris discurría ya lento por la vía número tres de la estación. Concluí la lectura de esa página. Coloqué el separador en la siguiente y guardé el libro en la bandolera. Algunos pasajeros se apelotonaban ansiosos en el pasillo, esperando la apertura de puertas. Yo todavía quedaba sentado en mi asiento pegado a la ventanilla. Cuando los pasajeros comenzaron a desalojar el vagón y el pasillo quedó libre, me levanté y me dispuse a bajar al andén.

La estación del Norte palpitaba velocidades, pausas, despedidas y reencuentros bajo la techumbre verde de hierro y tiempo. El reloj marcaba casi las doce horas de una mañana calurosa y ciertamente húmeda. Esta era la primera vez que regresaba a Valencia. Calculé entonces que no te había visto desde hacía tres años.

Recuerdo que dirigí mi mirada hacia la maraña de hierros y uralitas del techo de la estación donde una paloma se esforzaba con dificultad en encontrar una posible salida. Se daba golpes en varios rincones. Recuerdo esa imagen de especial manera, mientras iban quedando atrás las voces de megafonía avisando a los pasajeros de la llegada del tren de *«Quart de Poblet, per via set, sector c...».* Recuerdo también que, todavía dentro del edificio vanguardista que tanto gustaba a papá, había un nutrido número de estudiantes francesas en plena y envidiable risa, como fuentes renovadoras de vida, con sus mochilas y caras llenas de apetito de mediterránea aventura. Crucé entre ellas y pude percibir que comentaban sobre mí en tono de burla. Les sonreí. Porque ya ni siquiera eso que tantas veces me dolió de niño me importaba ahora.

Atravesé el *hall* dejando atrás las taquillas con cubierta de madera y mosaico de cerámica. Y, al salir de la estación, sentí esa alegría con la que suele presentarse Valencia. Con ese ruido y esa luz que invitan al buen humor. Y yo necesitaba mucho de eso esa misma mañana.

Alcancé la verja metálica y me detuve unos segundos para plantearme cómo ir rellenando las horas que quedaban hasta mi reencuentro contigo. No sabía en ese momento que un viaje infinito me aguardaba en aquella ciudad mía, o más bien tuya, mientras mis pasos comenzaban a dibujar un recorrido cualquiera. El tráfico de la calle Guillem de Castro vibraba pletórico. En lo alto del edificio de enfrente, el Ave Fénix continuaba un año más sin despegarse de la Unión ni de aquella perfecta azotea. Ese tipo de edificios que tanto gustaban al abuelo Gabriel y que tantas veces el abuelo Jesús derrumbó para continuar con su empeño de una ciudad desigual a costa de inundar sus arcas, las arcas de los poderosos Martín-Santos. Pero no nos desviemos de momento del recorrido.

El semáforo de peatones cambió a verde y continué mi camino por Marqués de Sotelo, pegado a la valla del Instituto Luís Vives. Al dejarlo atrás, y con cierta pesarosa sonrisa, contemplé la entrada, de estructura funcional y rotunda, de la Agencia Estatal de Administración Tributaria. Junto a ese mismo lugar, tiempo atrás, se encontraba el maravilloso Cine Rex. Aquel templo de tantas tardes inocentes de domingo con sabor a palomitas, Fanta de naranja, turrón Viena Meivel y Peta Zetas. ¿Recuerdas la de veces que fuimos al Rex con los papás? En su origen, el Rex, que tanto nos gustaba, fue un importante teatro, querida hermana. Pero mucho más importancia tuvo como cine. En los años cuarenta encargaron su renovación, para tal fin, al arquitecto Javier Goerlich —con el que más tarde el abuelo realizaría muchos negocios—. Querían el mejor cine, no ya de Valencia, sino de toda España. Y vaya si se consiguió. Se convirtió en todo un referente con su fascinante fachada y su interior repleto de detalles lujosos y estilo neobarroco. Contaba con una enorme lámpara central, ¿la recuerdas? Estaba inspirada en *El fantasma de la Ópera.* Su capacidad era de casi mil quinientas personas. En diciembre de 1945 se abrió al público con una película maravillosa, *Siguiendo mi camino,* un drama ligero sobre un cura y su actividad a favor de su parroquia —un título muy propio para la época, por cierto—. Pero lo que hizo al Rex tan querido y recordado en la ciudad, durante muchos años, fue la reposición de *Lo que el viento se llevó,* la película favorita de la abuela Teresa. La vio por primera vez en el mismo Rex, junto al abuelo Jesús. A ella le gustaba mucho llevar a papá y a los tíos a ese mismo cine cuando eran niños. Mamá también fue alguna vez con el abuelo Gabriel. También los papás vieron en el Rex *Los girasoles.* Su primera película juntos.

Fue ella misma, la abuela, quien me contó esta y tantas otras historias. Igual, si tú hubieras escuchado esto, si hubierais visto su cara llena de ilusión y felicidad al rememorar aquel cine, aquella época, no habríais permitido su definitivo cierre.

Pero sigamos. Seguí caminando y, en un par de minutos, me encontré junto al ayuntamiento que mantenía su protagonismo en la plaza, con ese balcón sobresaliente sobre la puerta principal donde las falleras mayores marcaban anualmente el inicio de cada *mascletá,* durante los alocados y tradicionales días de Fallas, junto a los acólitos anónimos a la caza de otra foto «festera» con el sonriente alcalde de turno o alcaldesa.

Recordé el día en que tú misma subiste allí como la Fallera Mayor Infantil, toda inocente y pletórica. Y recordé también cómo pudiste haber sido Fallera Mayor años después, pero regresar a las peinetas y las sedas fastidiosas era algo que ya no te apetecía, y por eso el abuelo Jesús no intercedió con el presidente de la Junta ni con el alcalde de entonces, como había hecho cuando eras más pequeña.

Frente al ayuntamiento, en la misma plaza, las floristerías rodeaban la explanada rezumando un fresco aroma a fingida primavera. Junto a ellas había bancos discretamente colocados bajo débiles sombras. Y, como necesitaba descansar, me senté en uno de ellos. Ya sabes, mi pierna izquierda enseguida se resentía.

Todavía me quedaba algo de agua. Concluí de un sorbo la botella, contemplando el horizonte, justo donde la fuente despedía distintos ramajes de agua intensa junto a las palmeras. La quietud o el sueño diurno de las farolas pesaba sobre las soledades de ciertos ancianos que revisaban seguramente sus memorias. En ese mismo momento en el que partículas de luz restallaban en el salpicar lejano de la fuente, me dejé llevar por otro instante claro y diamante, fresco y húmedo, infantil e imposible, que acontecía a una distancia de tres décadas, en otra jornada en la que también hacía calor y los rayos del sol se estrellaban contra los aspersores emitiendo entonces lucecitas mágicas que tú y yo entendíamos entonces como hadas. Acudió a mí nuevamente el recuerdo de aquella jornada. Las imágenes dulcificantes y tan bellas. Tú y yo entonces con algo más de cinco años. Nuestros pies perfectamente desnudos, morenos y humedecidos por el césped que recorríamos y que en ese mismo momento estaba siendo invadido suavemente por una coreografía de aguas estratégicamente establecida desde los aspersores. Esos mismos chorros de agua rebotaban con energía contra las palmeras que nos rodeaban, contra nuestras espaldas, contra nuestros pechos y rostros de niño y niña. Los pequeños mellizos jugaban al escondite y al «tú la llevas».

Sí, corríamos como elfos. Saltábamos como duendes. Yo podía hacerlo con esa edad, hasta esa misma mañana en la que tú intentabas llegar a mí, pero no me alcanzabas. Y por eso yo reía; recuerdo esa risa henchida que nunca más regresaría a mi boca ni a mi pecho, nunca jamás, como un Peter Pan libre y poderoso al tiempo que gritaba decenas de «a que no me pillas, Sofía, a que no me pillaaas, nanananananaaaa...».

Recordaba esa vez última de posibilidades infinitas con mis piernas armónicas y fuertes y mi risa límpida e infantil. El regreso de mis ensoñaciones se fusionaba con las risas, gritos y «a que no me pillas» de otros niños corriendo súbitamente en ese mismo presente, treinta años después, por la explanada de la plaza del Ayuntamiento. Así que con una lentitud justificada que pesaba como siglos cuando, paralelamente, se presentaban esas imágenes, me levanté del banco y continué con mi leve o no tan leve cojera. Y avanzando con la morosidad habitual de mi torpe paso por la explanada peatonal, recordé al abuelo Gabriel porque se recuerda a los ausentes de maneras curiosas y aleatorias.

Me cruzaba en ese mismo instante con él, cumpliendo su oficio de vigilante nocturno, en una época en la que otros guardas con uniformes grises y porras de oscuro cuero corrían detrás de los jóvenes universitarios que clamaban por un cambio necesario. Porque mientras con cinco años jugábamos tú y yo a perseguirnos, querida hermanita, en las calles de este país en permanente confrontación, la policía perseguía a porrazos a los universitarios y librepensadores, de un modo gris y bien alejado del concepto de juego de nuestros «a que no me pillas». El abuelo Gabriel vestía también con similar uniforme, pero nada tenía que ver su cometido con el de «los grises». Era entonces vigilante, así denominaban a su trabajo. Y los vigilantes habían heredado las costumbres y formas de los antiguos serenos, que hacían ronda nocturna por zonas de la ciudad asignadas, donde tenían incluso las llaves de las propias viviendas por si se necesitaba su ayuda.

Era la de aquel entonces una época de ignorancias, pero también de inocencias en las calles, incluso sin asfaltos, de las provincias; en los barrios de canicas y cromos, en los bares donde se mezclaban las peñas de fútbol y toros, los jubilados que jugaban al mus o al dominó, los policías y los quinquis, los niños que entraban corriendo y driblando gritos, sonidos de las máquinas de petacos y los futbolines, y la densa humareda de tabaco negro, hasta alcanzar unos duros del abuelo a cambio de que depositaran un beso en su arrugada mejilla.

Era la época de los salones de las casas iluminados en la noche por esas pequeñas imágenes en blanco y negro de las series *La casa de la pradera, Kung fu* o *Curro Jiménez,* de los SEAT 600 blancos o de los 850 crema en cuyo interior, sintiéndose invencibles, tantos y tantos jóvenes enamorados, de corazones ingenuos y sencillos sueños, ejercían su amor en las dunas y pinares de El Saler con canciones del Dúo Dinámico, Rita Pavone o Nino Bravo. Era el año setenta y cinco del siglo pasado, el último momento de la tarde que precedía a otra noche más en calma y pausa. Trata de imaginarlo. Es fácil si te has dado al tiempo del silencio. Si has desconectado los teléfonos y has cerrado las agendas. ¿Lo has hecho? ¿No? Venga, hermana, despréndete de ti misma un momento. Vamos, Sofía, hazlo, ¿qué más da vender hoy cien apartamentos más o cien menos?, ¿qué importancia tiene la inmediata compra de ese inmenso terreno de cañizos junto al mar que será perfectamente recalificado, una vez te pertenezca, para la creación de doce torres de treinta o treinta y cinco pisos? Si no es hoy, lo tendrás mañana. Ellos te esperan. Solo te esperan a ti. Se lo deben a papá. Se lo deben, sobre todo, al abuelo Jesús. Venga, vamos, hermanita. Solo el día de hoy, solo en esta jornada. Verás cómo merece la pena. Verás qué fácil es imaginarse al abuelo Gabriel caminando firme y enjuto, fumando un Ducados y sosteniendo en su mano uno de los tomos de *La vuelta al mundo de un novelista* de Blasco Ibáñez. Como no ha podido nunca moverse de Valencia, nuestro abuelo continúa viajando con don Vicente y con tantos otros autores en cada una de sus jornadas nocturnas, cuando toda la Gran Vía parece dormida y tiene un descanso bajo alguna farola. Es entonces cuando se sienta en un banco, esperando las primeras luces del alba, trasladándose a otras geografías y tiempos con la ayuda de otro libro. En esta ocasión volverá a la dulce esfinge de Kamakura, un pueblo japonés de origen divino, según Blasco Ibáñez, con veinticinco siglos de existencia. Es en ese capítulo donde ha dejado su sistemático y particular marcapáginas. Esa quiniela semanal que nunca alcanzará los catorce aciertos.

Si lo intentas, estoy seguro de que puedes verlo. Figúrate que consulta con aire insustancial el reloj de su muñeca, aquel reloj dorado con funcionamiento a cuerda, con la correa gastada, y que contrasta la hora con la que marca el soberano reloj del ayuntamiento. Ambos sintonizan matemáticamente. Así que el abuelo sonríe por ello y continúa su paso con aquel característico *trailariro-trailará* que tanto nos hacía reír. ¿A que lo ves?, ¿a que lo estás viendo? Pues claro que sí. Lleva puesta la gorra del uniforme y la hebilla del cinturón pulcra como su rostro afeitado. Deja tras de sí un aroma a tabaco negro y colonia fresca familiar de esas que se compra, en botella económica de un litro y de plástico, en el supermercado de su barrio.

Casi treinta años después, en el mismo lugar de entonces, yo mismo cruzo con mi ligera cojera junto a un anciano que también fuma un Ducados mientras contempla con la mirada perdida posiblemente aquellos años u otros mucho más lejanos. Es sencillamente el aroma de ese mismo tabaco negro. Es tal vez ese cabello gris también peinado hacia atrás, como se peinan todos los recuerdos. O es la memoria que traviesamente nos regresa a otros tiempos. Sí, puede que sea eso. Como cuando, furtivamente, nos quedamos reflejados unos segundos en un cristal o espejo en la calle con el que no contábamos. Y en ese infinito reflejo adivinamos en nuestros rostros otros rostros que a su vez nos preceden o acompañan. El de los papás, por ejemplo, con otras edades anteriores. Y ese instante provoca otro viaje hacia lo pretérito. Eso me pasó justo al pasar junto al enorme cristal que me impedía contemplar el interior de la sucursal del Deustche Bank, donde se inicia la calle de las Barcas, pero que me permitía con creces adivinar el severo y rotundo rostro de papá en mi mismo rostro, suspendido en ese devenir de gentes anónimas y más o menos grises a esas horas. Pensé entonces que tú sí que constantemente te pareciste a papá y al abuelo Jesús. Pero yo, que siempre me parecí a mamá y al abuelo Gabriel, en cambio, a medida que iba sumando vida, pesares, años, iba mutando mi parecido curiosamente más a papá también. Sí, cada vez que se acumulaban los años, el tiempo, la vida o no vida, la evolución de mi rostro avanzaba en dirección al rostro que poseyera él. Y, por tanto, curiosamente al tuyo.

Cada vez me parecía más y más a ti. ¿No lo notabas tú, Sofía? ¿No sentías como si nuestros rostros se fuesen acercando como dos astros todo el tiempo diferentes y que en un momento determinado del cosmos se acercarían a un parecido como si de un exacto eclipse se tratase, como si en ello hubiese un mensaje por descifrar, una señal, un presagio?

No sé tú, pero yo recuerdo a papá con el pelo negro. Ya sé que murió con el pelo gris y escaso. Pero yo lo recuerdo con el pelo oscuro. Y con una mirada de selva verde almendrada que se tornaba color caramelo según cómo se reflejase la luz del día. Igual que te pasa a ti. Esa mirada era una herencia directa de la mirada de su padre, el abuelo Jesús. Tu misma mirada hoy, Sofía. Y también en ella vas forjando esa misma melancolía que tenía indudablemente la mirada de papá, la mirada última del abuelo Jesús. Yo, en cambio, heredé sin duda la mirada de mamá, que a su vez era la del abuelo Gabriel. Una mirada incisiva, tierna y oscura, coronada por unas cejas de poderosa arcada, bien pobladas. Tú adquiriste la mirada verde y afilada de papá, y tantas y tantas otras cosas de él. Yo la mirada negra del abuelo Gabriel, y tantas y tantas otras cosas suyas. Eso pensaba también durante los segundos en los que me quedé suspendido en el tiempo, ajeno a él, al contemplar mi reflejo o el reflejo de todos vosotros una vez más. Escuché el claxon de un vehículo entrando en la calle de las Barcas. Regresé de mis ensoñaciones. Ya solo me encontraba yo en el cristal.

Aquella mañana vestía, como siempre, de un modo oscuro. Eso sería lo primero que me reprocharías unas horas más tarde. Porque siempre me reprochasteis todos mi forma de vestir como ocultándome de todo y de todos, decíais. Continué mi camino. Sí, mi vestuario granjeó no pocas burlas y opiniones encontradas, sobre todo, en familia. Mi vestuario y mis ideas, no muy propias en un niño de burguesía alta y provinciana. Caminaba pensando en esos segundos en los que de nuevo regresé a papá, y a los abuelos, a mamá, e incluso a ti, Sofía, hermana. Esos segundos que pesaban cada día como cien siglos sobre mis hombros. Arrastraba el peso de la memoria toda, con sus análisis constantes, con su comprensión redonda cuando ya quedaba poco para verte y todo pronto estaría o no estaría en su sitio, de una forma definitiva.

La lectura del texto es detenida debido a la repentina y nueva entrada de Eva Martos. Sofía regresa de golpe de ese viaje en la emoción y en el tiempo.

4

—Sofía, perdona. Sigue sin contestar. El teléfono da línea, pero… ¿Quieres que mande a alguien de la delegación a buscarlo a su casa? —se aventura a preguntar Eva con ese tono bien distinto al del rol de secretaria.

—No creo que…

Suena el teléfono en ese momento. Un ligero sobresalto vibra en el rostro de Sofía Martín-Santos. Eva se adelanta a coger el aparato. Al cabo de unos insufribles segundos indica, tapando el auricular, que se trata de Arturo Comes, el arquitecto de la Conselleria. Sofía enciende otro cigarrillo. Al tiempo que mantiene el humo de la nueva bocanada en sus pulmones, le viene a decir con un gesto que no quiere hablar con él en ese momento. Su secretaria se disculpa con ese buen hacer que le han dado los años y las veces en las que ha tenido que resolver cualquier tipo de motivo para excusar a su amiga, que queda suspendiendo su mirada o preocupación por la ventana. La perfecta disposición del cristal insonoriza la estancia del exterior. Se pueden ver decenas de personas pululando ahí abajo, en la calle, como anónimas hormigas. Un silencio extraño envuelve sus prisas, sus ansiedades, igualmente los vehículos. Se refleja en el cristal mismo

Eva Martos hablando, pero también en silencio aunque se encuentre dentro del despacho. Porque comienza a sentirse por vez primera a años luz de la realidad de ese día, de ese despacho, de esa ciudad, y tal vez de esa vida. No queda ya ni rastro del eclipse y sus quiméricas sensaciones en los alrededores, o tal vez sí. El eclipse, ese fenómeno que ella había esquivado indiferente por encontrarse ultimando ciertos importantes asuntos. Pero ahora comienza a evitarlos, totalmente monopolizada su razón por la presencia o no presencia de su hermano. Poco a poco regresa la voz de Eva a sus oídos, y la materialidad de las circunstancias presentes a sus sentidos. Concluye la conversación telefónica.

—... Sí, muy bien. Yo se lo digo en cuanto lo vea... Muy bien... Sí, sí, así se lo digo... Gracias a ti. Hasta pronto. —Cuelga el aparato y se dirige a Sofía—: He anulado la comida que tenías hoy con ellos en Las Arenas.

—Gracias, Eva. —Y de un modo sincero y suave añade—: Perdona por cómo te he dicho antes que...

—No pasa nada. Voy a seguir intentando dar con él. Ánimo. Ya verás como no es nada más que alguna broma suya para llamar la atención.

—¿Qué piensas? —pregunta al ver a Eva dudando—. ¿Quieres decirme algo más?

—¿No estás volviendo a fumar otra vez demasiado? —se atreve a decirle.

Sofía contesta con una directa exhalación de humo y un silencio que es perfectamente entendido por su secretaria. Eva sale del despacho. Hace años que se ha convertido en la mano derecha de su mejor amiga. Desde los tiempos del colegio, de la universidad y de las juergas nocturnas y pueriles en los veranos de Benibaite. Ahora lo es también, y desde hace años, en ese conjunto brutal y espinoso de cifras, balances y fríos despachos.

Determinante y firme, coge el teléfono y, aunque ya lo está haciendo insistentemente su secretaria, decide ser ella misma quien llame a su hermano. Es la primera vez que lo hace en mucho tiempo. Eso piensa. El teléfono nuevamente da línea, pero nadie contesta. Cuelga. Seguidamente queda unos segundos fijando su mirada y pensamiento en el ordenador portátil. Lo apaga resuelta como si de algún lugar inexplicable alguien le estuviese dictando un cambio de comportamiento y la ejecución de unas concretas acciones. Apaga también enérgicamente el cigarrillo en el cenicero. Con prontitud mete el ordenador en el correspondiente maletín de Vuitton y comienza a encajarse su chaqueta gris clara de Armani al tiempo que coloca en su hombro el bolso, a juego con el maletín para el portátil.

Al salir de su despacho se dirige nuevamente a su secretaria y amiga, que ya se encuentra dispuesta con el teléfono a ejecutar las indicaciones.

—Eva, me voy a Madrid —le dice con la mirada como perdida, como ausente, pero con la determinación propia de su condición y de su apellido—. Dile a todo el mundo que no me encontraba bien, o lo que sea, que me tomo el día libre o…

—Voy contigo.

—No, mejor quédate. Ya te voy diciendo.

—¿En serio no quieres que…?

—Haz lo que te he pedido —le insiste cortándola—. Y con cualquier cosa me llamas.

Una sucesión de mesas separadas por mamparas transparentes obstaculiza ligeramente su apresurado paso hacia el ascensor. Entra en él decidida y sola. Su mirada se clona en el pulcro espejo del interior. Esa mirada verde selva que describiera su hermano en el texto. Pulsa un botón, y de nuevo reflejándose en el espejo, al igual que él, también tiene la sensación de invocar a todos ellos en el reflejo de su rostro.

En pocos minutos, un flamante Bentley Arnage de color verde oliva sale del garaje del insigne edificio del Grupo Martín-Santos para mezclarse en el asfalto de la calle Colón con la vibrante confusión de automóviles anónimos.

II. TRAYECTO

1

A CASI UNA HORA DEL ECLIPSE, UN SOL BRIOSO CONQUISta el despejado gris de la autopista A7. El solitario Bentley Arnage quiebra de súbito y en elegante verde oliva la monótona imagen del ardiente asfalto. Dentro del rutilante sedán, el chófer, Arturo Meneses, conduce con actitud serena, pulcra y callada. En el confortable asiento de cuero color crema de atrás, una desapacible Sofía Martín-Santos prepara el soporte plegable de caoba donde descansa abierto nuevamente su ordenador portátil. Antes de regresar al texto de su hermano intenta dar con él de nuevo con uno de sus teléfonos móviles. Salta el contestador. Lo piensa un segundo y se decide.

—Marcelo, ¿me puedes explicar qué significa todo esto? Me estás asustando. Conecta el móvil de una vez, por favor. Estoy yendo a Madrid. Tienes suerte de que así aprovecho y hago una visita en la delegación. Si esta es otra de tus bromas de mierda, te acuerdas de mí el resto de tu vida…

Cuelga. Mira al retrovisor interior, en el que encuentra una breve mirada indefinida de su chófer. No se dicen nada. Sofía enciende otro cigarrillo y sigue leyendo. No tiene otro remedio al ver en la pantalla del ordenador más y más palabras. Fuera, el paisaje sucede veloz y desdibujado.

2

Había regresado a Valencia por una sencilla razón, ya lo sabes, Sofía. Algo importante tenía que decirte. Una cosa que no podía resolverse por teléfono o por carta. No. Eso en concreto precisaba de un cara a cara entre hermanos, de un mirarse a los ojos, de un decirse las palabras de viva voz.

Te había dicho por *e-mail* que era una cuestión de vital importancia, que me concedieras un par de horas. No me cogías las llamadas, así que opté por esa fría manera. Pasaron días hasta recibir respuesta. Eva, tu secretaria, se ponía en contacto conmigo, tan encantadora como siempre, para darme cita. Para darme cita... Le dije que yo no quería ninguna cita, que sencillamente quería hablar con mi hermana, y no en su despacho, sino en la calle, comiendo, paseando, tranquilamente. Pero Eva insistió en que tenías una agenda muy apretada y que no sería fácil que tuvieras un par de horas para mí solo.

Le comenté que pensaras en una manera en la que, sin salirte mucho de tus obligaciones, tan solo unos minutos, pudieras encontrarte conmigo en alguna terraza, en algún lugar tranquilo, aireado, sencillo. Por fin Eva, al cabo de otros tantos días, me dio por *e-mail* las indicaciones precisas.

Ya quedaba menos para el encuentro, tan solo una semana. Sería después de comer, en la terraza de un café cerca del Palau de la Generalitat, en la misma plaza de la Virgen. Así lo dejó indicado tu secretaria cuando finalmente accediste a encontrarte con tu único hermano. Y esos matemáticos siete días sucedieron para mí con una intensidad bien distinta a la tuya. Poco a poco irás sabiendo por qué.

Ya me encontraba, por fin, en la ciudad a la que no había regresado en cinco años, justo desde aquellos gritos encendidos desde tus labios. Estaba de nuevo ahí, en Valencia. Las sensaciones eran confusas, no creas. Y los recuerdos golpeaban como siempre golpean, de un modo agridulce, en cada acera y esquina, cada vez que fijaba mi mirada en alguna circunstancia sencilla. Comencé a plantearme dónde comer, dónde dirigir mis casi arrastrados pasos, dónde vagar mis memorias tristes, mis invocaciones más o menos sombrías, que me abrumaban constantemente con pérdidas de niñez posible, a partir de aquel accidente, o más bien incidente, que sufrí, tú bien lo sabes, con algo más de cinco años. Cinco años, pensaba, cinco...

No ha habido día en el que no haya pensado en ello. Ya sé que tú nunca has querido hablar sobre aquel momento. Pero tú también estuviste ahí, y pudiste ser tú misma quien se quedase finalmente lisiada. Aunque puede que así sucediera. No de un modo físico. Pero sí, tal vez, en tu alma.

Todas y cada una de las veces que mi pierna contrahecha me ha impedido alguna sencilla situación evocaba aquella jornada. Han sido tantas las veces que se me ha recordado mi condición de cojo, tantas las personas en mi vida que me han marcado como un estropeado ser en mi evolución de niño a hombre. Tú bien lo sabes, Sofía. Yo pude haber sido un niño normal, con un juego armónico de piernas, con un caminar discreto y uniforme. Pero no. Se me quitó brutalmente ese derecho de niño. Por ser precisamente eso mismo: un niño, un niño en medio de una conversación acalorada y crecida de eso tan importante hoy para ti llamado negocios.

Aquella jornada en Benibaite fue la causante de una infancia repleta de días en los que me encontraría, en cualquier estación del año, espiando con pesadumbre, desde las distintas ventanas, las diferentes vidas en las calles o las playas. Envidiando a los afortunados niños que jugaban enérgicos, corriendo detrás de balones de fútbol o detrás de las niñas preciosas, ligeramente rubias, con un griterío musical y una colección de trenzas doradas que durante mucho tiempo se me negarían. Las niñas desde siempre, diosas imposibles para el pobre niño deforme. ¿Cómo poder acercarse a ellas? ¿Cómo con su innombrable cojera?

Un niño tiene que ser, ante todo, niño. Disfrutar el mayor tiempo posible de ese preciado don, la infancia, que a todos se nos concede al venir al mundo y que luego tanto añoramos de adultos, cuando nos damos cuenta de todo lo que valía ese infinito que perdimos y que no consideramos mientras se disfruta. Hasta en eso fui diferente. Porque yo me di cuenta del valor de la niñez cuando la perdí de súbito, siendo todavía niño. Sí, vivir una infancia normal se encontraba a años luz o, mejor dicho, a años sombra, la sombra del niño tullido.

La época previa al accidente permanecía luminosa, extrañamente en forma de paraíso inalcanzable que se me representaba en sueños de noche, o de día incluso, de la más inesperada de las formas. Era tan doloroso. Pero, como todo dolor al que el hombre se acostumbra, llegó a tener un cierto sabor algo agradable sentirse diferente y casi expulsado de la vida, de vuestra vida.

Desde mi infranqueable rincón, fue gestándose de ese modo una personalidad hermética e insondable que solo muy pocos alcanzarían a comprender y acariciar. Porque hay un tipo de gente cuya proximidad se consigue con códigos bien distintos de los materiales, con otros tactos y otras voces que nada tienen que ver con el dinero, querida hermana.

A lo largo de mi existencia ciertas personas marcaron mi rumbo, mi dirección hacia la lectura y posteriormente hacia la escritura. Tuve claro desde pequeño que en el universo de los libros hallaría mi territorio fantástico donde sentirme lejos y, por tanto, a salvo de esa realidad vuestra. El primero en ofrecerme ese sendero fue el abuelo Gabriel, a quien no paraba de recordar al tiempo que iba dejando atrás la explanada frente al ayuntamiento.

Unos segundos después de reflejarme en el cristal del banco, pasé lentamente junto a la entrada del Ateneo Mercantil. Desde el subsuelo, trepaban por la escalera los sonidos estridentes de las máquinas de premio. Toda aquella paranoia de ruidos y colores a los que se entregaban, desde bien tempranas horas, los rostros castigados y cenicientos de muchos jubilados. Pero ¿sabes qué estaba ocurriendo allí mismo en otra hora, en otro año, en otra quimera paralela y cuántica? Estaban entrando los papás, más jóvenes que nosotros mismos. Junto a ellos estaban los abuelos Jesús y Teresa, y también el tío Santiago. Por esa misma escalera, pero con alfombra roja y distinguidas formas, entraban al Salón Dorado una noche de marzo de 1970.

El Bentley Arnage disminuye discretamente la velocidad, apartándose al tiempo de la autopista, en dirección hacia una estación de servicio. El chófer se dirige, diligente y con la mirada neutra reflejada en el espejo retrovisor, a Sofía Martín-Santos.

—Tenemos que poner gasolina. Será un minuto.

Arturo Meneses es el mismo chófer que la llevaba de niña, también a su hermano Marcelo. Y, por supuesto, a sus padres. Ronda de un modo impecable los sesenta años. Viste con riguroso oscuro, y su rostro varonil y afilado exhibe siempre un perfecto afeitado. Contemplar sus manos al volante es una imagen relajante. De hecho, en secreto, Sofía siempre ha pensado que las manos de Arturo Meneses son maravillosas. Le gusta admirar las manos, sus comportamientos, sus bailes en el aire, sus concreciones agarrando copas, bolígrafos, pasando hojas de periódico, o sencillamente acariciando otras manos. Sonríe cada vez que recuerda lo mucho que se parecen sus propias manos a las de su hermano, por ejemplo. Este pensamiento recobrado es el estímulo sutil y perfecto para que surja un grácil pliegue en la comisura de sus bonitos labios. Es la primera vez en todo el día que sonríe, no será la última. Justo en ese momento el Bentley detiene su recorrido ya bajo la techumbre de la estación, junto a la selección de combustibles diésel o gasolina de diversos octanos.

—¿Desea alguna cosa? —pregunta solícito.

—¿Cómo?... Ah. No, nada, Arturo. Bueno, sí, una botella de agua o un zumo o algo así, y unas galletitas saladas. También un paquete de Marlboro Light.

—Muy bien.

Arturo Meneses entra con decidido paso en la tienda de la estación de servicio. Encuentra fácilmente lo que ha pedido su joven señora. Al tiempo que llena el depósito, Sofía Martín-Santos permanece en el interior del coche, lo quiere intentar otra vez. Nuevamente llama a su hermano. Pero una vez más salta el contestador. Esta vez no deja mensaje. Al mismo tiempo, el chófer termina de llenar el depósito y se dirige al interior de la estación para pagar. Lo hace, como siempre, con la tarjeta de crédito de la empresa y regresa al impecable automóvil con el sencillo pedido de su señora. Tras entregárselo se lo piensa un poco antes de decirle:

—Por cierto, perdón por no haber encontrado hasta ahora el momento, pero feliz cumpleaños.

Sofía le dedica una sonrisa amable que recibe desde el espejo retrovisor. Arranca el flamante vehículo y seguidamente se reincorporan a la autopista A7 mientras Sofía Martín-Santos continúa leyendo o, mejor dicho, viajando a 1970.

3

El Salón Dorado del Ateneo Mercantil era entonces un exclusivo rincón escogido por un buen número de importantes familias valencianas para disfrutar de cierta privacidad, al igual que pretendían los toreros acalorados con ciertas entusiasmadas amantes, o altos representantes del clero con políticos de Madrid en visitas relámpago, como Manuel Fraga. El lugar quedaba enclavado curiosamente en el sótano del edificio. Y se accedía a él descendiendo por unas elegantes escaleras, al término de las cuales un correcto *maître* acompañaba a los comensales a sus respectivos asientos. Te lo voy a describir con gran número de detalles, Sofía. Luego sabrás por qué. Tú sigue leyendo.

La mesa podía prepararse de modo rectangular para un máximo de casi treinta asistentes. Tres camareros impecables distribuían platos y rellenaban las copas puntualmente. Un cuadro presidía el lugar con motivo parisino. En el óleo, dos mujeres del diecinueve tomaban café en un lugar nocturno y elegante al fondo del cual unas bailarinas danzaban el cancán. Las mujeres se mostraban indiferentes al espectáculo de las *vedettes* del mismo cuadro. La misma actitud parecían dirigir hacia el universo del exterior de la pintura, donde ya las conversaciones comenzaban a suceder enérgicas tras la llegada de las merluzas frescas con salsas bilbaínas y la conclusión de las segundas o terceras copas de buen vino de La Rioja.

En muchas ocasiones, como te he dicho, altos ejecutivos de la clerecía local se daban festines de pescados frescos a la sal, acompañados con fríos y dulces cavas, junto a insignes burgueses del momento. Que para eso se habían planteado muchos de ellos lo del *«sacérdocio»*, como le gustaba decir al abuelo Gabriel, acentuando la «e», convirtiendo en esdrújula la palabra en un quevedesco juego mediante el cual era capaz de llamarlos cerdos. Incluso delante de sus caras. Lo que me reía yo cada vez que entrábamos en una iglesia y se dirigía a un cura para decirle que su nieto se estaba planteando eso mismo, iniciarse en el *«sacérdocio»*. Y el cura lo miraba algo confundido, e incluso lo corregía, pronunciando la palabra con su acento donde tocaba, y el abuelo insistiendo: «Sí, sí, *sa-cérdo-cio*».

En la mesa destacaban, en contraste con el dorado del mantel y las sillas de terciopelo bermellón, las oscuras sotanas. Los hombres reían entre nubes de humo de denso tabaco y conversaciones de política rancia y anquilosada. Sus cabellos, grises y engominados, estaban impecablemente cortados y rasurados por el cuello, anclados a un tiempo que se negaban a abandonar. Alguno llevaba una de esas gafas de pasta negra a lo Kissinger, aquel influyente político norteamericano en tiempos de Nixon, aficionado a apoyar golpes de Estado en países latinos, para impedir que América del Sur se desarrollara y pudiera hacer peligrar su hegemonía económica. No sé si lo sabes, pero el propio Kissinger estuvo a punto de organizar un golpe aquí también, cuando supo la fuerza e importancia que estaba cobrando el Partido Comunista en España, más o menos en la época en la que nos encontramos viajando. Curioso país Estados Unidos. Yo nunca estuve. Y tú no dejas de ir cada año.

Pero volvamos al Salón Dorado de Valencia en 1970, donde sobre el mantel se desparramaban frutas y flores con decoración distinta según la velada; donde los cubiertos perfectamente plateados se sucedían encabezados por cinco distintas copas, y un par de candelabros para cinco velas solían iluminar, de un modo casi ritual, las sobremesas.

Junto a la puerta de entrada a ese salón reservado, una alacena en color marfil reunía las piezas de plata y los platos pequeños de postre. Un pasillo alfombrado, alrededor de la mesa alargada, servía de recorrido perfecto para los camareros y el *maître.*

Frente al cuadro parisino y la alacena color marfil, unos espejos con curvas doradas e historiados en los bordes reflejaban los brindis y las cenas. Unos juegos de lamparillas, incrustadas discretamente en el tapiz dorado de la pared, potenciaban la iluminación de la estancia. La puerta tenía el mismo tapiz que las paredes. Cuando se cerraba, la sensación de intimidad se acentuaba. En una esquina, a mano derecha frente a la alacena, una barra esperaba también en marfil, a juego con las sillas, la conclusión de los postres, el moscatel u otros licores dulces para dar paso a los *whiskies* y las ginebras, que tanto le gustaban al abuelo Jesús, que tanto le gustaban a papá y que tanto me han gustado a mí —que en algo tenía que parecerme yo a ellos en esta vida.

Te describo el salón con este alto grado de detalle porque he podido recolectar con los años muchas fotografías de todos ellos. Tantas que no podrías ni imaginar. Principalmente, porque quiero también que te sitúes con toda la particularidad posible en el lugar favorito del abuelo Jesús. Donde cerró todos los contratos y acuerdos de miles de solares de imposible acceso, de cientos de órdenes para derribos de palacios renacentistas bellísimos y otros patrimonios artístico-urbanísticos, regalando puros Montecristo del número 5, sus favoritos, a alcaldes, a ministros e incluso a obispos. Pero, sobre todo, por ser el salón donde se anunció que papá y mamá no solo eran un matrimonio joven, moderno e ilusionado, sino que, según los análisis médicos, en ese mismo año iban a convertir en abuelo, por primera vez en su vida, a don Jesús Martín-Santos.

Al igual que Proust, aquel que nos sugirió, entre otras miles de cosas, que «para hacernos ver cuán presto huye el tiempo de la vida, los novelistas no tenemos más remedio que acelerar frenéticamente la marcha de las agujas y hacer al lector que franquee diez, veinte o treinta años en dos minutos»; al igual que el abrumador novelista francés, como te digo, y sintiendo igual que él que «mi propio pasado, en momentáneo eclipse, ya no proyecta por delante de mí esa sombra suya que llamamos lo por venir», he querido yo detenerme en más detalles de la cuenta en cuanto a ese Salón Dorado del Ateneo, hoy también desaparecido. Porque, al igual que el pobre Marcel, ando pronto a morir al tiempo que te escribo y, como puedes comprobar, quizá también en busca de mi particular tiempo perdido. O tal vez sea el tuyo.

Sí, al igual que el enorme autor parisino, siento que la vida debería parecer deliciosa a esos seres que estuviesen amenazados con morir en cualquier momento, es decir, a todos nosotros, los humanos, y que así como lo que nos posibilita la creación de una obra no es el deseo de la celebridad, sino la costumbre de ser laborioso, querida hermana, igualmente ocurre que lo que nos sirve de ayuda para preservar de riesgo nuestro futuro no es la alegría del presente, sino la prudente reflexión del pasado. Ese que hay que contemplar o respirar en estado de meditación.

De ese mismo modo quiero que te encuentres ahora frente a estas páginas que te envío. Sigue atenta al discurrir de las líneas. Respíralas, juégalas con calma. No regreses a tus llamadas ni obligaciones. Sigue conmigo, ahora que ya nunca más podré estar contigo, hermana.

Esta última frase provoca en Sofía una conocida sensación fría que recorre su médula. Comienza a valorar verdaderamente y por vez primera lo que tanto se ha estado negando desde que ha recibido el texto adjunto. ¿Será verdad? Separa su mirada de la pantalla. Queda con el rostro serio y perdido hacia fuera. Un cartel anuncia que quedan doscientos ochenta y cinco kilómetros para llegar a Madrid. Mira a Arturo Meneses. Sabe que no puede exceder la velocidad, a pesar de que los casi quinientos caballos de potencia del Bentley podrían colocarlos fácilmente a doscientos setenta kilómetros por hora y sin ningún tipo de sensación de inestabilidad en el asfalto. Es la berlina más potente del mercado, pero, aun llamándose Martín-Santos, sabe que ha de seguir las normas. Aunque sean solo las de tráfico. Sabe que aún tardará en llegar hasta la casa de su hermano en Madrid. Y es en ese preciso instante cuando a Sofía la aborda una verdadera ansiedad que todavía no se le había presentado. Con esa ardua sensación sigue leyendo con inquietud, a pesar de estar sentada en un confortable asiento forrado de cuero Connolly británico.

4

LEÍ, EN CIERTA OCASIÓN, QUE LA VERDADERA FILOSOFÍA CONSISTE en aprender de nuevo a ver el mundo. Y que, en ese sentido, contar un cuento podía significar el mundo mismo. Con tanta profundidad como un tratado filosófico. Por tanto, permanezcamos un poco más en esa noche de 1970. Trata de imaginarte ahora a papá. Traje cruzado azul oscuro y camisa celeste, perfectamente planchada, y con sus iniciales bordadas en azul marino a la altura del pecho izquierdo, al igual que todos sus hermanos. Mismas camisas todos, mismo sastre, mismo corte de traje para los Martín-Santos. Esa noche el traje de papá está elaborado a partir de unas nuevas telas italianas que le llegan a su despacho, como cada nueva temporada, catalogadas en un elegante libreto. Él solo ha de especificar la referencia de la tela y ya las piezas únicas van elaborándose con prontitud especial, de cinco en cinco. No le gustan las camisas con gemelos, al contrario que el abuelo Jesús. Al contrario que otras muchas cosas aunque él en ese momento no lo sepa. Son las mismas camisas a las que, una vez ya gastadas, le gusta darles en verano otra vida. Las usa entonces para ir a las calas de Benibaite. Viste entonces con unas zapatillas de cáñamo azules o granates y un traje oscuro de baño. Papá, años después, querrá regalarme sus camisas, que yo mismo las encargué también con mis propias iniciales. Pero sabe que no accederé a vestirme jamás como él o como el abuelo.

Pablo Martín-Santos, papá, es el segundo de los hermanos Martín-Santos. Creo que no lo sabes, pero el tío Pedro, el primero, se encuentra en ese momento, en 1970, en París. Ejerce como notario. Había estado colaborando en el gabinete jurídico de su suegro tras haberse licenciado en Derecho en la Sorbona, donde conoció a su maravillosa esposa, la tía Coralina, que una vez vimos juntos de niños, ¿recuerdas? Como bien sabes, el tío Pedro sacó la carrera que quería el abuelo Jesús, pero no acató exactamente sus planes o mandamientos porque decidió no regresar a Valencia, justificando que en París se sentía en su perfecto contexto. Algo que no es difícil de experimentar y que le pasa a mucha gente sensible que siente una comunión especial de sus partículas con la vibrante magia de esa ciudad poema. Ya lo dijo Stefan Zweig: «Un joven con los sentidos despiertos en ninguna otra parte se encuentra tan identificado con el ambiente como en esta ciudad que se da a todo el mundo y en la que, no obstante, nadie ahonda nunca del todo». Infinidad de autores han dedicado palabras a esa maravillosa ciudad amuleto. Pero pocos como el escritor austríaco.

Es curioso, pero ese mismo París podría ser descrito hoy mismo, porque París no ha dejado nunca de ser eso mismo: París. La ciudad que, al igual que a tantos otros, cautivó al tío Pedro, calando hondo en su corazón, en sus ideas, en su pensamiento. Durante el tiempo que pasé con él, cuando era adolescente, me dio a conocer a Zweig, a Sartre, a Camus, a Simone de Beauvoir, a Mauriac, entre otros.

El tío Pedro le dio un gran disgusto al abuelo cuando comunicó que no seguiría trabajando para el Grupo Martín-Santos, que prefería quedarse en París con su mujer, viviendo sus teatros, sus cafés del Barrio Latino, sus noches sencillas con tertulias literarias, políticas o artísticas, en alguna buhardilla de algún amigo pintor de Montmartre, de algún editor de Saint-Germain o algún nuevo cineasta comprometido. Su lugar favorito era sin duda la histórica manzana del Palais-Royal. La primera vez que me llevó allí, paseando bajo los soportales me dijo que, así como París es la capital de Francia, Palais-Royal es la capital de París. Cruzando sus avenidas arboladas, sus fuentes y estatuas, sus sillas metálicas verdes donde todos los parisinos se sientan a leer un rato disfrutando del entorno, me explicó que allí mismo se gestó la Revolución francesa, donde Desmoulins había llamado al pueblo a la toma de la Bastilla. Habían vivido poetas y hombres de Estado de los siglos XVII y XIX. También se encontraba la casa en la que tantas veces Balzac y Victor Hugo habían subido a cierta buhardilla a conversar. Y donde un joven teniente llamado Bonaparte buscaba una protectora entre las damas que por ahí paseaban. Pero lo más importante, donde había besado por vez primera a la tía Coralina de esa manera en que los novios jóvenes de entonces tenían prohibido hacerlo en España. En un parque y al aire libre.

Pronto se crearía un círculo perfecto de amistades cuyos apetitos culturales y libertarios se mimetizarían. Y lejos de todo ese universo de fraternidades tolerantes y abiertas, el abuelo Jesús forjaba en silencio un furioso reproche de piedra. Años después el tío Pedro falleció en París. Y tal y como había soñado fue enterrado en el cementerio de Pierre Laichaise un día de invierno en el que la nieve se asentaba con finura en las cruces de los muertos y en las cabezas de los vivos. Yo estuve en su entierro, ya lo sabes. Aunque no lo creas, fue un adiós muy bonito. Acudió un nutrido número de familiares y amigos. Y un buen amigo suyo, virtuoso del violín, le dedicó una bellísima pieza, al tiempo que sus restos iban encontrándose con la tierra. Hubo emoción y silencio. Todo cobró un aire entre literario y decadente que todavía hoy me sigue sorprendiendo en el recuerdo. Se leyeron tres poemas. Yo fui el que leyó el último. Escogí uno de Victor Hugo. Saqué del bolsillo de mi abrigo un ejemplar de bolsillo de *Les Contemplations* que el propio tío Pedro me regaló en cierta ocasión. Abrí el libro por el separador que había colocado la noche anterior y leí ante todas aquellas personas con toda la firmeza posible y con toda la melancolía también.

Demain, dès l'aube, à l'heure où blanchit la campagne,
Je partirai. Vois-tu, je sais que tu m'attends.
J'irai par la forêt, j'irai par la montagne.
Je ne puis demeurer loin de toi plus longtemps.

Je marcherai les yeux fixés sur mes pensées,
Sans rien voir au dehors, sans entendre aucun bruit,
Seul, inconnu, le dos courbé, les mains croisées,
Triste, et le jour pour moi será comme la nuit.

Je ne regarderai ni l'or du soir qui tombe,
Ni les volies au loin descendant vers Harfleur,
Et quand j'arriverai, je mettrai sur ta tombe
Un bouquet de hox vert et de bruyère en fleur.[1]

---

1 Mañana al alba, al tiempo que en los campos aclara,
partiré. Ya lo ves, yo sé que tú me esperas.
Iré por el bosque y por la montaña.
Ya no resisto el tiempo que de ti me separa.

Andaré con la mirada puesta en mis pensamientos,
Sin ver nada afuera, sin escuchar ningún ruido,
Solo, desconocido, curvado y con las manos hacia atrás,
Triste, y el día será para mí como la noche.

Mucho antes había fallecido, como bien sabes, el tío Mateo, el tercero de los cuatro hermanos, que estudió Arquitectura en Roma cumpliendo los deseos del abuelo. Esta vez todos, porque él sí que pretendía servir al «emperador» Martín-Santos. Mateo era quien reinaba con o sin secretos, fuertemente, en el corazón de la abuela Teresa. El tío Mateo era su preferido. Era culto, deportista y apasionado. Un joven enérgico, alto, apolíneo. Una mirada de galán de cine aventurero en Technicolor conquistaba los corazones de las jovencitas burguesas de entonces. La misma mirada tuya, Sofía, la misma mirada del papá y del abuelo. Un cabello fuerte, largo y ondulado provocaba disconformidad en su padre y ansiedad en los pechos de las niñas francesas y madrileñas que acudían a Benibaite cada verano. El tío Mateo además era el mejor amigo de su hermano pequeño, el tío Santiago, el menor de los cuatro; quien mejor que nadie supo entender su pretensión de artista, por eso le fue regalando los primeros materiales para que fuera poco a poco probando.

—Tienes algo especial, no lo olvides, Santi. Lucha por ello. La recompensa está garantizada a todo aquel que se esfuerza. Tú eres pintor. Un pintor muy bueno —le dijo el tío Mateo cuando su hermano Santiago le regaló uno de sus primeros dibujos.

No obstante, en el proyecto de don Jesús Martín-Santos, nuestro querido abuelo constructor, en su plan o diseño

---

No miraré la caída del oro de la tarde,
Ni las velas a lo lejos descendiendo hacia Harfleur.
Y cuando llegue allí, pondré sobre tu tumba
Un ramo de acebo verde y brezo en flor.

Victor Hugo
Las contemplaciones (1856)

de familia-empresa perfecta, el tío Santiago de ninguna de las formas podía convertirse en aquello que tanto amaba. No, ni hablar. Si quería pintar, que lo hiciese los fines de semana, como una afición cualquiera. Porque nada ni nadie iba a contrariar su firme objetivo. Como nunca nada ni nadie lo contrariaron más que por respeto, por miedo supongo. Porque siempre son los miedos los que impiden que algunos sean aquello a lo que estaban destinados. No, que se quitara de su cabeza la absurda idea de ser artista. Su hijo Santiago sería el economista. Por encima de cualquier cosa, el abuelo Jesús tuvo siempre muy claro que el Grupo Martín-Santos sería la más importante de las empresas constructoras porque se sustentaría sobre los cimientos más imperturbables, sobre la base y estructura más fundamental, unida y perfecta: la familia. Y esta debería estar totalmente organizada para un objetivo claro.

¿No lo sabías, Sofía? ¿No sabes que, de alguna forma, tú eres un colateral resultado de aquel dibujo, aquel organigrama que pensó una noche cenando bajo la higuera enorme de la casa de Benibaite? Sí, querida hermanita. El abuelo siempre tuvo más que presente el futuro que imaginaba o soñaba: la continuación de su obra.

Lo había contemplado en su corazón, diseñado en su mente. Sucedió mientras sus hijos, mucho más pequeños, reían y bromeaban, unidos junto a su esposa, la pequeña y adorable abuelita Teresa. Supo entonces, como se sabe siempre cuando un relámpago incomprensible acude al alma, que Pedro sería el notario; que Pablo, papá, continuaría a su lado, al lado de su padre para que supiera la realidad de los negocios desde la calle, el almacén y todos los posibles prismas que nunca se aprenderán en cien universidades; supo también que Mateo sería el arquitecto, y que Santiago, el menor, que esa noche misma no era más que un bebé, sería el que llevaría las cuentas de la familia. Incluso quien se encargaría de invertir en diversas actividades económicas los sobrantes de dinero. Sí. Ya lo tenía diseñado en su mente. Una alegría inundó sus venas y se dirigió con fuerza a su corazón. En ese momento la abuela Teresa se giró y descubrió en su marido una mirada de felicidad enorme. Ella la había perdido un poco cuando murió la única hija de ambos a pocas semanas de nacer. Aquella que hubiera sido nuestra tía, también llamada Sofía. Que es por eso por lo que a ti te llamaron de igual manera. La tía Sofía, que nació antes que el tío Santiago. Si hubiera continuado junto a nosotros, contando con ella, hubieran sido cinco los hermanos. Aquel terrible golpe fue algo que a medida que el abuelo Jesús iba borrando de su memoria, en el alma de la abuela se iba haciendo cada vez más y más presente con los años.

Todo parecía perfecto en la cabeza del abuelo Jesús, tan admirada y temida siempre por tantos. Pero si hay algo que se aprende en la vida, a medida que se acumulan experiencias y años, es que es ella, la vida misma, la auténtica directora de nuestros pasos, de nuestros destinos, que únicamente podemos reconducir un poco con el esfuerzo de la comprensión de lo que nos rodea y, sobre todo, de nosotros mismos. Todo lo que tiene que ocurrir ocurrirá. Nuestros deseos e ilusiones pueden cumplirse, pero no con la fuerza, los contactos y la lucha vil, si llegase a ser necesario —como pensaba el abuelo Martín-Santos—, sino con el esfuerzo de ser libres y de regalar sincera libertad a quienes, a su vez, nos regalan la existencia con una hora o casi toda una vida en compañía nuestra.

Y es que hay personas que han crecido con la firme convicción de haber logrado sus triunfos a partir de su empecinada fuerza, cuando realmente puede que otras circunstancias aleatorias e incomprensibles energías hayan sido las causantes. Qué soberbia la del hombre que pretende dirigir y controlar el infinito insondable que supone la vida, siendo él como es una partícula efímera ante la eternidad de lo no tangible. ¿No crees, hermanita? Sigue, sigue leyendo. No quieras adelantarte a las páginas posteriores. Hazme el favor de ir palabra a palabra, página a página, poco a poco. Volvamos al año 1970, volvamos al Ateneo y a su Salón Dorado.

Sofía Martín-Santos continúa dejándose llevar por el fluir de palabras en Avenir Medium del número 12 en el archivo Word que atrapa toda su atención esa mañana de eclipse perfecto. Hace caso a la petición. Lee las páginas una a una, al tiempo que se acerca, a una velocidad invariable, hacia un Madrid confuso donde hallar posibles respuestas al texto enviado por su hermano, su único hermano.

5

AQUELLA NOCHE DE LA QUE TE HABLO, SE ENCONTRABAN SENtados en la mesa del salón los abuelos Jesús y Teresa, los papás y el tío Santi, que no tendría más de dieciséis años, y que era por entonces un adolescente tímido y delgado, de mirada triste, difícil palabra y aspecto taciturno. Con ellos se encontraban también Jorge Gómez Luque, el banquero, y su mujer; así como otros dos matrimonios de la edad de los papás que se conocían del club de tenis. Era una de esas cenas en las que los maridos reían pletóricos algunos chistes subidos de tono, forzando de un modo patético sus virilidades y encías, tras haber cerrado ciertos acuerdos previos a las demoliciones y a las grúas. Esa noche prometía mucho, sí. Un sustancial acuerdo para la familia Martín-Santos estaba a punto de sellarse gracias a la inusual línea de crédito que el abuelo y papá habían conseguido en el banco de Gómez Luque. Todos disfrutaban menos Santi, nuestro tío Santi, que permanecía retraído e intimidado por la escrutadora mirada de su padre, nuestro abuelo Jesús, que encima utilizaba el silencio de su hijo menor para provocar la burla casi de los demás. Así lo hacía siempre, a medida que iba agotando más y más copas de vino. Trataré de acercarte al momento, lo conjugaré en presente. Finjamos que nos encontramos allí tú y yo, hermanita. Invisibles, sin materia, pero vigilantes y traviesos como cuando espiábamos a nuestro otro abuelo, Gabriel. Solo así podemos comprobar que la abuela Teresita hace lo poco que puede una mujer, y una madre, en esos casos cuando se dan en aquellas épocas, en ese tipo de cenas. La mamá comprende extrañamente o no, y en silencio, el ahogo que sufre su joven cuñado. Así se encuentra el tío Santi, desde que muriera su hermano Mateo, o tal vez se deba su angustia a algo mucho más sencillo, o mucho más complicado. Los hombres ríen, fuman, comen y vuelven a beber y reír. Y en un momento de exaltaciones de la amistad que los une terreno a terreno, millón a millón, farsa a farsa, papá, abrazando a una sonriente y claudicante mamá, coge su copa de vino, la eleva con seguridad de Martín-Santos y, haciendo un alarde de oratoria insigne, se prepara para anunciar algo muy importante. Nada puede superar la bonanza de esa velada. Eso piensa el abuelo Jesús. Nada más puede aumentar su alegría en ese momento de negocio cerrado. Pero algo con lo que no contaba provoca un estallido de gozo en su corazón, en su pecho invencible y enloquecido. Papá anuncia que él y mamá están esperando la llegada de su primer hijo. El primer nieto de don Jesús Martín-Santos.

Hay un breve silencio. Unas miradas compartidas. Y el estallido de la alegría. Seguidamente todos vitorean a la joven pareja, todos abrazan y besan a los papás. Lo que nadie sabe es que en el vientre de mamá somos dos, tú y yo, hermana, los que diminuta y calladamente vamos poco a poco formándonos. El camarero, cumpliendo una repentina orden del abuelo, ha de subir por las escaleras a por un par de botellas de *champagne*. Las mismas escaleras que contemplé desde la calle aquel día.

El sonido de las máquinas tragaperras vomitando monedas me trajo de nuevo a ese presente en el que me encontraba, ya en este 2005, treinta y cinco años más tarde, pensando en aquella noche en la que se anunció que mamá estaba embarazada. Eran muchas noches también las que vibraban constantemente. Las hubiese vivido o no, nada importaba. Cada relato que me contaron, unos y otros, había quedado sellado en mi alma como una especie de material o tesoro, esperando un momento inexplicable para exteriorizarse. Acumulaba así durante mi trayecto todo un almanaque denso del que no podría nunca desprenderme. Lo calibraba en silencio desde varios prismas. La amplitud de perspectivas siempre concluye con una comprensión más capaz de las cosas, ¿no crees?

Dejé atrás el Ateneo, dirigiéndome a la plaza de la Reina, con la lentitud que me obligaba mi pierna tullida. Seguía el sol recio contemplando vigilante mi desnivelado paso. Quedaba poco para verte, habían pasado cinco años desde la última vez. Tenía algo muy importante que decirte. Tu secretaria me dijo que a las tres y media me podría encontrar finalmente contigo cerca del Palau de la Generalitat. Tenías un hueco dentro de tu apretada agenda. Podrías concederme tal vez unos minutos en cualquier cafetería de la plaza de la Virgen. Hacia allí me iba dirigiendo, caminando por la calle San Vicente, bajo la sombra fresca de los tilos, pasando junto a las tiendas de paraguas, cinturones, guantes y abanicos; junto a los kioscos y la piedra anciana de la iglesia de San Martín. Al llegar a la conclusión de la calle de la Paz, la que tanto gustaba a la abuela Teresita, apareció uno de esos carruajes turísticos. El traqueteo de herraduras al paso lento me evocó ciertas jornadas que relataba nuestro otro abuelo, Gabriel, cuando siendo niño bajaba con su padre y su hermano desde la finca de Liria hasta la ciudad para proveerse del vestuario del siguiente invierno.

¿Viajamos ahora hacia la otra parte de nuestra familia, Sofía?, ¿esa parte, esa familia que quedó eclipsada para ti por los Martín-Santos?

Se sentía en una disposición fácil para viajar hacia el otro polo de su familia, hacia los abuelos maternos. Pero, antes de proseguir con la lectura del relato de su hermano, y aunque llevaba casi toda su vida sin haber vuelto a leer un solo poema, quiso volver a leerlo otra vez. Regresó así a los versos de Victor Hugo ofrecidos por su hermano Marcelo. Aquellos que leyó en el funeral de su tío. Leyó sin prisas, y sin dificultad alguna con el francés, el poema. Era uno de los cinco idiomas que hablaba a la perfección, lo mismo que su hermano. Leyó el poema, saboreando cada sílaba, cada rima, cada acento. No sería la última vez que lo haría en ese mismo trayecto.

6

EL DINERO, ESO QUE TANTO OS HA GUSTADO A TI Y AL ABUELO, NI se genera ni se destruye, simplemente va cambiando de manos. No soy yo quien ha de hablarte de eso que tanto conoces. Pero sí quizás de los Benedet, en el tiempo en el que el abuelo Gabriel era niño. Un niño muy muy rico.

Por contarte una anécdota que ilustre lo que te cuento, viajamos como te digo a la calle de la Paz de la Valencia de 1925. Los hermanos Benedet acudían todos juntos al mismo sastre que tenía su taller en el número cinco. Allí renovaban el vestuario de cada temporada. En ese momento, nuestro otro abuelo, Jesús, era un niño que soñaba con tener algún día un par de zapatos y no las alpargatas sucias y tan gastadas que aguantaba incluso cuando el pie crecía alcanzando una talla más.

El de los Benedet era el más reconocido y esmerado profesional en su arte en aquel tiempo. Cuando el cochero detenía los caballos, daba un par de golpes a la tartana como aviso de que ya podían bajar todos a la calle. Entonces, los hermanos descendían del carruaje y se colocaban alineados en la acera hasta que el padre, nuestro bisabuelo, desde hace años viudo, con firme aire de mariscal mayestático y austro-húngaro, asentía a sus dos hijos, indicándoles con parco gesto que ya podían seguirlo adentro del edificio.

Entraban de ese modo en el portal y subían al primer piso, gastándose alguna furtiva broma que pronto reprimía el bisabuelo. Les abría la puerta el propio sastre. Y cada vez que atravesaban el umbral, como si se tratase de una recepción real, los esperaba todo el conjunto de ayudantes alineados en el enorme recibidor, con amplias sonrisas forzadas. Tras atusarse el bigote, el sastre comenzaba a mostrar al bisabuelo la colección de tejidos recién llegados de Milán. Y él iba escogiendo cada una de las telas con un escueto rugido de garganta.

Eso me lo contó el abuelo Gabriel, nuestro otro abuelo. Eso y tantas y tantas cosas de aquel fascinante mundo que vivió de niño. Un mundo opulento al que todavía le quedaba algo de tiempo antes de convertirse en esa materia de humo que, inexorablemente, se desvanece de repente. Como sucede en todas las épocas. Sin que casi nadie que las protagoniza se dé cuenta hasta que ya es demasiado tarde.

Tú no sabes mucho de la familia del abuelo Gabriel, de la vida que llevaron en la finca. De los conciertos y de los bailes que daban en sus salones. De las amplias salas de juego, de la fascinante biblioteca. De las institutrices que les enseñaban comportamientos y protocolos propios de la aristocracia. No sabes mucho de aquel tiempo perdido, de aquel niño que fue nuestro abuelo, porque nunca tuviste el tiempo y la escucha necesaria para sus relatos. Estabas concentrada en cosas propias de adolescentes burguesas en 1985. Qué suéter ponerte a los hombros, qué falda o pantalón el siguiente sábado, qué camisa para exhibir en la plaza Cánovas con tus amigas, lanzando sonrisas en la distancia a aquellos Óscar, David, Borja, Adolfo y otros pavos reales recién llegados de Benicasim, con el pelo engominado, que competían con el brillo de sus mocasines Sebago, alzando sus voces sobre el ruido de los tubos de escape Pollini de sus vespas. Jugabais a ser los T-Birds y las Pink Ladies de *Grease*. Tomabais unos San Franciscos o unos vodkas con naranja mientras escuchabais las últimas canciones de Blow Monkeys o Simple Minds, que despedían a todo volumen los altavoces del interior del pub Arrebato hasta alcanzar plenamente la calle Salamanca. En esa época no se ponían tantos impedimentos legales por los decibelios de los locales. Quizás porque eran los ochenta. O, tal vez, porque las canciones de entonces estaban creadas, a diferencia de las de ahora, para no recibir quejas de quienes las escucharan.

Te imagino así, como una Olivia Newton John, pletórica y riendo con todos aquellos John Travolta, y pienso que aquellas eran las únicas preocupaciones que quizás se debían de tener a ciertas edades, en ciertos círculos, cuando uno no era un adolescente tullido con problemas existenciales y sí una muchacha en flor, pretendida por los chicos más populares del colegio, del club de tenis y de aquellos viajes a la nieve. Eso y saberse la letra de la última canción de moda para cantarla en grupo con las copas y los sueños adolescentes en alto, allí en la zona de Cánovas, mientras se masticaban chicles de fresa ácida por si sucedía ese beso que se pretendía no buscar, pero que debía ser perfecto en cuanto a sabor si llegaba la ocasión bajo las estrellas. Esas mismas que, tímidamente, asomaban en un cielo que vigilaba aquellos tiernos momentos de despreocupación provinciana, entre algunos de los edificios señoriales que construyera el abuelo Jesús en los años cincuenta: *«(Hey, hey, hey) Don't you forget about me / Don't, don't, don't, don't / Don't you forget about me…»*.

Don't you (forget about me) era una canción que habían encargado ese mismo año, 1985, al grupo escocés liderado por Jim Kerr para que formara parte de la banda sonora de *The breakfast club*. Sin pretenderlo, se convirtió en el mayor éxito comercial del Simple Minds. Lo curioso es que jamás incluyeron ese tema dentro de un álbum grabado en estudio. La canción se escuchaba al principio y al final de la película. Y al principio y al final de cada noche en los ochenta, porque se convirtió posiblemente en el himno de toda una generación. Aquella era entonces tu película favorita. Lo recuerdo. Hiciste polvo la copia en VHS que te regaló papá. En España se tradujo el título como *El club de los cinco*. Y debo confesarte que, aunque siempre te dije que era una mierda, la vi muchas veces a solas en casa, cuando tú te ibas de fiesta. Supongo que lo hacía para sentirme conectado contigo. Que es lo que hace el cine y la literatura con todos nosotros más allá de entretenernos y de generarnos alguna conciencia. Nos conectan las películas de ese modo necesario que hemos olvidado. Y es que ese es el verdadero problema de la humanidad, hermana, que no sabemos que estamos conectados a todos y a todo lo que nos rodea. Sí, te lo confieso ahora. Me gustaba *El club de los cinco*. Me gustaba mucho tu película favorita.

Sofía Martín-Santos detiene la lectura. De repente, siente que necesita despegarse de la pantalla un par de minutos. Mira hacia el cielo desde la ventanilla de su asiento. Queda recordando aquella época en la que era una adolescente lejos de las preocupaciones que en ese momento la invaden, lejos de todo ese galimatías de negocios por abrir o por cerrar con políticos y banqueros de rostros felinos y mandíbulas afiladas.

—Arturo…

—Sí, señora.

—Quería pedirle una cosa.

—Claro, lo que usted diga.

—Mire si en la guantera hay un cedé de los Simple Minds. Es un recopilatorio.

—¿Un recopilatorio?

Arturo busca en la guantera entre varios cedés, sin perder la atención en la carretera.

—Aquí hay uno de «Simple Mins» —dice castellanizando ese inglés que ignora.

Y es entonces cuando Sofía sonríe por segunda vez.

—Ese, ese mismo. ¿Me deja ver?

—Claro, tenga.

Le pasa la cajita de plástico. Es una de esas con disco doble que reúne lo mejor del grupo desde 1979. Sofía saca el compacto uno y se lo entrega al chófer.

—Ponga este. La primera canción, por favor.

Arturo Meneses lo coloca en el lector de cedés. Al cabo de unos segundos comienza la canción. Sofía contempla las ligeras nubes mientras Jim Kerr arranca las primeras líneas de la reconocible letra. Y en un momento determinado, cuando llega la canción a su estrofa principal, comienza a mover los labios al ritmo de los fonemas británicos con una sonrisa, pero también con una lágrima que cae por su mejilla justo en el momento en que Kerr dice eso mismo que tantas veces gritó Sofía en aquella época en la que fue adolescente, inmortal e incorruptible: «*Don't you forget about me / Don't, don't, don't, don't / Don't you forget about me...*».

7

. . . *(Hey, hey, hey) / Don't you try and pretend / It's my beginning / We'll win in the end / I won't harm you / Or touch your defenses / Vanity, insecurity / Don't you forget about me / Don't, don't, don't, don't / Don't you forget about me*… Y con la música de fondo continúa leyendo.

Tú decías que eran los mejores. No te daba la razón tampoco en eso. No lo hacía porque hubiera significado traicionar en la balanza a mis grupos preferidos. Pero ni entonces ni ahora podría negarte lo grandes que eran Simple Minds. Muy muy buenos. Recuerdo alguno de sus conciertos en el estadio del Levante, allí en Valencia, que era su plaza favorita en España, donde más les gustaba ofrecer sus grandes directos. ¿Lo recuerdas? Yo lo disfrutaba mucho, pero no como con otros grupos como The Cure. Ya sabes que me identificaba en mi adolescencia con Robert Smith. Que encontré en él una referencia estética, un patrón al que ceñirme para identificarme desde la diferenciación a vuestro grupo de amigas y amigos tan perfectos y equilibrados *new romantics*, tan A-Ha, tan Durán Durán, tan Spandau Ballet.

Pero, sobre todo, por diferenciarme de lo que representaba ser un Martín-Santos.

Recordarás que pronto acabé vistiendo de negro, con el pelo en plan electroduende, como tú me decías. No solo por el cabello largo y erizado como Robert Smith, sino porque también solía ir maquillado. Con un efecto borroneado de lápiz de labios y un toque en los ojos para realzar mi figura inconformista y preexistencialista, escuchando a todas horas el casete *The head on the door* con mi walkman Sony. Y más que ninguna otra canción el *Close to me*, que no paraba de acompañar en alto y desafinado: «*I never thought this day would end / I never thought tonight could ever be / This close to me…*».

Pero, sobre todo, me dejaba inundar por ese personaje para desespero de papá y cabreo del abuelo Jesús. Ese era el verdadero objetivo de mi subconsciente o consciente, no sé si postpunk o neogótico. En cada uno de sus cabreos por mis pintas yo encontraba un nueva victoria. En cada una de las burlas de vuestro colorista y alienado grupo de amigos, un nuevo triunfo. Incluso cuando recibía golpes y algunas palizas por parte de todos esos gilipollas de sonrisa de plástico. Incluso en mi condición de mártir, disfrutaba. Era mi forma de sobrevivir a esa cárcel que yo entendía entonces como mi apellido.

No me duró mucho lo de Robert Smith. Creo que hasta el 87. Pero recuerdo que, mientras aquel aspecto duró, el abuelo Gabriel se reía de un modo entrañable al verme así cuando iba a su casa. Me decía que parecía un personaje valleinclanesco. Seguía dándome libros o contándome historias de la familia en otros tiempos. Solo me tenía a mí para la recepción de relatos, ajeno como estaba yo a todo eso que a los demás os importaba tanto. Pero no solo a los relatos del abuelo. Era permeable a cada uno de los que me contaban cosas, a todo lo que me relataran.

Papá, por ejemplo, me contaba que su padre, nuestro abuelo Jesús, de niño, solía bajar del pueblo con un carro lleno de leña para las calderas de las casas señoriales de la calle de la Paz en el húmedo y frío invierno. Veía en aquella calle a los señoritos con sombreros y trajes impecables, bigotes de corte limpio y perfecto, botines acharolados y relojes de oro que consultaban con aire distraído, para luego guardarlos con prestancia en el bolsillo de sus chalecos. El abuelo soñaba con convertirse en uno de esos señoritos algún día. Vivir una vida mejor que la que, al parecer, le había tocado. Decía papá que cada vez que llegaba el abuelo Jesús a esa calle, cargando los leños, y veía a esos señoritos saludando con sus sombreros a aquellas damas subidas a los enormes automóviles o tartanas, o cuando veía a los niños de su edad con inalcanzables zapatos relucientes y chaquetas finas de terciopelo, que cambiaban en cada temporada, soñaba con que todos sus hijos, algún día, no tuvieran que vivir las estrecheces que sufría su familia. Más aún que un sueño, aquello se convirtió en un serio juramento. Porque lo juraba. Así lo hacía fuertemente y en silencio. Para sí mismo. Lo juro... Lo juro... Lo juro... Apretando los puños y la mandíbula, según me contó papá. En una especie de hermética y particular promesa, oculta a los demás, que él mismo sentenciaba en su corazón de niño.

¿Sabes? Siempre he imaginado que los dos abuelos se encontraron uno de aquellos días, que en una de esas jornadas de invierno ambos niños se quedaron mirándose a los ojos. ¿Te lo imaginas tú? El abuelo Jesús siendo un niño pobre, en el carro de su padre, soñando con parecerse a ese otro niño rico que es el abuelo Gabriel, párvulo también, junto a su hermano, junto a su padre, el viudo terrateniente y militar retirado. Sí, el abuelo Jesús es un niño que mira boquiabierto cómo van entrando en uno de los patios elegantes de la calle de la Paz, donde los espera el sastre que les confeccionará el nuevo vestuario del invierno. El abuelo Gabriel se gira y entonces, por unos segundos, quedan sus miradas suspendidas en un extraño e incomprensible reconocimiento. Imagínatelo. Ellos dos, a muchas décadas de paradójica distancia de que sucedan sus mismos hijos, sus nietos incluso. Tú y yo, hermanita.

A mí me gusta pensar de esa manera, ya me conoces. Pudo ser de ese modo, como tantas sincronías que suceden en este mundo redondo, perfecto, cuántico y travieso. Como los eclipses, que no son casuales. Porque, al igual que lo de arriba es lo de abajo, nosotros también somos, de alguna manera, astros, planetas y satélites cuyas órbitas pueden un día cruzarse, de tal modo que sombras y luces se puedan entender, e incluso abrazar, aunque sea tan solo unos segundos.

Regresé a ese preciso pensamiento justo al llegar a la plaza de la Reina. También a las tardes que pasamos con la pobre abuela Teresita en Santa Catalina, tomando con ella chocolate caliente y ricos buñuelos. A esas templadas horas, la plaza era un extenso y lúcido devenir de inquietudes, colores y labios bajo un cielo despejado. De un tipo de azul de los que parecen el mar mismo cuando queda quieto. Recuerdo que un ecuatoriano insistía a las indiferencias de las terrazas con el rítmico *Guantanamera*. Último tema, imaginé, antes de retirarse a la buhardilla que seguro compartiría con otros tristes rostros. Ahí estaba él, reclamando alguna moneda con la entrega de una canción o cinco, como en tantas otras plazas, centros comerciales o estaciones de metro. Pero los que ocupaban los lugares cómodos al sol o a la liviana sombra no precisaban de ese sudamericano ni de su canto. Eso mismo podía traducirse en sus tercos rostros. Recuerdo también que, en ese mismo momento, me alcanzó un inconfundible olor a paella, también el aroma de tabaco rubio, al tiempo que se dejaba oír el sonido del afilador en una calle cercana. Cruzaron delante de mí unas estudiantes nórdicas compartiendo risas y prisas. Valencia era, una vez más, un posible poema a esas horas en las que estaba a punto de reencontrarme con mi hermana. Era ciertamente un día hermoso. Imposible negarlo. Un día de aire fresco y luz perfecta para que escucharas lo que había ido a decirte. Para entregarte lo que te llevaba. Te vería en algo más de una hora. Continué con mi lánguido paso hacia la otra plaza, hacia la plaza de la Virgen, donde tantas veces te contemplé correr, cuando niños, detrás de las palomas grises y blancas. Yo tenía que permanecer una vez más sentado junto al abuelo Gabriel en la mesa de la terraza. Sin separarme de él, de mi helado de chocolate y vainilla, conviviendo con mi imposibilidad de velocidades e infantiles saltos sin malicia. Tú, sin embargo, corrías detrás de ellas. Y al acusar las palomas tus pies enérgicos, reanudaban el circular vuelo alrededor de la plaza. Reías. Y me gustaba verte reír. El abuelo Gabriel jugaba entonces a provocar reflejos en tu carita con su pitillera de plata. Aquella a la que tanto cariño tenía porque se la había regalado su padre cuando se enteró de que fumaba con quince años, y que era tal vez el último vestigio tangible que guardaba de una época que ya solo era nebulosa. No te gustaba que te dirigiera los rayos de sol desde su pitillera hasta tu cara. Y por eso ponías una carita que nos hacía reír a los dos, como si estuvieras comiendo limón. Creo que, en realidad, te lanzaba esos rayos de sol, a través del reflejo de su pitillera, para hacerme partícipe de tu juego, cuando entendía lo que podría estar cavilando al verte corriendo y saltando. Y no le faltaba razón tampoco en eso, porque me hubiera gustado jugar como tú en ese momento, y en todos los demás. Correr, saltar, reír a carcajada limpia y fresca, como debe hacer cualquier niña o niño en cualquier lugar o tiempo.

Quedarse impedido te abre poco a poco y en sutil silencio hacia otro tipo de perspectivas. Mucho más si te ocurre en plena infancia. A pesar de todo, comencé a notar pronto que mi lesión propiciaba el enriquecerme de otro modo de las cosas sencillas, de esas que nadie suele apreciar y que a mí me parecían extraordinarias porque se me impedían. Llegamos una vez, recuerdo, a casa del abuelo Gabriel, tras haber pasado la tarde en la misma plaza. Dormíamos con él porque los papás salían esa noche a cenar y jugar con amigos en el Casino de Monte Picayo. Le pedí al abuelo unas hojas y un bolígrafo. Escribí en forma de poema esas sensaciones que me habían abordado horas antes, en silencio, cuando te había visto correr detrás de las palomas, cuando las había visto a ellas volar agrupadas en círculos y el abuelo jugaba a reflejar el sol en tu carita con su pitillera de plata. El abuelo leyó ese poema para sí. Vi cómo su rostro pasaba de la sonrisa a un gesto algo más sobrio.

—¿No te gusta, abuelo?

—Me ha encantado.

Yo tenía algo más de ocho años cuando escuché una cosa que llegaría a mis oídos de la misma forma varias veces fundamentales en mi vida. El abuelo terminó de leer mis palabras y me dijo:

—Vaya, vaya, Marcelito, parece que estás empezando a escuchar «la otra voz».

Aunque no podía entender muy bien el porqué, en ese momento sentí que me gustaba oír esa frase. A la mañana siguiente el abuelo Gabriel me regaló un cuaderno en el que me dijo que debería ir escribiendo, a modo de diario, mis pensamientos, mis ideas y secretos. Aquel fue el primero de muchos, muchísimos otros cuadernos.

Casi treinta años después, esperándote para ese no tan fácil reencuentro, contemplé a otra niña morena de unos tres añitos. Reía y atacaba a las palomas de la plaza de la Virgen con una metralla de pompas de jabón. Su padre la vigilaba feliz. Fue entonces cuando inicié, justo antes de que llegaras, otro nuevo viaje. Esta vez a nuestra casa de Benibaite.

Sofía Martín-Santos detiene la lectura. Dirige su mirada hacia un punto indeterminado del paisaje en movimiento de afuera. Justo donde puede alcanzar a ver aquellos días que le propone su hermano. Es fácil. Solo concentrada en esas palabras. Solo en sus pensamientos, totalmente conectados a esos lugares y hechos. La lectura tiene ese don, entre otros muchos: el de poder viajar con ella en el espacio y en el tiempo. Respira profundamente. Hacía mucho que no lo hacía, que no era consciente de su respiración. Tose al entrar tanto oxígeno en su pecho. Eso mismo también provoca la lectura, oxígeno en el pecho. Bebe agua de la pequeña botella que le trajo su chófer.

—No debería fumar tanto —le indica sonriéndole a través del espejo retrovisor—. Se lo dice alguien que fumaba antes tres paquetes diarios.

Ella le devuelve la sonrisa. Vuelve a beber. Continúa leyendo.

8

MUCHO ANTES DE LA EXISTENCIA DE LA ENORME PISCINA, nuestra casa de Benibaite sucedía discreta en la noche. Con ruidos de chicharras y el rumor de las olas no muy lejanas, que chocaban contra las rocas, los erizos y los diminutos cangrejos y lapas. Mucho antes de ti y de mí, querida Sofía, fueron allí niños papá y los tíos. El abuelo Jesús era joven y fuerte. Y, del mismo modo, la abuela Teresita, linda y menuda, con sus ojillos achinados y su cabello perfectamente moldeado a lo Olivia de Havilland, aquella maravillosa actriz, novia eterna de Errol Flynn en ocho películas de la época dorada de Hollywood.

Imagínatelos a todos ellos allí por un momento. Imagínate a la abuela Teresita bien joven. Está preparando unas cocas de pimiento, berenjena y tomate en el horno. A todos sus hijos les encantan las cocas de la abuela. Luego tomarán higos frescos de postre. Los cogerán ellos mismos de la enorme higuera, al tiempo que bromearán con el abuelo Jesús. Están felices. Rodeados de silencio, de noche, y no de bloques de apartamentos cuando es una fecha cualquiera de finales de julio de 1955.

Paralelamente a ese fluir hipnótico de palabras, Sofía Martín-Santos comienza a recibir sucesiones efímeras y concretas de aquella Benibaite de su infancia. Y podría quedarse allí suspendida, de no ser por el súbito sonido de llamada entrante de uno de sus teléfonos móviles.

En la pantallita figura el nombre de Eva.

—Dime.

—¿Cómo estás?

—De momento, bien. Seguimos en carretera. Estoy leyendo esto que me ha enviado y, bueno, no sé…

Comienza a abrir el nuevo paquete de Marlboro Light, su chófer mueve la cabeza y sonríe sabiendo que su joven señora no tiene remedio. Ella le devuelve una vez más la sonrisa, encoge los hombros y saca del paquete otro cigarrillo.

—¿Sigues sin dar con él?

—Sí, no contesta. Pero no creo que… ¿qué te dice en la carta esa?, ¿qué te cuenta?

—Me está evocando a la familia —comenta al tiempo que acerca la llama del mechero hacia el cigarrillo que ya descansa dispuesto en sus labios para la pequeña llama.

—¿Cómo?

—Sí, no sé qué más decirte —replica Sofía tras inspirar el humo—. Me está hablando del último día que vino a verme, de nuestros abuelos…

—¿De vuestros abuelos?

—Sí.

—Todo esto es muy raro, Sofía. Me parece que está jugando de alguna forma contigo. Algo querrá.

—¿Mi hermano?

—Sí, tu hermano. No tiene otro sentido si no eso que te ha escrito.

—Mi hermano no me ha pedido nunca nada.

—Porque tú siempre se lo das antes que te lo pida.

—Bueno, de momento, en lo que llevo leído no dice nada más que lo que te he dicho. Pero…

—Pero ¿qué?

—Pues que no sé qué pensar. Marcelo es toda la familia que me queda. Llevo sin hablarle tantos años…

Sofía Martín-Santos rompe a llorar, Arturo Meneses continúa callado pero no indiferente a lo que está sucediendo en la parte trasera del Bentley Arnage y, por supuesto, al no poder evitar la escucha, al posible motivo del lamento de su joven señora.

—Venga, cariño, ánimo, que ya verás como no es nada finalmente. Seguro que se trata de una broma macabra y punto. —Y tras un breve silencio añade—: La verdad es que ya le vale a tu hermano, joder.

—Pero… ¿y si es cierto? ¿Y si ha muerto? ¿Y si ha muerto de verdad? —Las preguntas surgen como un hilillo líquido, infantil y susurrado.

—No, Sofía… Venga, no llores, tranquilízate —le insiste indulgente, tratando de tranquilizarla desde el otro lado de la línea.

El diligente chófer ahora entiende exactamente lo que está ocurriendo esa mañana en la que casi incomprensiblemente se dirigen a Madrid, fuera de la agenda prevista. Comienza a buscar el momento en el que dar a entender que si necesita que pare, que si precisa cualquier cosa… Ella percibe al instante todo ello en la contemplación seria y circunspecta de su chófer, reflejada en el amplio retrovisor cromado. Como un acto reflejo, adelantándose al posible ofrecimiento, le niega con la cabeza a Arturo Meneses, como dándole a entender que no pasa nada. Pero él es de esa clase de hombres, tal vez de otro tiempo. Por ello, pese a la indicación de su señora, no puede reprimirse.

—¿No quiere que paremos? En unos cinco kilómetros tenemos otra estación de servicio con bar.

Pero Sofía Martín-Santos vuelve a negar con la cabeza al tiempo que le muestra una apagada sonrisa.

—Sofía, por favor, cálmate. Escucha —continua la leal amiga al otro lado de la línea—. Tú tranquila, que yo continúo con las llamadas. Pero...

—Pero ¿qué?

—¿No se te ocurre otra cosa que podamos hacer, alguien a quien llamar, alguna persona cercana a tu hermano allí en Madrid?

—No, Eva. No conozco a nadie cercano a mi hermano. —Se queda en suspenso unos segundos dándose cuenta de eso mismo que acaba de decir—. Primero quiero llegar a su casa. Si no lo encuentro allí, ya veremos. De momento, sigue llamando. Ya me encuentro mejor. No te preocupes. Ya está. Te llamo yo luego desde Madrid.

—Pero y si...

—Que no, Eva —indica de un modo incisivo—, que no. No quiero saber nada hasta que no lo compruebe yo misma. En algo más de dos horas te llamo. Venga, un beso.

Cuelga tajante. Suceden unos segundos que pesan como minutos en los que, a pesar del fino trabajo del aromatizador, dentro del automóvil comienza a respirarse una confusión difícil y densa. Arturo Meneses mira contrariado por el retrovisor. Sofía pierde la mirada una vez más por la ventana y adopta un tono confidente.

—Esta mañana he recibido un correo electrónico de mi hermano. Me enviaba un texto con la indicación de que, para cuando lo leyera, ya estaría muerto. Es un texto muy largo en el que creo que está la razón de todo esto, que no sé si es una broma o qué mierda puede ser... Perdone, Arturo. Ahora lo único que quiero es ir leyéndolo a medida que nos acercamos a Madrid, a ver si encuentro la solución a todo esto. Permítame seguir leyendo. Y de verdad que lo siento.

—¿El qué?

—Que haya tenido que escuchar lo que...

—Usted tranquila. Por mí no se preocupe. En dos horas y media llegamos a casa de su hermano. Yo... Si quiere hablar o si quiere que paremos o que haga cualquier cosa, por favor, no dude en decírmelo.

—Gracias, Arturo. De momento, solo eso que le he dicho. Seguir leyendo tranquila... Seguir leyendo...

Y eso mismo hace, tras secar la última lágrima de su rostro cansado.

III. MEMORIA

1

Sofía Martín-Santos valora unos segundos si hacer caso o no a su hermano. Finalmente, en ese preciso momento, cumple la petición inicial de Marcelo y desconecta los dos teléfonos. Los pone bocabajo junto a ella. Los separa incluso un poco más, convirtiéndolos en pasajeros silenciosos, con los que no compartir trayecto de kilómetros, años, páginas y duelos. De esa forma, liberada de los dos teléfonos de última generación por primera vez en lo que lleva de día, prosigue con la lectura de esas páginas electrónicas. Se entrega a ellas, en esta ocasión, de un modo algo más relajado. Siente que la lectura no solo llega a ser hipnótica, sino que es una invitación a conectar con lo verdaderamente importante.

Querida Sofía, sigamos por el momento en Benibaite. Pongamos que nos encontramos a principios de los años cincuenta de aquel siglo veinte del que poco a poco ya nos vamos alejando. La noche es fresca y resuena un silencio que tiene aroma a madreselvas, a anís y a romero. El aire se filtra por el pinar para arrastrar algunas pinochas que caen, directas desde las alturas de los duendes, hasta la mesa recién puesta. Otras alcanzan los cabellos de los niños, que ríen y viven cualquier circunstancia como juego o aventura de piratas. Los mismos que se sirvieron de esas mismas estrellas, que parpadean ahora sobre sus cabecitas infantiles, como brújulas estelares para la conquista, mucho tiempo atrás, de esas mismas costas levantinas. Aquellos, los de entonces, eran piratas con código de honor, romanticismo y bravura. Regados en sangre valiente y en fuerte ron, que ardía en pechos y entrañas. Hoy son bien distintos los piratas y corsarios de esas mismas costas, tú bien lo sabes, porque ya no se lanzan a la vida y muerte con puñales y espadas, solo teclean letras y números para engordar apellidos y cuentas, desde ordenadores que pronto destruyen a martillazos ante la inminente llegada de policías judiciales. No, no son como los de antes. No navegan en galeras. Los de hoy accionan todas sus triquiñuelas desde despachos institucionales, sin alma ni conciencia.

Pero perdona una vez más que me haya ido un poco de lo que verdaderamente nos ocupa. Te estaba proponiendo volver a jugar a esos saltos en el tiempo. Pongamos esta vez, te decía, hermana, que espiamos al abuelo Jesús y la abuela Teresa, a papá, que entonces tiene cinco años. Imagínate que nos encontramos subidos en lo alto del pino, en alguna de esas ramas poderosas que bien pueden aguantar no solo a unos niños, sino a unos adultos como nosotros somos ahora. Sí, lo sé, ¿cómo puedo haber alcanzado esa altura con mi pierna tullida? Pues con la imaginación, que todo lo permite y posibilita. Vamos, no seas tan suspicaz. Déjate llevar. Estamos arriba, como un Peter Pan y una Campanilla que alcanza el mismo tamaño y altura de ese niño que nunca crece y que siempre vuela. Desde lo alto de ese pino inmenso, podemos comprobar que papá está con sus hermanos, que son nuestros tíos, también muy pequeños. Y, como él, también llevan pañuelos en las cabezas y espadas de madera, emulando a los héroes y bandidos de la última tarde de sesión doble en el tierno cine del puerto, desde cuya pantalla Errol Flynn no dejaba de sonreír pletórico en cada parada o estocada a otro oficial de la armada inglesa. No nos ven en esa noche mágica en la que estamos espiándolos. Allí mismo estamos, y cómo ha cambiado todo, ¿verdad? Porque no se ve nada alrededor de la casa, tan solo se escucha el próximo arremeter de las musculadas olas en las rocas, unos grillos nocturnos y risas, muchas risas de esos niños que son papá y nuestros tíos.

Han pasado unos cinco años desde que el abuelo Jesús construyera esa villa como regalo a la abuela Teresita, que, como bien sabes, nació allí mismo, en Benibaite, cuando el pueblo era un discreto fluir de casitas de cal blanca arremolinadas alrededor de la iglesia, como tantos y tantos pueblos de las costas de entonces, y el pequeño puerto solo contaba con algunas embarcaciones de escasa eslora. Así seguiría siendo Benibaite durante mucho tiempo. Así como había sido desde mucho tiempo atrás, desde tiempos de bandoleros, corsarios argelinos y británicos piratas. Desde siglos de capa y centurias de espada, desde las legiones romanas, desde los árabes, los fenicios y tantas otras culturas y razas. Y en todas las épocas, un mismo vínculo más allá del mar o de las rocas. Siempre el Montblau, reinando en los horizontes todos, recibiendo su gigantesca roca la caricia de todos los vientos y nubes en su corona. A sus faldas, de espaldas al mar, sencillas viviendas también de cal blanca y teja, que de noche parecían el fiel reflejo desplegado del cielo y sus titilantes estrellas. Tienen casi todas esas casas del Benibaite de los años cincuenta aquellos hornos abovedados de barro donde se asa el pan, la carne, las patatas y, sobre todo, donde se elaboran las cocas de pimiento, tomate y berenjena, o esas otras de sardinas que tanto te gustaban a ti. Por las paredes del exterior de esas casitas, trepan las hiedras enérgicas. Y en las techumbres de madera de los porches, ramajes de vid dejan que fructifiquen uvas negras o blancas que resultan ser el más auténtico adorno para la entrada de esas casas mediterráneas como la de los abuelos, cuando son jóvenes, en esa noche en la que papá y sus hermanos juegan a los piratas.

Hay una inmensa sucesión de naranjales y limoneros, de olivares, almendros y cañizos. La tierra es fértil para la huerta. Y ese es el verdadero valor de la tierra. La convivencia entre los vecinos fácil, cercana a la de una propia familia. La vida sucede sin altibajos. Porque todo es sereno, más humano. Hay tertulias sin prisas a media tarde. Hay contemplación de mares nocturnos cuando el llebeig refresca. Hay excursiones aventuradas y sencillas para merendar en la cima misma del Montblau o en el límite del cabo de San Pedro, donde el aire es fuerte y poderoso bajo el mismo faro, y las gaviotas luchan, con elegancia y tesón, por avanzar entre las rachas casi sólidas del persistente Mitjorn.

Los abuelos Jesús y Teresa están muy contentos esa misma noche. Tienen la alegría de quienes han sobrevivido a una importante guerra, a distancias, a fríos, a meses de hambre y otros tantas mortales emboscadas. No han podido sobrevivir a todo ello sus primeros bebés. Tardaron años en poder conseguir descendencia. Sufrieron dos abortos. Pero todas esas terribles experiencias les hicieron fuertes. Porque las vivieron juntos. Y porque muchos eran los niños que llegaban sin vida en la negra época posterior a la Guerra. Muchos también los que permanecían en el mundo tan solo meses. Pero el tío Pedro llegó sano. También papá. Y poco a poco, del mismo modo, sus otros dos hermanos que están ahí abajo, jugando a piratas. La pequeña Sofía no tuvo esa suerte.

Falleció a las pocas semanas de nacer. Hubiera sido la cuarta de los cinco hermanos. Por eso llevas tú su nombre. Atenta, hermana, porque es esa misma noche, mientras papá y los tíos siguen jugando a piratas, cuando le proponen al abuelo Jesús participar en el arriesgado negocio del estraperlo por vez primera.

Desde fuera de la casa, llaman al abuelo unos amigos del pueblo. Al principio duda, pero se gira y ve a sus cuatro hijos, a su joven mujer con ellos, y sabe que va a necesitar mucho dinero para alimentarlos y darles todos los cuidados posibles. Se levanta y se dirige a su encuentro. Les abre la puerta. En el porche, le hablan al abuelo de productos como el chocolate o el café, controlados en ese momento por el dictador. Tras la Guerra Civil, el hambre se había adueñado de España. Quizás mucho más que durante los años de la propia guerra. Se agotaron los recursos propios, pero también se encontraba el brutal conflicto de la Segunda Guerra Mundial, lo cual generó un tremendo descenso en las exportaciones de lo poco que se podía vender fuera. En el caso de Valencia, básicamente las naranjas. Por supuesto, la Guerra Mundial también impedía las importaciones a España. Los países europeos ya tenían bastante con asegurarse sus propios alimentos y productos de primera necesidad, en la medida de lo posible o casi imposible. De ese modo, y ante la tremenda escasez, comenzó a generarse un imparable mercado negro que se extendió por toda la península ibérica, llegando a cada una de las regiones castigadas. Aquellos nuevos corsarios sin mar, con espíritu rebelde y arriesgado, pudieron sacar buen provecho de esta situación de roñosos tintes a lo largo de todo el territorio nacional. En ese momento más nacional que nunca. Tuvieron mucho coraje, porque en 1939, justo al acabar la guerra civil española y comenzar la Segunda Guerra

Mundial, Franco, el victorioso dictador, había reaccionado con una ley que preveía incluso hasta la pena de muerte para estraperlistas, acaparadores y ocultadores de artículos de primera necesidad, especialmente alimentos y combustibles. Eran tiempos difíciles en los que solo los ricos podían plantearse la carne, ya que era un bien de mucho lujo. Hasta el arroz empezó a escasear en Valencia porque no había fertilizantes para su cultivo. Ese fue el motivo por el que comenzaron a producirse boniatos. Todo tipo de harinas eran válidas: maíz, cebada, centeno..., pero su calidad dejaba mucho que desear. Lo que sí predominó entonces era el pan negro y duro, en pequeñas dosis y repartido únicamente entre los poseedores de cartillas de racionamiento.

Pero, a pesar de todo ello, había gente con dinero, sobre todo los próximos al Régimen del dictador. El abuelo Jesús aceptó participar en lo que le propusieron. Primero, implicándose poco a poco. Luego, cada vez más de lleno. Aprendió pronto que el dinero nunca desaparece, que solamente cambia de apellidos, bolsillos y manos. Así que, tras años de estraperlo y conocer a nuevos ricos de esa nueva España que gritaban que era Una, Grande y Libre, comenzó a coquetear en la sombra con los de ese Régimen, autoritario y fascista, para su propio provecho.

—¡Para poder alimentar a sus hijos y proporcionar una mejor vida a su familia!

Eso diría siempre, quizás como excusa que uno necesita escuchar de su propia voz y en alto para, tal vez así, callar a la otra voz que habita dentro y que no necesita elevar el tono ni provocar ninguna estridencia para darnos a entender que algo que estamos haciendo está sencillamente mal.

Él decía cosas como esa en alto, sí.

—¡En tiempos de Franco se vivía mejor!

Pero en el fondo sabía que la de la dictadura fue una época oscura para las libertades. Y quien se negase de manera abierta o cerrada al Régimen se podía llevar paredón o garrote vil. Ese que jamás sufriría él, porque siempre tuvo mucha suerte; la suerte, decían, de los valientes. Porque se arriesgó. Porque jamás tuvo miedo a nada. Ese fue el origen del imperio Martín-Santos. Sirviéndose de disfraces. Intercambiando, según las operaciones, las togas eclesiásticas o los altos uniformes militares. Y con esos vestuarios de obispos y generales con los que disimulaban las carnes erizadas, y no precisamente por el frío, conseguían pasar los controles aduaneros. Con un vehículo grande, con doble techo secreto lleno de café, licores, chocolate, y otros productos que luego vendían clandestinamente a locales y familias valencianas. Recorrieron de ese modo caminos de tierra o asfalto, driblando tricornios acharolados, pistolas y escopetas. Así sucedió durante mucho tiempo. El abuelo Jesús se servía luego de papá y del tío Pedro, al llegar de noche a casa. Los despertaba con golpecitos en las piernas:

—*Vinga, xiquets. Desperteu...*

Los niños se levantaban adormilados y subían al compartimiento también secreto en el tejado de la casa, un hueco perfectamente diseñado para sus infantiles dimensiones. El abuelo quiso que, en todo momento, la familia supiera la verdadera fuente de ingresos de la familia. Eso los uniría mucho más. Organizaba a sus hijos para esos menesteres como si continuaran jugando a los piratas. Como si fueran temibles burlones, halcones y flechas. Todavía era de noche. En el horizonte, un azafranado tinte se hacía cada vez más presente. Con los párpados y los morretes hinchados, con el pelo infantil alborotado, los niños distribuían, como piratas en una recóndita cueva, las nuevas y prohibidas mercancías todavía casi conectados al sueño. Lentamente se iba dibujando una caricia violácea en el cielo donde rebotaba el primer canto de algún próximo gallo.

El estraperlo proporcionó a nuestra familia notables beneficios económicos. Y, pronto, el abuelo Jesús hizo realidad uno de sus sueños: ampliar los terrenos y la misma casa de Benibaite. El pueblo donde había nacido su querida Teresita. El pueblo donde la había conocido en los primeros albores de aquella indigna guerra, como todas las guerras de la historia del mundo son. Pero regresemos a esa noche que estamos espiando. Esa noche en la que amigos del abuelo se acaban de ir de la casa. La abuela Teresita se acerca al porche. Al verlo solo y pensativo, lo abraza por detrás. Frente a nuestros jóvenes abuelos el mar oscuro mantiene su relajante ritmo de olas. El joven abuelo Jesús siente esa sensación de luz tangible en el pecho, de alegría y poder, cuando su mujer le acaricia el cuello. En ese momento se les une papá. Ha llegado hasta ellos corriendo. El abuelo acaricia la mejilla de papá. Él, lleno de inocencia o de presagio, le dice:

—Papá, ¿podríamos ser para siempre piratas?

Sofía Martín-Santos aleja su mirada de la pantalla del ordenador portátil. Su rostro dibuja una sutil sonrisa provocada por la fácil evocación de sensaciones pretéritas casi olvidadas. Sentada en la parte trasera del Bentley es capaz de recordar las veces más puras y maravillosas de su particular Villa Montblau, la que fue cuando era niña. Los aromas de madreselvas, el cercano romper de olas en las rocas donde se agarraban los erizos y las lapas; esas mismas que arrancaban con un cuchillo de cocina y se comían con una gotita de limón. El jugar al escondite entre las sábanas blancas recién tendidas junto al gigante pino. El roce húmedo, fresco, límpido de esas mismas telas en su piel infantil, morena, perfecta. Ahora ya no suele tener tiempo para respirar el silencio o dejarse llevar por el recuerdo dulce de una mañana cualquiera de un lejano verano. Sus obligaciones, sus responsabilidades, le copan día tras día. Lleva años teniendo que recurrir de noche a la ayuda de algunas pastillas para poder dormir, y otras tantas por la mañana para mantenerse despierta.

Aguantar con éxito la empresa de su padre y de su abuelo supone un estado constante de alerta que ya le va haciendo mella. Fuma lo suficiente como para recibir de los demás el consejo de que tiene que dejar el tabaco. No tiene tiempo para regalarse unas horas de pausa en algún centro de masajes. Continúa hermosa, pero algo en su piel, algo en su mirada, comienza a asomar como indudable muestra del paso y del peso del tiempo.

No obstante, el éxito del Grupo Martín-Santos es firme y constante. Los últimos años han sido fructíferos como nunca. Desde la plataforma que había impulsado para la construcción del tren de Alta Velocidad, Sofía Martín-Santos ha constatado su empresa como la más beneficiada en un futuro muy próximo del magno proyecto. El llegar a la costa desde Madrid en mucho menos de dos horas, atraerá al posible inversor de segunda vivienda. Eso, añadido a renovadas leyes del suelo del litoral, provocará perfectamente un sinfín de nuevas torres terminadas o en construcción a escasos metros de las orillas del Levante. Muchas localidades costeras comenzarán a clonarse como el modelo de Benibaite. Al fin y al cabo, Sofía Martín-Santos lleva en la sangre esa manera de hacer negocios. La ha heredado, tal vez, de los romanos, de los árabes, de los fenicios, los piratas ingleses, argelinos y, sobre todo, de su propio abuelo.

2

EL BENTLEY ARNAGE PASA JUNTO A UN TRAMO DE LA AUTOpista en el que se pueden comprobar las avanzadas obras de las nuevas vías para los trenes de alta velocidad. Sofía Martín-Santos queda mirando con rostro neutro la enorme traza que arremete entre los campos y laderas. Piensa en el progreso y en que su inexorable empuje alcanza todas las épocas. Recuerda que la reunión que tenía a la hora de comer era para tratar precisamente ese tema con *consellers* y miembros de la Plataforma del Tren de Alta Velocidad. Hay un considerable retraso en la ejecución de las obras y se tienen que tomar medidas urgentes que afectan no solo a sus empresas, sino también a todo el gobierno autonómico, regional y también nacional. En ese mismo momento estarán todos reunidos en el Hotel de las Arenas, frente al mar azul, sin comprender cómo ella no asiste a la reunión del *lobby*. Pero, en el fondo, les viene mejor que no haya ido a la reunión. Se librarán, de ese modo, de las intensas palabras que a buen seguro les dedicaría por incompetentes.

Piensa en hacer una llamada para ver cómo están yendo las cosas. Pero, por vez primera en su vida, se sorprende a sí misma aparcando su principal inquietud y problema. Toma otra galletita salada con la que acompaña la lectura del extenso relato de su hermano. Regresa a él. Regresa a la plaza de la Virgen de aquella mañana de no hacía mucho tiempo. A ese texto, en fin, que ya tiene totalmente su corazón atrapado. No sin antes decirse a sí misma en silencio: «Que les den».

En el Benibaite de aquellos años pensaba, al tiempo que alcancé una de las terrazas en la misma plaza de la Virgen, tal y como me habías indicado. Me senté en una de sus mesas libres. Mi pierna ya estaba necesitando descansar una vez más. Quedé mirando desde mi silla la totalidad de la plaza. Su fuente a mi izquierda, con ese Neptuno tan reconocible, rodeado de niñas desnudas, con peineta de fallera, que representan las acequias de la huerta valenciana. Ahí estaba también la Basílica con su techumbre azul, la Puerta de los Apóstoles de la propia Catedral en su parte trasera. Pensé que ha sido siempre uno de los lugares más especiales de Valencia, donde se puede disfrutar, de un modo contemplativo, el fluir de estudiantes, curas, vendedores de molinillos, senegaleses ofreciendo pulseras con el ojo avizor, por si aparece otra vez la policía; parejas de monjitas, de jubilados, de recién casados, con el carrito que recoge su primer bebé que pronto será del Valencia Club de Fútbol o fallera de Na Jordana; también turistas que quedan extasiados con la temperatura casi estival en otoño y que se preguntan por qué narices han de regresar a su fría Alemania en unos días. Pero, sobre todo, esa es la plaza de los niños y niñas que corren siempre, como tú lo hacías hace mucho mucho tiempo, persiguiendo palomas grises que jamás alcanzabas.

Una camarera se acercó a mi mesa. Era morena, con el pelo recogido y una sonrisa increíble que me recordó a Maribel Verdú. Tú ya sabes lo mucho que he querido yo ser Jorge Sanz desde que vi *Amantes* o *Belle Époque*. Pero no sabes la de veces que soñé con cruzarme con ella por Madrid. Solo pude contentarme con disfrutarla en la pantalla de los Cines Renoir y cada mes en otro número más de la revista *Fotogramas*.

—Te pareces mucho a Maribel Verdú, ¿te lo han dicho alguna vez?

—Sí, me lo han dicho en alguna ocasión —me contestó con acento francés.

Seguidamente, me preguntó si iba a comer. Le pregunté por el menú en francés. Y ella, sorprendida y siguiéndome el juego, me fue diciendo los platos posibles de primero y segundo en su propia lengua. Me decanté por la ensalada y la paella. Y una cerveza. Aunque por mi cabeza fluía quizás otra respuesta diferente: «Tomaría un beso, o dos, o tres...». Por un momento creí que me miraba como si me hubiera adivinado el pensamiento. O quizás era yo mismo el que le dejaba muy claro expuesto mi subtexto, sonriéndole como Jorge Sanz lo hacía en las pantallas de los cines de los ochenta. Se alejó hacia el interior del bar y quedé pensando mientras contemplaba su elegante paso, que hay algo entre musical, carnal y casi me atrevería a decir licencioso en cada día que se erige reinante el cielo despejado y azul en nuestra ciudad, Valencia.

Tenía tiempo para dejarme llevar por ese tipo de pensamientos también. Es curioso a la de dispersos lugares que nos envía el corazón y la cabeza, incluso en momentos tan serios. Pero la luz de todos los caminos se reunía en mi cabeza. Había fuerza y equilibrio. Había un no sé qué en cada mirada, como dando respuestas a preguntas incontestables. Un escaparate olía a adolescencias y un policía reía con un emigrante sin sospechas. Los caballos blancos adelantaban a los oscuros automóviles. Los bosques presumiblemente declaraban esa misma mañana la verde guerra a las ciudades, invadiendo corazones y corbatas. Los escorpiones se desmelenarían, en vez de quedarse encerrados en sus despachos de muerte o divisa. Los ambulantes vendían elefantes de cristal y corazones intermitentes que ya nunca llorarían. Era la utopía de una mañana inconmovible. Era el poema palpitando en cada carne anónima. Era el verso escalando desde los asfaltos hasta los balcones de rota indiferencia. Se acababa de renacer en cada segundo, eso pensaba yo, el poeta revolucionario, en cada segundo de esa mañana en la que todo recodo posible, ideado por un lejano pensamiento, rezumaba un aire discreto de mil ternuras.

Estaba a punto de volver a ver a mi hermana melliza, a mi única hermana. En medio de ese divagar sin medida, llegó de nuevo mi particular Maribel Verdú francesa con mi ensalada. Seguidamente, también mi plato de arroz, que confirmé algo pasado y efectivamente falto del sabor de otros arroces. No obstante, se estaba tan bien en aquel lugar... Además, Maribel me dedicaba otra de sus sonrisas, y eso lo compensaba.

Pensé en ese momento que, aun con lo hondo del motivo de mi visita a Valencia, a tu vida de nuevo, con lo intensamente duro de ciertas circunstancias que se han de vivir, un instante de relativa buena mesa lo suavizaba todo. Pensé que en la inmediatez de una buena paella no puede acontecer un desaire o una desaprobación triste y penosa. Por ello, las negociaciones altas o bajas ocurren en nuestra tierra siempre alrededor de un buen arroz. Ese que estarías comiendo tú misma en el lugar perfecto, en un salón privado de un restaurante discreto y de lujo, con el *conseller* de Urbanismo y otros altos nombres vinculados a lo jurídico y al ladrillo, para formalizar las formas de una nueva ley que se resolvería sin problema alguno. Gozaban tus aliados de una cómoda mayoría absolutamente ventajosa para el magno proyecto del Grupo Martín-Santos. A ti te daría igual pagar la cuenta. Aunque ascendería a unos mil euros. Para mi hermana, eso no era sino calderilla sin importancia. No obstante, el *conseller* pasaría la factura a gastos públicos, como cada una de las ocasiones que invitaba a marisco a empresarios, a banqueros o a cocina y prostitutas de Castellón con sus engominados amigos madrileños del Partido.

No, mil euros no era nada para ti, ni cien mil, ni un millón. Ya que, en pocos años, habíais comprado desde el Grupo Martín-Santos casi todas las áreas de costa posible, desde Cullera hasta Gandía. Estabas a punto de lograr el sueño del abuelo Jesús. Que unas nuevas y balsámicas ciudades de ocio se erigieran pegadas a las arenas de esas inocentes playas. Clonaríais el modelo de Benibaite numerosas veces, alcanzando cotas jamás vistas en cuanto a altura de edificios. Pronto cada rincón del litoral levantino como Dubai, Hong Kong y otras tantas ciudades orientales, absurdas y costeras. Porque ello supone progreso, motor de ingresos, especulación legal o incorrecta para el bien de la economía y el bienestar de un pueblo. Esa es siempre la consigna a nivel político o electoral. Miles y miles de segundas o terceras viviendas en alturas desproporcionadas y con imposibles hipotecas. Ya se encargarían los bancos de disfrazar como viables, con triquiñuelas porcentuales y otros claros engaños para el pequeño e ingenuo nuevo burgués floreciente, con dos carreras, un máster y menos de mil euros de sueldo.

Con altos representantes de la banca también te encontrarías en ese momento comiendo. Y podía imaginarte riendo suficiente frente a ellos. Todos los genes de los Martín-Santos concentrados en tu esencia, Sofía. Y estarías siendo feliz, claro que sí, feliz, como un escualo depredador, en ese momento en el que pensabas que llevarse el marisco a la boca es llevarse el mar a los dientes, convertirse en océano, iniciando en el paladar la espuma de las sensaciones, las saladas texturas míticas, la aventura de marineros, corsarios y piratas. Y que acompasar el sabor de lo azul o insondable con un equilibrado vino blanco de frescura adecuada potencia las formas de las mitologías, acudiendo súbitos los ecos del Mediterráneo o la leyenda a la boca feliz, como la de un niño en jornada navideña. O tal vez solo sonreías porque efectivamente se cerraba un largo acuerdo para que fructificase el diseño de una ley que supusiese algo mucho más importante que las mordidas de millones y millones de euros: el poder. Erigirse con el mando, rozando lo absoluto. Para lo cual habías heredado claramente el insaciable apetito del abuelo Jesús Martín-Santos.

¿Sabes lo que llegó a decirme cierto día, cuando era yo un niño? ¿Sabes lo que el abuelo Jesús llegó a decir, con su mirada verde encendida y clavada en las pupilas de su nieto? El nieto era niño y el niño escuchó de su abuelo anciano:

—En esta vida lo único importante es el dinero, *Marcelito, els diners*. Y cualquier medio para ganarlo está justificado… siempre que no mates a nadie, claro…

Y rio eléctricamente, o fui yo quien sentí electricidad en mi espalda o tal vez hielo.

—El dinero —prosiguió—. Acuérdate de lo que te dice hoy tu abuelo. Sin dinero no eres nadie. Tanto tienes, tanto vales. Con dinero, digan lo que digan, podrás comprarlo todo.

Jamás olvidaría esas palabras. Siempre viajarían en mi cabeza. Pero, curiosamente, fueron las palabras del otro abuelo, el abuelo humilde, el abuelo al que llamaban desgraciado, pobre o rojo, fueron esas otras palabras las que siempre viajarían en mi corazón junto a otras selectivas memorias. Porque el corazón tiene su propio almacén de recuerdos, muy diferente del almacén que alberga la mente.

El abuelo Gabriel me manifestó, justo cuando le comenté lo que me había dicho el otro abuelo, las siguientes palabras:

—Tu abuelo Jesús tiene razón, Marcelo. El dinero es importante, sí… —Y regresando a ese tono al que recurría cada vez que se disponía a decir algo reservado en su memoria, algo tal vez leído, tal vez escuchado, ese tono con cierto tinte de casi auspicio, prosiguió—: Como importante es que recuerdes también esto: el dinero puede comprar la mejor cama, pero no el sueño. El dinero puede comprar una mujer, pero no su amor. El dinero puede comprar una casa, pero no un hogar. El dinero puede comprar una posición, pero no el respeto. El dinero puede comprar un libro… *trailariro-trailará,* pero no su contenido.

3

«TRAILARIRO-TRAILARÁ...», RECUERDA CON TERNURA Sofía Martín-Santos. Y por ello suspende nuevamente la lectura del texto. Muy dentro de sí misma, es capaz de encontrar la no sorpresa ante ese tipo de esparcimientos o invenciones de su hermano mellizo. Desde bien niños, siempre había sido mágico estar a su lado. Marcelo era para ella aquel niño capaz de convertir una cama en una fortaleza encantada, en la cueva de los Goonies o en la cabina de mandos del Halcón Milenario.

Al tiempo que la distancia entre los dos hermanos o las dos ciudades se va acortando, le acuden destellos de las evocaciones de aquella triste jornada. Se ve a sí misma recibiendo una enorme bofetada por un brazo gigante, desnudo y peludo. Pero una vez más, como cada vez que rememora aquellos feos instantes, algo poderoso en su ser anula el rostro del violento hombre, y no existe más que el sol cegador, el chorro de los aspersores y un silencio de muerte. La niña Sofía queda en silencio. En silencio por siempre. De esto nunca hablará con nadie. Ni siquiera con ella misma, incapaz de saber todavía que los silencios que quedan escondidos por mucho tiempo dentro de los corazones o caparazones despiertan un buen día en forma de torrencial grito acumulado.

Aun así, puede recuperar con exactitud las veces anteriores o posteriores a esa castrada memoria en las que creía volar junto a la creatividad de su hermano, cada vez que a este se le ocurría un mágico contexto, un desafío ante gigantes o dragones, en cuevas o castillos improvisados. Sí, era fácil volar a lo quimérico y abrazarse a ello con suficiencia de lo real y tangible, gracias al don de Marcelo, gracias a su capacidad de hacer a la gente separarse unos instantes de la realidad. Aunque qué viene a ser real y qué no, al fin y al cabo. Frunce el ceño indeleble. En la infinitud de esos segundos, recupera a sus dos abuelos cuando era niña. Acuden a ella los dos aromas viriles diferenciados. Recuerda la fuerza del abuelo Martín-Santos, sujetándola en brazos, apenas tendría ella cinco o seis años, y su piel morena resaltaba bajo el vestido crudo de lino. El abuelo Jesús la llamaba su «muñequita». Le dispensaba besos en la mejilla infantil y regordeta, al tiempo que llenaba sus bolsillos con billetes de cien pesetas.

—¡*A esta xiqueta li agraden mes els diners que al iaio*!

Y el abuelo Martín-Santos se ponía rojo de la risa y comenzaba a toser. Y Sofía reía enérgica. Reía, reía…

Recuerda también al abuelo Benedet, lo poco que le gustaba encontrarse con él en aquella casa humilde inundada de memorias y libros. El abuelo que cada vez que se acercaba a su nieta, con la intención de una fina caricia o un beso en su cabello rizado, recibía un desaire de la niña, un apartar la carita orgullosa de Martín-Santos. Y ella callaba seria e insondable. Callaba, callaba…

Las nubes tímidamente bailan lentas en el gran azul que reina en el Embalse de Cofrentes en esos instantes. Ese galimatías de alturas rocosas y callados y amplios estanques es espectacular. Uno de esos paisajes que condicionan al hombre a saberse infinitamente humilde y diminuto, y al que ella es ahora ajena, al haber caído en la dulce trampa de la lectura.

4

Alguien dijo, en cierta ocasión, que la verdadera filosofía consiste en aprender de nuevo a ver el mundo. Y, en este sentido, leer un cuento puede ayudar a contemplar de nuevo el mundo, con tanta profundidad como un tratado filosófico. En cualquiera de los casos, leer es un acto de privacidad, un sentirse único y en silencio. Y, por tanto, en conexión con el universo. Leer es un despegarse de la vida que igual nos incomoda, un volar hacia esa otra vida que puede que nos reconforte. Son miles y miles los libros que pueden cambiar la conciencia entera de una mujer o un hombre y, por tanto, lo que queda de su vida. En un punto y aparte, en lo que dura medio segundo, se filtra a su mente un dato. Cree sentirse capaz de afirmar para sí misma que no leía del modo en que lo está haciendo desde hacía ya casi veinticinco años.

El abuelo Jesús engullía las gambas hervidas de Denia a docenas. El abuelo Gabriel, a docenas también, las sencillas clóchinas valencianas. ¿Lo recuerdas? Aunque lo que le apasionaba realmente era ese caldito picante que resultaba de la cocción en la cazuela, con la guindilla, el limón, las hojitas de laurel y el agua misma de mar que se desprende de cada una de ellas cuando los vapores abren sus selladas conchas.

Recuerdo que el abuelo se bebía ese caldo, directamente del plato, sin ayuda de cuchara.

—Esto que me vais a ver hacer no se puede hacer nunca —nos decía.

Y, seguidamente, levantaba con sus manos el plato y lo llevaba directo a la boca, como un niño más, cómplice y travieso. Aquella imagen nos hacía reír tanto. Tú también reías alguna vez con el abuelo Gabriel. Yo lo recuerdo. Y entonces él disfrutaba mucho más. Su risa se agigantaba. Se ponía todo rojo, como a punto de estallar. Le saltaban lágrimas. A todos nos llegaban a doler las tripas de tanto reír. Y acabábamos, tú y yo, por el suelo. Pellizcándonos. Sintiendo esa amarga y dulce falta de aire cuando nos encanábamos de la risa. Él gemía algún «ay, ay, ayyy...» como queriendo detener el momento para recobrar el aliento. Pero no podía. Ninguno de nosotros podía cuando le veíamos beber el caldito desde el plato. Continuaba haciéndolo con una risa de travesura recobrada junto a sus nietos. Nos enseñaba a tomar el caldito, con una de las conchas negras a modo de cuchara improvisada, como si fuéramos robinsones o niños perdidos en la isla de Nunca Jamás. Luego, nos insistía que nunca lo hiciésemos de ese modo si nos las servían en casa de los Martín-Santos. Y cuando pedían las clóchinas en los restaurantes o incluso en casa, tú y yo reíamos, ¿recuerdas? Reíamos ante los papás y los demás adultos que no sabían descifrar el código secreto de los dos hermanos. Entonces él estaba con nosotros, en esos mismos salones donde se le negaba participar por no ser un Martín-Santos.

Y es que hubo ocasiones, pese a todo, en las que fuimos sencillamente eso, hermanos; en las que tú también fuiste nieta del abuelo Gabriel. Y no solo del abuelo Jesús. El pobre hombre sentía que te vinculabas más al otro abuelo, pero sonreía, porque había aprendido con los años a gestionar emocionalmente las cosas que verdaderamente importan desde la luz. No desde las sombras.

Yo, que siempre he sabido por qué te sucedía todo aquello, prefería no hablar contigo. Me mantenía a la espera hasta que fueses tú misma la que diese el paso. Era mi decisión inquebrantable. De ese modo, fui quedándome con el cariño del hombre solitario y casi renegado, y alejándome de la fortaleza y seguridad, del ladrillo y piedra, de los Martín-Santos. Su condición de perdedor le erigía para mí como un héroe invicto. Sigue siendo para mí ese loco entrañable que dejó a su nieto un legado único de literatura y valores sencillos, frente al constante consejo diario del otro abuelo: ganar dinero, dinero y más dinero a toda costa, a cualquier costa, en toda la costa, a partir de la especulación perfecta de terrenos y solares apañados por el alcalde amigo de turno, colocado por el mismo abuelo para que le proporcionara a dedo todo tipo de contratas en la localidad. Porque no solo de cemento y ladrillo vivía el abuelo. No solo de cemento y ladrillo vives tú, hermana. Porque de eso se trata la vida de los Martín-Santos, al fin y al cabo. No de ganar y ganar dinero, sino de morder y morderlo. Cuanto más, mejor.

—¡Porque si no, eres un don nadie al que no respetan ni complacen!

Eso mismo decía él, con su voz tan temible y cascada por tantas jornadas a razón de tres paquetes de cigarrillos rubios y media botella de *whisky*. Cascada su voz y su corazón, en realidad, porque no todos los Martín-Santos hemos pensado así. Algunos descubrimos un buen día que hay algo más, algo mucho más importante e infinito que supone mayor alegría que los beneficios del dinero y los terrenos. Algo que da paz al espíritu. Y eso no se puede pagar con millones de metros cuadrados o cuarenta plantas de pisos de ciento veinte metros, rozando la legalidad en cualquier orilla del Mediterráneo.

El abuelo Gabriel me enseñó por vez primera ese diferente camino. Me fue llevando, con todo el cariño, hacia un lugar lleno de luces y tolerancias, de libertad y aprendizaje, donde todo podía ser posible y más hermoso. Donde yo crecía y me expandía, sin moverme. Ese fue su legado. El que fue trabajando desde los primeros años de su nieto, cuando este ya alcanzaba razón y primeros vocabularios. Me transmitió el apetito por la curiosidad, por el querer saber la verdad, por la lectura. Los libros, por sí mismos, fueron incidiendo finamente en mi conciencia. Los libros que me conectaban con él, con los autores mismos, sus pensamientos, geografías, ideas y heridas. Con otros lugares y tiempos. Podía navegar entre los corazones abiertos y claros, o insondables, de los personajes de aquellas novelas. En esos viajes, me iba encontrando inevitablemente conmigo mismo.

De ese modo, Arthur Conan Doyle, Gabriel García Márquez, Robert Louis Stevenson fueron mis primeros compañeros y aliados en un mundo en el que se me impedía ser como los otros niños. Y, claro está, las cosas sucedieron tal y como tenían que suceder. Porque yo ya sabía que mi destino estaba muy alejado de las metas burguesas por las que tú tanto has luchado, alentada, sin tú saberlo, por unos cimientos milenarios de tradiciones hostiles a la libertad. Y que todavía cargas sobre tus espaldas.

Nada importa en este mundo sino tú y tu esencia independiente, autónoma, en el aquí y en el ahora. Para llegar a ello es necesario parar. Parar y, seguidamente, desprenderte de todo tipo de apegos. Desprenderte incluso de ti misma. De esa Sofía empresaria, hermana, hija, amiga, ciudadana, vecina... Es algo extraño de oír, lo sé. Pero cuando alcances el punto del que te hablo, serás. Por fin serás. No antes, Sofía. No todavía. Entonces, solo entonces, podrás complementarte con alguien de un modo fácil, sereno, sin miedos ni dudas. ¿Sabes que ayuda mucho a conseguir todo esto que te digo? Leer.

Pero, claro, leer significaba hacer eso mismo que hacía apasionadamente el abuelo Gabriel. Y tú fuiste denostando las cosas que amaba. Sus libros, por ejemplo. Porque recogías el testigo de papá y del abuelo Jesús, y su burla hacia todo lo que el otro abuelo representaba. El abuelo Jesús te inculcó fuertemente que el abuelo Gabriel era un perdedor, que tú eras ganadora. ¿Ganadora de qué?, ¿de terrenos, de constructoras?, ¿o de sus miedos y sombras?

Piénsalo un momento. ¿Por qué no decir compartir? ¿Por qué convertir todo en esta vida en una especie de competición por ver quién posee más? Más terrenos, más dinero, más personas. Sí, personas, ¿o es que no has notado que la mayoría de la gente, cuando se atreve a conjugar el verbo *querer,* no lo utiliza con la generosidad de entender la libertad del otro, su posicionamiento ante la vida, sino su posesión, su control? Te quiero. Te quiero para mí. Solo serás mío o mía. Con una intensidad de abrazo y mimo que asfixia. Porque, en el superlativo apego, creemos encontrar nuestra seguridad. No en nosotros mismos. ¿Por qué no somos más que individuos que pueden llegar a complementarse con otros individuos, pero no medias naranjas buscando absurdamente otras medias naranjas? ¿Por qué todavía seguimos creyendo que uno y uno son dos? Cuando, en realidad, siempre se es uno o una, junto a otra una u otro uno, que son dos. Eso, más cada una de las personas individuales. O sea, que una pareja está formada por tres: Tú, Yo, y Nosotros. Y esto no es ningún misterio de la Trinidad. Es la verdadera regla de tres para poder convivir dos, sin demasiadas discordancias.

Por otra parte, seguimos ignorando que querer es dar, pero también recibir. Y que saber hacer esto último a veces es más difícil. Porque querer es comprender la inclinación y la voluntad de la otra persona en el cariño y el respeto. Podemos ser todo lo diferentes que imaginarse pueda, pero aun así, ¿es tan difícil hallar ese equilibrio? A mí me costó entender esto como tantas otras cosas. Pero tuve algo de ayuda con la guía de las páginas de ciertas novelas con las que iba viajando.

Luego están las relaciones entre seres que claudican ante la estructura de vida, negocio o familia que se ha implantado; que hipotecan sus corazones o almas, sin ellos saberlo. Que merman sus existencias poco a poco, día a día, hasta que, en algún momento, recurren a esa conocida pregunta: ¿qué sentido tiene mi vida?

¿Ganar? ¿Perder? ¿Esa es la cuestión? Si es así, entonces, y utilizando esos términos tan vuestros, ¿no podemos decir que el abuelo Gabriel me ganó, me ganó para siempre, si es que tenemos que conjugar, insisto, ese verbo? ¿No podemos decir que, finalmente, papá también me ganó, cuando lo abracé justo al morir el abuelo Jesús, llorando, tan diminuto, tan desprendido de apellidos, poderes y propiedades, pero con tanta paz y luz en su mirada última? Conmigo fue distinto al final. También lo fue el abuelo Jesús, aunque no llegué a tiempo cuando papá vino a Madrid a decirme con urgencia que ya estaba muy malo, y que no paraba de preguntar por mí. Aunque tú no lo comprendas, en la distancia, él tuvo mi amor y mi comprensión total y sincera. Me dejó una carta póstuma donde dejó escrito, y utilizo sus propias palabras, que todos nosotros llevamos dentro a dos personas: un perdedor y un ganador, frente a cualquier cosa.

El abuelo Gabriel, de ese modo, también fue un gran campeón en muchos sentidos, en todos, me atrevería a decir. Y su mayor conquista: el cariño de su nieto, sus ideales prolongados en mí; su moral y su visión clara del mundo, que no se reduce, solo y exclusivamente, a ese señor que tanto se ríe de nosotros por endiosarlo hasta las cumbres de lo vital y trascendente llamado dinero. Ahí va, pues, mi victoria, querida hermanita, la de reírme yo de él, como tantos y tantos nos reímos. Son muchos los que tan solo necesitan para estar en equilibrio con sus corazones algo de tiempo suave y perfecto que rellenar con lectura o visiones o sensaciones sencillas que los potencien y expandan. Los que así somos o hemos sido nos contentamos con una porción pequeña de lo que vosotros necesitáis, de lo que vosotros abogáis como fundamental y necesario. Lo que no sabéis o no queréis percibir es que, en la lucha y salvaguarda de todas esas cosas materiales que conseguís, perdéis la clara oportunidad de estar con vosotros mismos. De salvaguardaros con ese silencio que tantas palabras os grita a vuestros corazones sordos.

Sí, querida hermana, la vida que habéis elegido es un tipo de vida, pero no la respuesta misma. Esa está llena de infinitas formas de entenderla y de llevarla a la práctica. Todas tienen algo de noble y algo de indigno. Pero eso siempre es a los ojos y percepciones de los que son diferentes y se creen poseedores de la verdad de los comportamientos y las formas, de los que no transigen con lo diferente. Papá vivió así toda su vida. Y, al final, estalló en lágrimas una noche en la que me dijo que, realmente, había luchado toda su vida por ser algo que puede que nunca realmente había querido ser: su propio padre. ¿Existe una cárcel mayor para un hombre?

Tú aún estás a tiempo de dejar de ser como ellos. Como papá y el abuelo Jesús. Estás a tiempo de reencontrarte contigo misma, de descubrir la de infinitos que te esperan en el alma para convivirlos y disfrutarlos por muchos años. Por eso, créeme, aunque yo no alcance a verte anciana, he podido decir, antes de morir no sé si prematuramente, que he alcanzado eso que te ayudo a encontrar. La auténtica meta. Esa que, al llegar a ella, no importará que seas la última o la primera, no importará que lo hayas hecho en solitario o acompañada de miles o cientos; porque es esa que, al alcanzarla, del modo que sea, te hará sentir que habrás ganado, como ganó papá finalmente, meses antes de su muerte, justo en el mismo porche de nuestra casa de Benibaite.

Estábamos los dos solos después de enterrar al abuelo Jesús. Ya sabes que nuestras conversaciones eran muy poco frecuentes. Qué poco podía suponer lo que estaba a punto de desprender de su boca reseca con una voz que pareció un susurro de trapo.

—Esta carta me la dio el abuelo para ti. —Al tiempo que me la daba, y tras unos segundos en los que quedó con su mirada perdida y llena de culpa y de lamento, añadió—: Fue aquí, ¿verdad, Marcelo?, aquí en el porche... Mi nano, mi pobre nano. Nunca me lo he perdonado, cómo pude permitir que...

Y sus palabras no pudieron seguir porque a papá lo venció un enorme llanto.

—Tranquilo, papá, tú no estabas. Tú... Tú no tuviste la culpa.

Y mis palabras tampoco, porque también yo fui presa de ese mismo llanto.

Sofía Martín-Santos tiene que abandonar la lectura del texto suspendido en la pantalla del ordenador portátil para secarse las lágrimas que, incontrolables, han conquistado sus mejillas. Arturo Meneses observa, una vez más, el discreto llanto de su joven señora. El chófer viene observando, con prudencia y desde el retrovisor, cómo se ha ido forjando poco a poco un interés progresivo ante la pantalla de ese fino ordenador portátil. Confirma en silencio que las de esta ocasión son unas lágrimas más suaves que las primeras. Trata de no romper la lectura de Sofía Martín-Santos. No obstante, se aventura a volver a interesarse por ella.

—¿Se encuentra usted bien? —pregunta el chófer con tono neutro, disimulando su preocupación, que, en efecto, es considerable.

—No es nada, Arturo; enseguida se me pasa.

Sofía sonríe tratando de parecer tranquilizadora. Pero al viejo hombre se le encoge el corazón de súbito, porque una curiosa espiral de tiempo mimetiza un momento exacto al de otra época anterior en la que, siendo él mucho más joven y llevando a otra señora con innegables parecidos a su hija Sofía, acontecen también las lágrimas, acontecen las mismas dos frases y esa sensación que se erige en el pecho de todo caballero que no puede evitar el deseo de proteger a una dama. Aunque sea ella la esposa de su señor.

—¿De verdad no quiere que paremos un momento? —insiste Arturo Meneses con un tono entre sereno y algo contrariado.

—No, de verdad. Estoy bien, en serio —concluye resuelta ella desde atrás, encendiéndose otro cigarrillo.

5

Sofía Martín-Santos seca sus lágrimas con un fino pañuelo de seda de Hermès. No serán las últimas lágrimas que secará esa suavísima tela naranja en lo que le queda de trayecto. Arturo Meneses continúa conduciendo el Bentley Arnage por la autopista. Lo que no se puede calibrar es el tamaño inmenso de las sensaciones recobradas. Tras él, su joven señora sigue anclada a un texto que persiste en la pantalla de su ordenador portátil. Esto mismo es lo que está leyendo ahora:

Pero dejemos a papá y al abuelo Jesús para otro momento, y permíteme que continúe, una vez más, recuperándote al abuelo Gabriel. Quiero que trates de imaginar que es un joven de rostro enjuto y pelo aceitunado. Quiero que conjetures al presente su mirada de entonces, almendrada y oscura, y su mentón afilado, ligeramente partido, con la elegancia de algunos galanes del cine de aquellas épocas de blanco y negro. Imagina su rostro. El rostro del abuelo. Joven. Infinitamente joven. Provocando suspiros primeros en la también joven abuela, que nota cómo palpita su inmaculada carne cada vez que con él se encuentra. Los abuelos acontecen ahora vitales y alegres, con frescura, travesura quizás, lozanía incorruptible, como sus nietos tienen o, mejor dicho, tenían. Gabriel y Matilde son ahora mucho más jóvenes. Sus edades no alcanzan los treinta. Sigue imaginando al joven Gabriel, por ejemplo, en una pequeña tasca de su pueblo. Es el 14 de abril de 1931, y grita y canta vívidamente, con otros compañeros, por el triunfo de la República. Dicen que no hubo mayor primavera en este país que la del 31 del pasado siglo. Eso solía decir el abuelo Gabriel cada 14 de abril.

Ahora, más de setenta años después, tu hermano va a concretarte un poco más a ese joven, poseedor de sencillos sueños de profesor de Literatura. Voy a extenderte a ese joven amigo de la luz y la poesía, del sentimiento de libertad y tolerancia, que ya comenzaba a respirar efímeramente la nación toda en el abril de ese incorruptible 1931. Porque ese aire, puro y necesario, sería prontamente arrebatado en los valles y las ciudades, en los pueblos y las aldeas, por las zarpas armadas, bajo gritos de mando de falsos cruzados profetas.

Las fuerzas populares y legítimas se enfrentarán a los golpistas con buen propósito, pero torpemente divididos frente a maquinarias últimas de muerte, con las que ensayarán los nazis y los fascistas italianos nuevas tácticas aéreas de guerra. Fuegos brutales y desconocidos, en cuanto a su magnitud y alcance, sembrarán el horror y la muerte en poblaciones civiles indefensas. Lástima de un país que nadie sabrá decir con certeza a dónde hubiera llegado, de haberse extendido la libertad en vez del absolutismo y la opresión. Eso solía decirme el abuelo. Y eso mismo no he dejado nunca de pensar yo mismo. Incluso hoy: ¿Dónde estaríamos ahora con ese fomento de educación y cultura para todas las poblaciones, con esa conclusión del analfabetismo y la permanencia de medidas laicas que puso en marcha la República?

El abuelo Gabriel fue un hombre que quiso siempre un mundo pacífico y sublime. Desde bien joven amó la poesía, la educación, la cultura y, por tanto, todo aquello que defendía la Segunda República, aquel régimen democrático que fue asaltado y destruido por el golpe de Estado militar y la consiguiente guerra. Porque esa República, la que se les arrebató, esa que se nos arrebató también a todas las generaciones posteriores, era una «dama» que defendía los valores de libertad, justicia y democracia como base de formación desde la igualdad de los ciudadanos y ciudadanas.

Ya sé que el abuelo Jesús, siempre que aparecía el tema, defendía que la República era un régimen radical que conducía a la nación a la revolución social, al comunismo ateo y que, por ello, la guerra civil no fue más que una consecuencia necesaria. Pero ese discurso se había apoderado de él, con los años, por su necesidad de empatía con los vencedores. Esos que se convirtieron en sus sistemáticos socios en los negocios inmobiliarios. Ellos le proporcionaron los permisos para sus transacciones. Y él solo creía en el dinero. Era su único credo. Y lo defendía casi a muerte. Por eso, añadía a gritos a nuestro otro abuelo, o a quien le llevara la contraria en esas cuestiones, que la Unión Soviética ayudó a la República tanto o más que Alemania o Italia a las tropas de Franco. Y, de tanto enzarzarse en ese tipo de discusiones con el abuelo Gabriel, acabó por no querer verlo, ni que se le nombrase en su casa.

Nuestros dos abuelos acabaron por convertirse en una analogía de las dos Españas. La misma analogía que sucede entre tú y yo, hermana. Y, en definitiva, de un modo callado o no, en cada una de las familias de este país, que siguen divididas, aunque se finja o no lo contrario, en esas cenas o comidas navideñas.

Recuerdo, precisamente, aquella Nochebuena fatídica en casa de los Martín-Santos. Justo la Nochebuena de 1978, a cinco días de que se proclamara la nueva Constitución. Esa que todavía hoy regula nuestra convivencia y que supuso, tras la promulgación del rey Juan Carlos y la muerte del dictador Franco tres años atrás, la culminación del periodo denominado Transición a la Democracia.

El tema estaba muy presente, supongo, en casi todos los hogares de España. No sé en las demás familias, pero en la nuestra se volvieron a despertar las heridas. Nunca olvidaré cómo le gritaba encolerizado el abuelo Jesús...

—¡La violencia se dio por igual entre los dos bandos y, por tanto, no puede hablarse de agresores y de agredidos, ni de víctimas ni victimarios! ¡No me jodas, Gabriel! ¡Que una guerra es siempre una guerra!

—Jesús, por favor, que estamos en Nochebuena... —se atrevió a decir la abuela Teresa al verlo tan encolerizado delante de todos.

—¡Ni Jesús ni hostias! ¡Yo no voy a aguantar a un rojo de mierda en mi casa, dándome lecciones de libertad y de justicia!

El abuelo Gabriel miraba circunspecto su plato. En un momento dado, apoyó su mirada en la mía. Casi pude adivinar una ligera sonrisa, que sé que me dirigió para tranquilizarme. Pero no, yo no estaba tranquilo. No cada vez que el abuelo Jesús entraba en cólera. Ya sabes por qué.

—No le hables así a mamá, por favor —intervino papá—. Y ya está bien. Gabriel no ha dicho nada que no estén diciendo en estos momentos algunos periódicos.

—Pero ¿es que hasta mi propio hijo se va a poner de parte de este comunista? ¡Escúchame bien, Gabriel! Franco ejerció cierta violencia en su inicio, no te voy a decir que no, pero siempre dentro de la nueva legalidad. ¡Y, después, tuvimos un período de paz, de bonanza, que tú has podido disfrutar y que finalmente llevó a este país al crecimiento y al desarrollo que jamás hubiéramos tenido con un gobierno títere de la Tercera Internacional dirigida por Stalin!

—Yo, si me permites, lo único que quería decir es que, para construir y, sobre todo, para asentar socialmente un relato veraz y riguroso al mismo tiempo que comprometido con los valores democráticos, es necesario seguir investigando en el tiempo transcurrido entre la República y esta Transición, que este año culmina, integrando la memoria oral, las evidencias materiales de la violencia, los archivos de...

—¡Y dale con la «Memoria» de los cojones! ¡Y esa manía de hablarme como si fuera yo un niño tonto en una escuela!

—Y digo yo, Gabriel —dijo la abuela Teresa tratando de conciliarlos con el cordero enfriándose en la mesa—, ¿no será mejor olvidar, pasar página y disfrutar de estos años de tranquilidad que ya tenemos y que, al parecer, así serán a partir de ahora?

—Ya teníamos esos años de tranquilidad, Teresa —se adelantó a precisar el abuelo Gabriel—. Ya teníamos esos años de desarrollo y progreso social. Y fue justo antes del golpe de Estado que nos llevó a la guerra civil. La Segunda República española es la gran olvidada de los manuales escolares. Estos niños —se refería a ti y a mí— crecerán sin saberlo si no le ponemos remedio. Los libros de texto la caracterizan como un periodo de inestabilidad y desorden en todos los aspectos de la vida pública, que hubieron de ser corregidos por las «fuerzas del orden».

—¡Es que fue así! ¡Mataron a curas y a monjas! ¡Quemaron iglesias, joder!

—La guerra civil no fue el desenlace inevitable de una República imposible, sino el fruto de unos valores antidemocráticos y una trama de intereses económicos profundamente arraigados en la tradición histórica de la derecha y la oligarquía españolas.

—¡Y venga otra vez!

—Pero es que es cierto, Jesús —replicó con serenidad el abuelo Gabriel—. La República impulsó reformas sociales importantísimas, sobre todo en los grupos más desfavorecidos, como los campesinos o los obreros industriales.

—¡Tú qué coño sabrás!

—Yo soy hijo de militar y terrateniente. Y aunque mi padre no ejerciera injusticias con sus jornaleros, como en casi toda España entonces, soy consciente de que, incluso en nuestras fincas, se prefería mantener muchos de los terrenos sin cultivar que ponerlos en cultivo para dar empleo a más jornaleros de los pueblos vecinos, que casi se estaban muriendo de hambre.

—¡Excusas para huelgas, para paralizar la producción de las tierras, de todo un país!

—Cada vez que hubo quejas justas en ese sentido, los jornaleros fueron reprimidos con mucha dureza. También en las minas del norte, en las fábricas de Cataluña.

—¡Es que se lo estaban ganando! ¡Poniendo el país patas arriba! ¡Quebrando España!

—¿Podemos dejar de hablar de estas cosas aunque sea solo en Nochebuena? —insistía sin éxito la abuela Teresa.

—Cuando hay hambre, toda revuelta es justa. Y cuando a lo justo se le reprende...

—¡Se necesitaba poner orden, coño!

Y entonces se hizo un silencio. Durante el cual, el abuelo Jesús pudo comprobar que, de algún modo, el abuelo Gabriel no estaba realmente solo en esa mesa, que incluso sus propios hijos y cuñadas compartían lo que estaba diciendo.

—Se acabó con un sueño de un modo terrible. Justo cuando se iba a extender la educación obligatoria a la base primaria del sistema —prosiguió el abuelo Gabriel— y se iba a incrementar significativamente el número de construcciones escolares y la contratación masiva de maestros que ejercitarían la Libre Enseñanza. Eso alarmó a la Iglesia católica, que llevaba siglos adueñándose de la educación de este país, solo dirigida a las élites. Se había creado una nueva estructura institucional de carácter democrático; despolitizar y profesionalizar el Ejército; reformar la organización territorial del Estado; reducir la presión de la Iglesia católica; ampliar las libertades públicas y personales; aplicar la ley del divorcio; mejorar las relaciones laborales en un sentido favorable a las explotadas clases trabajadoras, y modernizar la estructura económica y social tan agarrotada por el sistema de terratenientes. Se estaba pretendiendo eso que ahora es tan normal: acercar España a la Europa democrática. Y por eso la Iglesia y los militares golpistas se unieron en una Cruzada, dijeron, para salvar la patria.

El abuelo Jesús miró al resto de sus hijos que escuchaban con convencimiento al abuelo Gabriel. Es por eso que dio un golpe terrible en la mesa. Creo recordar que se rompieron dos o tres copas. Y que la abuela Teresa se llevó la mano a la boca.

—¡Ya está bien! ¡Fuera de mi casa!

—¡Papá!, ¡por favor, serénate!

—¡Ni papá ni hostias! ¡A mí un rojo no me da lecciones bolcheviques en mi casa! ¡Ni a mí ni a mi familia, en plena Nochebuena!

El abuelo Jesús miró su plato. Tomó aire con dignidad. Dejó la servilleta en la mesa. Se giró a mí y me dedicó una ligera sonrisa. Me guiñó el ojo antes de arrastrar su silla hacia atrás. Y, levantándose, dijo:

—Lamento mucho haber provocado esto.

—No, Gabriel, no tiene usted por qué irse —dijo papá—. Mi padre no lo decía en serio.

—¡Tu padre no ha hablado más en serio en la puta vida! —le contestó el abuelo Jesús a papá.

—Feliz Navidad a todos —dijo entonces el abuelo Gabriel, saliendo del salón para que no tuviéramos que sufrir tú y yo semejante ambiente.

Mamá se levantó también de la mesa. El abuelo Jesús te guiñó el ojo a ti, Sofía. Tú estabas aterrada. Él te conquistaba desde el miedo. Así lo hacía en cada ocasión que podía. Yo vi tu cara aterrada. Vi lo que había provocado. Y grité. Grité como nunca antes había gritado:

—¡Te odio! ¡Ojalá te mueras!

Y salí corriendo hacia el recibidor, donde estaba la mamá llorando con el abuelo Gabriel, que acabó de ponerse su viejo abrigo y me acarició la cara antes del salir al rellano. Una vez atravesó el umbral de la puerta, se giró a nosotros y nos dijo con una sonrisa:

—Feliz Navidad, *trailariro-trailará*...

6

PERO VAYAMOS A UN MOMENTO MÁS BONITO. UNO QUE SEGURO te gustará mucho más. Supongo que no lo sabes, pero el abuelo Gabriel enamoró a la abuela, una tarde de otoño, en aquel sencillo valle donde se desparramaban, incorruptibles, los ocres y los dorados, mezclados con el verde. La abuela Matilde tenía algo más de diecinueve años cuando recorría cada tarde aquel paraje. Lo hacía justo cuando el sol comenzaba a ocultarse por entre las montañas de la sierra de la Calderona. Ese recorrido de la abuela, el abuelo lo conocía bien. Lo había estado analizando y comprobando desde cierto olivo que todavía hoy, curiosamente, existe. El abuelo se alejaba de la finca para refugiarse, en estado mediterráneo puro, en su infinita burbuja de lectura y naturaleza.

Perfumes intensos, el sonido de las cigarras y las sombras de algarrobos e higueras lo iban acompañando hasta alcanzar su rinconcito perfecto, la sombra del magnífico olivo, bajo el cual se encendía otro cigarro de tabaco negro, antes de continuar con las páginas de aquellos libros que tanto le gustaba acariciar con la yema de los dedos. Se sentaba sobre una tela de saco. Traía consigo un botijo con algo de agua fresca. Tal vez, un pedazo de pan y algunas morcillas secas, para ir almorzando, que se había agenciado en la cocina. El abuelo era feliz así. Solo necesitaba un poco de tiempo y silencio, algún libro que lo conectara consigo mismo, y ya con ello rozaba el no tan complicado cielo.

Le gustaba leer sobre las virtudes y las miserias humanas, sobre el amor y sus conflictos. Todo ello de la mano de Stendhal, Tolstoi, Maupassant, Galdós, Stevenson, Goethe, Dumas y tantos y tantos otros. Nada parecía existir capaz de arrebatarle la atención de aquellas páginas. Excepto aquella figura de lozanía y frescura nunca jamás vista, con la que no contaba ni en los más sublimes capítulos de los volúmenes que se llevaba al campo. Una aparición femenil poderosa y perfecta, sencilla, angelical y distraída, potenciando unas caderas rotundas al llevar sujeto a las mismas un cesto de mimbre con telas blancas, recién lavadas en la orilla del río. Y aquella música que salía de su boca de ciruela en estío. Eso me contaba él, cada vez que me la recordaba, en aquellos tiempos. Aquel canto, decía él, de sirena de río; aquellas notas inconexas. Era la abuela Matilde, joven y maravillosa, cantando ajena a la mirada y a los oídos del abuelo, torpemente escondido.

La fugaz piel y sonrisa de la abuela, infinitamente dulce y joven, conquistó libros y páginas sin intuir nada, sin ella saberlo. Así fue sucediendo durante varias tardes. Hasta que un buen día, un efecto de luz, como de una pequeña y traviesa hada, se filtró entre ramas y arbustos para estrellarse en el rostro de la abuela, directamente en su mirada de miel y mil violetas. La abuela Matilde giró un poco cegada. Se encontró con el abuelo que, más o menos escondido, dirigía con precisión a los ojos de la abuela el reflejo de un rayo de sol sobre su pitillera de plata.

Así se conocieron nuestros abuelos maternos. Con esa pueril broma. Sin palabras. Con un reflejo de plata, que precedió al lenguaje de las sonrisas, en un alrededor bucólico que por siempre permanecería intacto en sus memorias. Luego vendrían las citas furtivas en el mismo paraje. Incluso los primeros besos, esos en los que se encuentran los incautos labios trémulos, de esa manera que ya nunca se vuelve a repetir. También las fiestas de San Antón en el pueblo de la abuela, donde, en plena verbena y con algunos sencillos fuegos artificiales en el aire, el abuelo se le declaró.

Qué poco podían sospechar en ese momento lo pronto que restallarían en ese mismo cielo otros fuegos con intenciones muy distintas.

IV. GUERRA

1

NO HAY UNO O DOS RELATOS SOBRE LA GUERRA CIVIL ESPAÑOla. Hay muchos en cada familia. Y no hay familia que no tenga varios relatos enfrentados de la misma guerra. Hay, además, muchos relatos dentro del relato o los relatos mismos. Lo que los une a muchos de ellos es el dolor. Un dolor que muchos han preferido olvidar. Y otros muchos tratan de que no caiga en el olvido. La Guerra Civil es una dolorosa herida perpetuada en nuestro país. Una herida que ni unos ni otros se ponen de acuerdo para cerrar de un modo quirúrgico, ejemplar y limpio. Por ello, todavía hoy supura sangre y pus cada vez que vuelve a asomar el clima cálido en los debates políticos o se cierne la amenaza de una crisis económica. La única certeza es que, por esa herida que no cerramos o no queremos cerrar, naufragaron millones de muertos. Otros tantos, para no ahogarse en esa pústula sangrante, huyeron al abrazo de países como México, al otro lado del Atlántico; a Francia, a través de unos inclementes Pirineos; o a una brutal Rusia, donde casi morir una vez más de frío o hambre extrema.

En diferentes destinos o castigos quedarían también profesores, maestros, artistas, escritores y científicos, sin poder regresar a su tierra. Llenando sus días de exilio con anhelos que provocaron arrugas prematuras en sus rostros cansados. Arrugas que hubieran ido apareciendo de un modo natural con los años, sin sufrir la prohibición de regresar a sus ciudades o pueblos de origen. Lejos de esta España que tanto queremos, pero que tanto duele también, alcanzarían pronto la última edad. Sin esperanza. Sin ilusión. Sin nada. Como siempre comienza a suceder cuando se cumplen los casi cincuenta. Pero, sobre todo, cuando se alcanza más de la mitad de vida y nos dirigimos a la vejez pronta, habiéndonos sido sustraída a la fuerza la juventud, la libertad, la justicia, los sueños.

El cúmulo de edades no impulsa nuestras ganas. Hace decaer las cosas hasta marchitarlas y agotarlas. Así es, hasta nuestra conclusión misma. El tiempo es testarudo y nada flexible. Camina como un empecinado rinoceronte hacia delante. Por eso, no puede curar nada. Porque, para curarse, hay que regresar a los momentos concretos. Y el tiempo no regresa. Avanza como un tiburón. Siempre hacia adelante. Por eso yo me sumo a los que no quieren olvidar. Porque hay que recordar. Hay que recordar para diferenciarnos de los tiburones y, así, poder cambiar las cosas. Si no olvidamos, Sofía, tenemos esa batalla ganada al tiempo, podemos vencerlo, conquistarlo, hacerlo nuestro con el simple ejercicio del análisis y comprensión de nuestras pretéritas heridas. Nosotros sí que podemos. Porque tenemos memoria. Yo no estoy seguro de que sea cierto aquello que tanto nos han repetido sobre que el tiempo todo lo cura. Creo que todo lo daña y mata porque nos hace viejos a todos y, por tanto, apaga nuestros apetitos, ímpetus y energías.

Pero también creo que, en algún inconcebible lugar, quedamos nosotros, aquellos que fuimos en un momento puro y detenido en los posibles relojes. Y a ese momento podemos regresar, dándonos cuenta entonces de que podemos viajar de un modo íntimo, vibrante y en silencio. Que somos realmente nosotros los que podemos curarlo todo, y no el tiempo. Y sé que, para ese viaje cuántico, no hay mejor máquina del tiempo que la emoción que puede provocar una novela o un relato. Por eso, existe la necesidad del cuento de historias desde la prehistoria. Por lo mismo que sé que alguien contará otra historia más a los últimos que queden, para suavizarles lo inevitable, minutos antes de que también expiren sus propias existencias.

Tú no lo sabías. Pero el abuelo Gabriel convivió muchos años con memorias fatídicas almacenadas en su alma. Al igual que muchos, muchísimos hombres ancianos de este país, que quedaron sin juventud en aquellos años de fraternal beligerancia. Su particular experiencia con respecto a aquella guerra no lo convierte en más héroe o más pusilánime frente a los otros miles de jóvenes de entonces. Porque en cada guerrillero, en cada soldado, habita sin duda y al mismo tiempo un cobarde y un superhombre. Pero, al igual que muchos jóvenes de su edad, de naturaleza pacífica y alejada de las pretensiones bélicas, se vio obligado a formar parte, junto a su hermano Agustín, de la Columna de Hierro. Por ser hijos de un militar de reconocida amistad con propulsores del levantamiento. Esa fue la manera de castigar a su padre, a través de sus hijos: enviarlos casi a una muerte segura. Porque eso suponía formar parte de aquella columna de milicias de ideología anarcosindicalista, cuyos voluntarios venían de Valencia, Sagunto, Alcoy, Segorbe y de más pueblos y ciudades valencianos, y que participaron en el Frente de Teruel. Te contaré un poco sobre esa Columna en la que participó el abuelo. Pero antes déjame llevarte a un caluroso día del verano del año 1936. Es un día especial, y no por un alegre acontecimiento. Un grupo de combatientes contrarios a los nacionales entran en la finca de los Benedet. Sorprenden en ella al abuelo, junto a su padre y a su hermano Agustín. Llegan los milicianos para exigir, por la fuerza, que el teniente coronel se una a su causa o será inmediatamente fusilado. Así estaban los ánimos de alterados, tanto en uno como en otro bando. El bisabuelo, con un temple mayestático y sereno, les dice que hagan lo que tengan que hacer, pero que él no luchará jamás contra hermanos.

Entiende además, querida hermana, que cuando hablaba de hermanos no hablaba en metáfora. Sus mejores amigos de la Academia Militar de Toledo se encontraban dirigiendo el Frente Nacional. No estaba muy de acuerdo con los que habían sido sus compañeros de formación y juramento militar, pero era un hombre de honor. Para el bisabuelo, aquel levantamiento era un acto de desobediencia a lo que todo militar debía defender: el gobierno legítimo. Y para él, no era nada más legítimo que lo que había sido elegido por el pueblo. En la comarca, todos conocían sus ideas. Incluso la mayoría de los milicianos que entraron en su finca esa misma mañana. Pero cuando uno ha sobrepasado el umbral de su moral empujado por injusticias, comienza a unirse, sabiéndolo o no, a ellas mismas. Por eso deciden fusilarlo allí mismo. Delante de sus hijos. Y cuando lo tienen en una de las tapias de la enorme casa, con total firmeza y dignidad, mirando al frente y pidiendo a sus hijos que aguanten como hombres lo que van a presenciar; cuando cargan los fusiles y a punto está de ser salpicado de nuestra propia sangre el muro de cal blanca, acude un hombre con urgencia y gritos, corriendo con sus alpargatas llenas de barro, hasta donde se encuentran todos calientes y a punto de apretar los gatillos.

—¡No disparéis! ¡No disparéis, *collons!*

Se trata de otro miliciano. Innegablemente respetado entre los demás. Algo así como un capitán entre ese grupo de armados, cuya jerarquía no está muy delimitada. Llega en el último instante, sabedor de lo que sus compañeros estaban a punto de hacer.

¿Por qué detuvo el fusilamiento?, te preguntarás. Muy sencillo, porque el propio bisabuelo, en la misma tapia, había detenido semanas antes, a los pocos días del golpe de Estado, otro acto idéntico. Se empecinaron unos generales amigos y sus señoras esposas, como si de una fiesta se tratase, en acabar con la vida de un labrador comunista. El bisabuelo concluyó en aquella tarde que, en su casa, la única sangre que se derramaba era la de los cochinos cuando llegaba la época de la matanza. Y que jamás un hombre sería asesinado allí, por muy equivocadas o diferentes que fuesen las ideas que albergara su cabeza.

Ese mismo hombre, el que queda liberado, en menos de un mes comienza a hacerse fuerte entre las gentes de la comarca que defienden el Gobierno de la República. Y será más adelante quien llega a tiempo para detener la ejecución de su salvador, nuestro bisabuelo.

Nada de especial tiene lo que te acabo de contar. Porque, en aquellos tiempos, sucesos como ese acontecían en cada casa, en cada tapia. Todo estaba conectado y vibrando en distintas polaridades. Los milicianos anarquistas acordaron que, si no fusilarlo, por lo menos algo aleccionador había que hacer con él. Se discutieron varias sentencias. La que finalmente se acordó fue la de convertir al bisabuelo en el jefe de reclutamiento de los soldados defensores de la República, en la zona de Valencia. Siendo un reconocido militar amigo de los generales golpistas, aquel castigo sería suficiente. Pero uno de los jóvenes armados dijo que, para él, no era esa una pena demasiado ejemplar. Así que a alguien se le ocurrió que los dos hijos del teniente coronel, Gabriel y Agustín, servirían como «voluntarios» en la Columna de Hierro, la que habían impulsado tras el golpe del 18 de julio un grupo de anarquistas valencianos, algunos de los cuales estaban en ese momento a punto de fusilar al bisabuelo en su propia casa.

2

RECLUTARON AL ABUELO Y A SU HERMANO Y, DÍAS DESPUÉS, PARtieron de Valencia, junto al resto de compañeros que formaban el total de ochocientos milicianos con destino a Teruel. Me contó en su día que lo hicieron en dos tandas y de forma desorganizada. Primero, el grupo de Alcoy, que partió de Valencia con unos diez milicianos. Estos pasaron por Sagunto, donde se les unieron otros cien voluntarios. Al llegar al pueblo turolense de Sarrión, se tuvieron que detener por un ataque enemigo. En estos primeros días, carecían casi totalmente de organización para el combate. Por ello sufrieron varias bajas. Pero la Columna de Hierro fue aprendiendo de sus errores. Los mandos optaron por una férrea disciplina, más propia de los nacionales. Y fueron sumando por pueblos a más y más milicianos, llegando a contar en pocos meses con unos doce mil inscritos. Para el invierno ya eran veinte mil.

Solo había armas para tres mil, que eran los que estaban propiamente en el frente. El resto de los voluntarios estaban o bien en el cuartel de Las Salesas, o bien esperando que se les convocase. No fue esa la suerte del abuelo y de su hermano. Pronto pudieron comprobar que la suya se trataba de la más vilipendiada de las columnas de la C. N. T. y que formaban parte de un grupo salvaje que organizaría todo tipo de desmanes, como saqueos y asesinatos. El abuelo y su hermano no llevaban nada bien aquel tipo de acciones. No solo ellos, también alguno de sus compañeros milicianos. Pero vieron cómo algunos acababan fusilados si no cumplían las órdenes o abandonaban la columna. Por ello, todavía permanecieron en ella. Aun sin llegar a protagonizar, en nombre propio, acciones funestas.

Como sabía escribir como muy pocos a su alrededor, le encargaron que levantara actas de asambleas. Ayudó también en la publicación de un diario, *Línea de Fuego,* donde publicó manifiestos y lanzó comunicados, porque la Columna de Hierro necesitaba explicar sus acciones en la retaguardia y justificar sus movimientos y sus decisiones ante los trabajadores y los campesinos. Por ello mismo, le permitieron quedarse en retaguardia. Para esos trabajos. Mientras Agustín sufría, en primera línea, todo lo demás. El abuelo estaba cada vez más a disgusto. Lo mismo su hermano, ya que fueron testigos, formando parte de esa columna, de asaltos a los juzgados de Valencia y Castellón para destruir los registros judiciales, y al ayuntamiento para destruir los registros de propiedad. Incluso entraron a destajo en el penal de San Miguel de los Reyes para liberar presos comunes, y también derechistas y fascistas allí detenidos. Esto es lo que le hizo sospechar de que algo muy raro estaba pasando. Pero no tenía que ser suficientemente listo para saber que debía callar.

Me dijo el abuelo que parte de los problemas de disciplina y violencia exaltada de este grupo armado se debían a su composición, pues estaba formado, en gran parte, por presos comunes liberados del penal de San Miguel de los Reyes. Pero, sobre todo, porque también había infiltrados varios falangistas y monárquicos con órdenes de actuar con la máxima violencia para que se criminalizara a la columna y, por tanto, a las fuerzas de la República que representaban.

Con los nuevos integrantes recién sumados en el penal, tomaron por asalto un *music-hall* en Valencia haciendo una escabechina memorable entre el público asistente. Asustaban tan bizarros, con sus chaquetones de cuero, las boinas ladeadas y sus pistolones cargados por el interior del local, aplicando con severidad el nuevo orden. Ese era claramente un comportamiento falangista que, aunque camuflado entre los milicianos, no se le escapó al abuelo. Un comportamiento, por cierto, que se viene repitiendo en diferentes geografías del mapa político, de manera sistemática a lo largo de la historia. Alterar el orden, haciéndose pasar por «el otro», para que se genere más odio. Nada nuevo en aquello de infiltrarse, haciéndose pasar por el enemigo, para realizar acciones que generen la condena y el rechazo del pueblo que se ve sometido a asesinatos y vejaciones brutales e injustas. Escogieron para ello la Columna de Hierro los falangistas, porque podían aprovechar y llevar a cabo estos excesos, ya que las escasas fuerzas de orden público de que disponían las autoridades republicanas se veían impotentes para hacerles frente. Así que, con el pretexto de limpiar la retaguardia, cometían toda clase de abusos y crímenes. Según ellos, en los pueblos de la rica comarca valenciana se había acomodado el espíritu burgués. De esta manera justificaban sus atropellos.

En medio de toda esa locura, que organizaban unos pocos de la Columna, se encontraban el abuelo Gabriel y su hermano Agustín, embrollados a la fuerza, disparando sin mirar en unas trincheras llenas de barro, mierda y otras perturbaciones de los jóvenes, casi chiquillos en algunos casos, que se morían del miedo entre temblores, gritos, orines y lágrimas. Una pesadumbre se le unía a todo lo que sufría directamente al contemplar, con sus propios ojos, todo aquel descabellado horror. Estar tan lejos de su amor, nuestra abuela, y tan cerca de la muerte, viendo cómo iban cayendo sus compañeros, codo con codo, sangre con sangre. Porque, aunque no se cuenta con ello, aunque ordenado a batallar por causas en las que no cree, aunque obligado a compartir miedo y frío junto a gente anónima, siempre, en ese tipo de situaciones, se forjan hermandades irrefutables. Y una noche serena, bajo una luna llena, tranquilos ambos bandos que se separan por algo más de cien metros de tierra húmeda y frescos cadáveres, algún compañero que no alcanza los dieciocho años se le acerca al abuelo, preguntándole si le puede leer la carta que tiene de su madre. Y otro más también se le acerca para pedirle si le puede escribir una carta para su novia. Y el abuelo se convierte así en filtro entre sus familias. Y no puede evitar emocionarse ante las lágrimas casi infantiles que surgen de los rostros agotados de esos milicianos analfabetos que, horas antes, han luchado como valientes. Esas lágrimas no pueden no salir de sus miradas rotas cuando escuchan, por voz del abuelo Gabriel, las sencillas letras de una madre que también ha necesitado la ayuda del cura del pueblo para escribir lo que siente ante la ausencia de su único hijo, ante el no saber si llegará o no a leer esa misma carta.

El abuelo contempló, con alma triste y callada, cómo su país querido se resquebrajaba en dos incomprensibles bloques, divididos por una dolorosa grieta por la que se desparramaban millones de muertos. Una grieta de la que huían niños que separaban de sus padres, muertos o prontos a morir, hacia un forzado exilio hacia lo desconocido. Muchas voces callaron. Se perdieron para siempre muchas inocencias. Como él, muchos eran pacifistas y no querían participar en la orgía de fuego y la metralla. Pero fue obligado a ello. En la sinrazón de las trincheras, vivió incluso la muerte de su propio hermano pequeño. Y esto le marcó de por vida. Agustín Benedet tenía tan solo veinte años. No mucho menos que el abuelo, que continuó disparando y gritando como un loco, llorando porque una mezcla de ira y de interrogante le inundó el corazón ennegrecido, para concluir en el acierto de un disparo en la cabeza de otro chico que asomó demasiado su imprudente rostro a unos metros del frente de discordia.

El abuelo mató, sí. Nunca me lo negó. Mató probablemente como se mata en todas las guerras, apretando los gatillos desesperadamente y sin razones claras, en un desenfreno de disparos y estallidos que hacen temblar paredes y tapias; que hacen saltar las vidrieras y que se esparza todo tipo de maderas, de biografías, vidrios e inocencias, en astillas que no se pueden volver a unir en la vida. Bombas, provocadas por la aviación fascista, que hacían saltar a la tierra de la propia tierra, para invitar a los vivos a que la habitaran, a medio enterrar, con sus prontas muertes sin desnudo, con zapato impar y seca sangre. Por todo ello, quedó marcado para siempre. Él y toda una generación entera, que cargaría toda una vida con duras sombras.

Los años posteriores a los escombros y las cenizas de aquella contienda pertenecieron a los obtusos vencedores. Años marciales engominados y totalitarios, en los que no se permitirían los pensamientos diferentes, como los que años después forjaría en mí el propio abuelo. Hay siempre quien quiere conocer la trabajosa verdad, en lugar de permanecer en la falsa comodidad de la ignorancia. Eso me enseñó el abuelo. Eso siempre me decía. Y también que hay que entender cualquier tipo de guerra como una clara estratagema en las mentes oscuras y malditas, cuyo único fin consiste en el negocio y la deleznable riqueza. Enriquecer sus intereses a costa del pueblo inocente que recibe la proclama patriótica y no es capaz de leer el auténtico texto que subyace tras banderas y religiones. Que no es otra cosa que el de llevar a la muerte a millones de seres, para que la riqueza de unos pocos siga inalterable o aumentando hasta lo excesivo e inimaginable. Son esos pocos que, por cierto, nunca cogerán un fusil, que jamás estarán en el frente y, mucho menos, sus hijos o nietos en las retaguardias. Pues para eso apañan, desde hace siglos, leyes cómodas que eximan de las guerras a los cachorros de las altas castas. El poderoso se ha librado siempre bien de esas acciones que se dejan al pueblo llano mientras, totalmente repeinado y secundado por toda su familia, acude pulcro y puntual a la cita que cada domingo tiene frente a los dorados y católicos altares.

Ya el abuelo me contaba que para la lejana guerra de Cuba —otra más que provocaron los Estados Unidos, hundiendo el Maine, uno de sus propios barcos, y culpando a una inocente España—, para ese conflicto en el Caribe, se propuso en el Congreso de los Diputados, en Madrid, una ley para poder liberar de la obligación militar a las jóvenes descendencias de las rentas altas y medio altas. En aquella contienda todo español de cierta edad tenía la obligación de acudir a la llamada de auxilio de la patria con la posibilidad de cárcel o fusilamiento si se negaba a cumplir las órdenes. Pero los poderosos pusieron en marcha mecanismos raudos para mantener a salvo a sus hijos y nietos, inalterablemente vestidos y perfumados con lavanda, en sus elegantes y holgadas casas. Consiguieron una ley que marcaba la exención de todo joven cuya familia ofreciera al Estado la suma de seis mil pesetas. En aquella época de finales del siglo XIX, ya puedes hacerte una idea del dinero que suponía. Por otra parte, la casi totalidad del país era población rural, sin estudios y con un analfabetismo brutal, que derivó en la marcha obligada de miles y miles de jóvenes que fueron arrancados de sus vidas sencillas en el campo para embarcar en malditos barcos que los llevasen a un Caribe de muerte o emboscada. Mientras, las pobres madres quedában en luto y silencio, con las almas desgarradas, en aldeas, pueblos, ciudades y puertos de toda España.

Y es que siempre así ha sido, y siempre así será. Se crean sistemas sociales donde los fuertes no se ensucien jamás las manos. Ellos tienen las fórmulas, las palabras diseñadas por ideólogos para que el pueblo quede confundido, y sintiéndose protegido, bajo el amparo de esos que desde arriba les sonríen y les ofrecen los panes y los circos. Así pueden ellos realizar los negocios, con mordidas que, se supone, no deben conocer los que ya deben estar contentos con vivir en un estado de tranquilidad y bienestar. ¿Te suena?

Necesitan confundir a los pueblos, pluralizar a los individuos en pensamientos únicos para continuar en sus privilegiadas posiciones. Qué triste observar a los millones de vecinos que no se dan cuenta de la importancia única que tienen cada uno de ellos por sí mismos y que nadie tiene la atribución de arrebatarles sus derechos.

¿Se ha progresado mucho desde aquellos nefastos entonces? Supongo que sí. Pero no dudes que se siguen haciendo las cosas de un modo evolucionado y distinto. Igual que la telefonía ya no funciona igual que en sus inicios, que la era del fax ya es casi jurásica por el arroyo delirante de Internet y sus efectos colaterales; igual que las formas jurídicas, que han de progresar según los tiempos; también los señores de la Guerra hacen modernas sus justificaciones. Construyen las palabras justas para los presidentes bélicos. Esos que perpetuarán una máxima inalterable: que las guerras no deben acabar nunca.

Se detendrán un tiempo los disparos y las bombas, y quedarán las guerras dormidas, descansando para estar dispuestas y perfectas, eufóricas y enérgicas ante el despertar de otra excusa gubernamental o industrial, ante una nueva necesidad energética o monetaria. Porque hubo un tiempo en que las guerras acontecían por una reina, una amante, una virgen princesa desvirgada por el ímpetu de un rey forastero. También se hacían guerras en épocas ancestrales por la excusa de dejar a las mujeres en casa y salir por ahí con los exaltados amigos. Todo esto evolucionó o no, con los miles de años, a formas que seguro que ya te están sonando. Así que no creas nunca a alguien que, con pulcra actitud burguesa y celeste corbata francesa, venga a decirte, desde las pantallas o los periódicos, que se colabora con un gobierno con planes bélicos tan solo con ayuda humanitaria y en defensa de las libertades. Haz el ejercicio de posicionarte en las circunstancias de aquellas gentes que reciben de noche el estallido de bombas incendiarias en sus tristes cabañas, en sus hogares humildes, donde se reúnen hasta diez o doce miembros de una sola familia sin futuro ni culpas. Solo con una memoria de tiempos ancestrales en los que todas sus anteriores generaciones han vivido en constante huida y terror, ante las violaciones sistemáticas de sus formas de vida. Ante la desgarradora vivencia de contemplar sus hogares hechos añicos. A sus niños, sus hijos o nietos, sin vida. Y una infinitud de interrogantes y odios invadiendo sus almas.

Los obtusos llamaron, al abuelo, de mil torpes formas: amigo de los rusos, rojo bolchevique e idioteces por el estilo. Los enanos mentales nunca gozaron de un buen patrimonio en adjetivos. Y el abuelo, lejos de todos ellos, en silencio y calma, continuaba forjándome en los valores que él siempre defendió: la legalidad, la verdad, la libertad, la cultura. Porque, por todo ello, murieron jóvenes, ancianos, niños, madres, profesores, científicos, catedráticos, escritores, políticos mismos y artistas: por defender un gobierno legal, que obtuvo el consenso de una Constitución, días antes de la Navidad del 1931. Y que proclamaba que el Estado español no tenía religión oficial, anunciando la extinción del presupuesto del clero y estableciendo la enseñanza laica. Asimismo, se reconocían los derechos de la mujer y se legalizaba el divorcio. ¿Te imaginas cómo hubiera evolucionado nuestro país, nuestra sociedad, si se hubieran asentado esos mismos valores que nosotros hoy podemos disfrutar, pero con unas raíces de más de cuarenta años? ¿Te imaginas si todo aquel período negro en nuestra historia hubiese sido solo un pesado y mal sueño?

Como ya te he dicho anteriormente, el abuelo no dejaba de cuestionarse esto. Y añadía que un objetivo claro que también tuvo la tricolor dama era que debía superarse el enorme atraso cultural, ya que, entre otros datos, más de un tercio de la población de nuestro país entonces era analfabeta. La República abordó una profunda reforma de la enseñanza pública, construyendo escuelas, institutos y centros de formación. En eso creía el abuelo Gabriel, porque él solo quería ser maestro. Una profesión dignificada dentro de esa nueva forma de gobierno libre y esperanzador.

Por todo lo que defendía la República, se perpetró el golpe militar. Por «la Santa Gracia de Dios». Una «Santa Cruzada contra los herejes, para restablecer el orden en la Patria». Todo ello escuchado ahora suena a chiste. Pero fue una terrible realidad que truncó millones de vidas y sumió a nuestro país en un retraso y mediocridad que todavía hoy dura, frente a otras naciones admirables, frente a otras tantas repúblicas. Sí, sí, repúblicas europeas, con esas mismas leyes que, curiosamente, fueron las que hicieron hervir las mediocres sangres de los militares y cardenales no conformes.

Muchos jóvenes quisieron defender su gobierno legal. Detener a los golpistas, a los cruzados de la ilegalidad y la muerte. De las barracas y alquerías, por los senderos de la huerta, empezaron a destacarse campesinos que acudían solícitos a defender a la República, aquella con la que habían soñado sus padres y abuelos. El abuelo no era uno de ellos. Él solo quería que se sentaran a dialogar. Que se arreglasen las cosas mientras seguía encontrándose con la abuela Matilde, para llenarle la boca con besos y los oídos con poemas. Por eso, una mañana posterior a la renovada muerte de camaradas, sin poder superar la de su propio hermano Agustín, dijo a su superior, con tono sereno y firme, que lo dejaba. Todos se quedaron de piedra. Sabían que eso significaba que le pegarían un tiro allí mismo, como habían visto hacer en otras ocasiones. Pero a él no le importaba ya saber que, al decir esas palabras, se estaba jugando la vida por desertor. Se quedó mirando, con una tranquilidad desconocida para cualquiera, a su superior en la Columna de Hierro. Este empuñó su pistola y le advirtió. El abuelo, entonces, le dijo que hiciese lo que tuviese que hacer, pero que él ya no disparaba ni un tiro más. Abandonó lentamente su fusil en el suelo. Le dio la espalda a su superior. Y marchó de allí andando, sereno, esperando recibir ese tiro por la espalda. Pero no sucedió aquel disparo. Porque, tal vez, habían llegado todos esos milicianos, y su superior incluido, a un momento en el que se comprendía una decisión como esa. El caso es que lo único que escuchó mientras se alejaba de allí con la mirada perdida en el futuro o en el pasado irrecuperable fueron las voces de mandos indicando a los demás que prosiguieran el camino hacia cierta conflictiva atalaya.

En poco tiempo, el Gobierno decidiría acabar con el bandidaje de aquellas columnas que asolaban el país, tomando cartas en el asunto de manera expeditiva. Fuerzas de la guardia republicana comenzaron a hostigarlos. En una llanura repleta de naranjos, descubrieron el rosario de camiones de la Columna de Hierro. Dicen que fue una cacería implacable. Una escuadrilla de «ratas» *Polikarpov* comenzaron a vigilar sus desplazamientos y a bombardearlos sin más preámbulos. Se calcula que, en la carnicería posterior, sucumbirían más del ochenta por ciento de aquellos impostores del ideal anarquista a causa de la efectividad de las bombas lanzadas por los pilotos de la República. El abuelo hubiera muerto allí mismo, casi seguro.

No regresó a la finca. Decidió marchar directamente a Valencia, a la capital, con la esperanza de hallar allí a cierta prima hermana suya que vivía justo encima de la actualmente conocida Casa de los Caramelos. Allí se ocultó casi un año, sin salir de la propia casa, escondido en un cuarto que jamás fue para él una cárcel, porque no solo tenía una ventana, desde la que podía ver el río Turia y sus transformaciones en cada una de las estaciones, sino que contaba con el mejor de los balcones posibles, la mejor de las compañías. Una importante biblioteca.

3

MESES DESPUÉS, REGRESÓ EL VERANO HÚMEDO E INTENSO A Valencia. Estaba comenzando el mes de julio de 1937. Ya esos márgenes del Turia, que podía contemplar desde su ventana, habían coleccionado todos los matices posibles de frío, bruma, viento, cielo despejado, lluvia, atardecer y noche en cada una de las estaciones. Le quedaban pocos libros por leer o releer en aquel refugio. Una mañana, al regresar con el pan y algo de verduras a casa, su prima le dijo que estaban a punto de llegar a Valencia, desde varios países, decenas de intelectuales, escritores y poetas, para dejarse la vida si fuese necesario por la restauración de la libertad y la República.

Eran tiempos en que se oía hablar del rey Alfonso XIII, exiliado en Italia, pidiendo ayuda militar y económica a Mussolini para restaurar la monarquía en España. Ayuda que, por cierto, le fue concedida. También se oía hablar de las Brigadas Internacionales, como se podían escuchar ecos de la intervención alemana en la contienda española, a través de la aviación y de las fuerzas del Tercer Reich, en lo que parecía una especie de ensayo general antes de que otras contiendas mucho más amplias convulsionaran, sin tardar demasiado, al mundo entero. Pero la noticia que le traía su prima era bien distinta. La recibió como quien recibe un soplo de aire renovado y fresco, algo que claramente necesitaba y que le motivó, por fin, para salir a la calle. Porque, a pesar de lo que se jugara, pensó, no se perdería por nada del mundo formar parte de ese encuentro internacional y humanista que estaba a punto de tener lugar en Valencia y que sería conocido como el Segundo Congreso Internacional de Escritores para la Defensa de la Cultura.

Se informó de que, efectivamente y de manera inminente, el Congreso se llevaría a cabo entre el 4 y el 17 de julio en París, Barcelona, Madrid y Valencia, siendo nuestra ciudad la sede más importante de los encuentros, ya que la caída de Madrid parecía inminente; y de que se trataba de una iniciativa gubernamental republicana desde su Ministerio de Instrucción Pública y Bellas Artes de España, que se realizaría con el apoyo de intelectuales antifascistas y que sería inaugurada por el presidente republicano Juan Negrín en la Sala de Sesiones del ayuntamiento de Valencia. Y allí se dirigió con enorme entusiasmo el abuelo, cruzando la Catedral en dirección al ayuntamiento, bajo un sol enérgico que nutría de vida y posibilidades, y sin saber que estaba a punto de conocer a alguien fundamental en su vida. Y también en la mía.

Al llegar al ayuntamiento, pudo comprobar los daños provocados por los bombardeos de la aviación italiana en el mes de mayo. La escalera imperial todavía estaba parcialmente destrozada. Lo mismo algunas dependencias aledañas. Alcanzó el hemiciclo, donde se encontraban los congresistas, y, abriéndose paso entre los asistentes, pudo quedarse en una buena posición para escuchar lo que se decía en aquella primera jornada. A diferencia de otros momentos de su vida, el abuelo me contaba este suceso, una y otra vez, con todo tipo de detalles. Pobre. Me decía que era tan estimulante verse rodeado de tantos y tantos hombres y mujeres que perseguían sus mismos ideales, que propugnaban la dignidad del pensamiento, luchar por el individuo, por el humanismo. Pedían el refuerzo a los lazos culturales y la ayuda a los escritores españoles republicanos. Era la primera vez en mucho tiempo que volvió a sentirse vivo, decía, después de tanto horror y muerte. Por eso me atrevo hoy a escribirte sobre aquellos encuentros; a presentarte nuevos personajes en su vida; a ponerles voz incluso, con alguna licencia por parte de mi imaginación, que es como se alcanza la verdad de ciertos momentos cuando uno escribe un relato.

De ese modo puedo contarte que, en ese momento, en el hemiciclo, se encontraba junto a una joven pareja. La mujer a los pocos segundos, y con claro acento mexicano, clamó:

—¡El bombardeo de Guernica y el asesinato de Federico García Lorca alcanzan un valor simbólico como expresión de esta barbarie fascista!

Los asistentes aplaudieron esas palabras. El abuelo Gabriel se dirigió a ellos cuando callaron los aplausos y seguía otro ponente exponiendo sus palabras.

—Bien dicho. Me llamo Gabriel. Gabriel Benedet —le dijo extendiendo su mano—. Soy de un pueblo de aquí cerca, de Valencia. La guerra me pilló preparándome para ser profesor de educación primaria.

—Yo soy mexicana. Elena Garro, dramaturga. Él es mi compañero, Octavio Paz. Poeta.

—Y revolucionario —se adelantó a precisar el joven mexicano.

—Encantado.

—Igualmente. Recibí un telegrama fechado en Mérida en el que se me invitaba oficialmente a participar en el Congreso Internacional de Escritores Antifascistas a celebrar aquí en Valencia.

—No nos lo hubiéramos perdido por nada del mundo —respondió la mujer.

—¿Habéis venido solos?

—No, para nada. Hemos venido acompañados por otros intelectuales vía París. En la estación de tren nos encontramos en el andén con un comité de bienvenida muy especial, formado por numerosos camaradas ideológicos y colegas literarios. Un hombre grande, cordial y abierto me llamó a voces. Seguidamente le di un gran abrazo. Se trataba de Pablo Neruda.

—¡Vaya!

—Sí, muy emocionante. También con él se encontraba André Malraux, Iliy Ehrenburg, Stephen Spender... —apuntó Elena.

—Desde allí todos juntos marchamos en tren a Barcelona y de ahí a Valencia.

—¿Es cierto que se está desarrollando este mismo congreso en París, Barcelona y Madrid al mismo tiempo? —preguntó el abuelo.

—Así es. Pero es aquí donde va a tener mayor importancia de participación.

—¡El pueblo español está luchando contra el fascismo internacional por la dignidad humana, por la defensa de la cultura y por la libertad del hombre y del pensamiento! —decía en ese momento un ponente desde su estrado.

—Ese que está hablando ahora es el poeta Luis Cernuda. Lo conocí en la redacción de *Hora de España*. Nos presentó Gil-Albert. Luego os lo presentaré.

—Yo lo conocí ayer —dijo Elena—, en la playa.

—¿En la playa?

—Sí. Los chiringuitos estaban cerrados, la playa desierta. Solos él y yo. Lo tomé por un inglés. Me acerqué y le pregunté cómo podía un inglés tener ese color de piel. Y me dijo que porque era en realidad un andaluz al que le encanta ir a las playas desde niño. Yo le dije que estoy casada con un poeta, gente a la que no le gusta el deporte.

Los tres rieron. No muy entusiasmado Octavio Paz. Quedaron a continuación escuchando las palabras de Cernuda desde el estrado.

—¡Tenemos que conseguir enviar nuestro mensaje mediante artículos, poemas, libros a todas partes, en todos los idiomas posibles! —comentaba entonces el poeta sevillano. ¡El mundo se ha de enterar de las atrocidades que se están cometiendo contra la humanidad, la libertad y la cultura aquí en España! —añadió Cernuda—. ¡Porque España está siendo el laboratorio de los fascistas en su plan de conquistar el mundo para apagar su luz! ¡Y eso no lo podemos permitir!

—¡No! ¡No lo permitiremos jamás! —gritó Elena Garro.

Y aplaudieron ese final de discurso del poeta sevillano, que quedó visiblemente emocionado. Pidió con sus manos que concluyera el aplauso. Todos guardaron de nuevo silencio.

—Perdonad si me he dejado llevar por la emoción, pero desde que asesinaron a Federico...

—¡Asesinos! —gritó un asistente.

—Pido silencio —demandó Cernuda—. Y vuestros oídos y corazones una vez más para ofreceros unos versos sueltos del poema que he dedicado a mi buen amigo, Federico García Lorca, y que como sabéis he publicado en *Hora de España*, aquí en Valencia.

El silencio entonces fue sepulcral. Todos permanecieron atentos y emocionados a Luis Cernuda, que, tras coger aire con su pecho en alto aunque algo trémulo, dijo:

—*A un poeta muerto*... Triste sino nacer / con algún don ilustre / aquí, donde los hombres / en su miseria solo saben / el insulto, la mofa, el recelo profundo / ante aquel que ilumina las palabras opacas / por el oculto fuego imaginario. / La sal del mundo eras, / vivo estabas como un rayo de sol, / y ya es tan solo tu recuerdo/ quien yerra y pasa, acariciando / el muro de los cuerpos / con el dejo de las adormideras / que nuestros predecesores ingirieron / a orillas del olvido.

Volvieron todos a aplaudir cuando se quedó sentidamente en silencio y con los ojos cerrados.

—¡No olvidaremos jamás! —gritó con emoción otro de los asistentes.

Los escritores extranjeros que viajaron a Valencia procedían de países distintos, de situaciones políticas diversas y tenían ideologías personales diferentes. Pero, por encima de experiencias humanas y emociones personales, el compromiso colectivo de aquellos intelectuales y poetas antifascistas extranjeros era fundamentalmente moral. Suponía un deber de movilización de la opinión pública internacional, a través de reportajes, libros, artículos, conferencias y manifiestos. «Luchad contra la guerra; os lo rogamos; luchad con pluma y con la palabra como cada uno pueda mejor, pero luchad». Así alentaba Ludwig Renn a los participantes.

Al acabar su discurso y los versos dedicados a Lorca, Luis Cernuda saludó a varios compañeros y amigos.

—Ven —animó Octavio Paz al abuelo—, vamos a presentártelo.

Acompañó a la pareja mexicana hasta donde se encontraba Luis Cernuda, saludando a algunos asistentes. Elena aprovechó un momento para aproximarse a él.

—Disculpa, señor inglés y playero.

—Elena, ¡qué alegría! ¡Y Octavio Paz! ¿Este es el poeta con el que estás casada y no hace deporte? Ya nos conocimos el otro día en la redacción de mi revista.

—¿Cómo estás, Luis? Nos ha encantado tu intervención.

—A mí sí me ha gustado un poema tuyo que he leído, *Elegía a un joven muerto en el frente de Aragón.*

—Muchas gracias. Mira, este es Gabriel Benedet.

—Encantado.

—Muy buen discurso. Y muy emocionantes versos —dijo el abuelo.

—No he querido leer todo el poema. Es demasiado largo y no me hubiera podido contener. Por eso he escogido solo esa estrofa.

—Nos ha encantado.

—Mucho.

—Yo es que quise y quiero todavía mucho a Federico.

—Lo sé. Todos le vamos a querer y recordar siempre —añadió Elena.

—Oye, ¿qué hacéis esta noche? —preguntó Cernuda.

—¿Esta noche?

—Sí. A las diez y media.

—Pues no sé.

—Sí lo sabéis. En el Teatro Principal representamos *Mariana Pineda* en honor a Federico.

—¿Cómo que «representamos»?

—Sí, yo interpreto el papel de Pedro.

—¿También actor? —dijo Elena divertida y sorprendida.

—Yo por Federico haría hasta de *Yerma*... con permiso de la Xirgu, claro.

Rieron la ocurrencia, al tiempo que salían los cuatro al exterior.

—Entonces, ¿qué?, ¿os animáis?

—A mí me encantaría —respondió entusiasta el abuelo—. Hace tanto tiempo que no voy al teatro…

—Perfecto. Pues nos vemos cuando acabe la obra y nos tomamos unos vinos con los demás compañeros y compañeras.

Observaron cómo se iba Cernuda con su aire elegante y discreto.

—Es un gran hombre —comentó Octavio Paz—. Se involucró en el proyecto de las Misiones Pedagógicas. Primero, en la sección de Bibliotecas y, luego, en el Museo ambulante, recorriendo los caminos para llevar a los pueblos la educación y cultura. ¿Tomamos un café?

El abuelo acompañó a Octavio Paz y Elena Garro a un café próximo a la plaza del Ayuntamiento. Ya sentados, me dijo que Octavio y Elena discutieron un poco.

—¿Te ha molestado que vaya a la playa?

—Lo que me molesta es que se tome este congreso para hacer turismo —le contestó Octavio Paz—, que no se tome esto con el compromiso que merece.

—Yo estoy muy comprometida con la causa. Y eso no tiene nada que ver con que, en un momento determinado, pueda ir a la playa a desconectar un rato.

—Es que no podemos desconectar. Aquí estamos porque nos sumamos hace casi un año al *Manifiesto de la Alianza de Escritores Antifascistas para la Defensa de la Cultura* (*). Y luego esas recepciones fastuosas que se están ofreciendo.

—¿Qué quieres decir? —le preguntó Elena.

—Pues que contrastan con el hambre de un pueblo en guerra. Pero eso no es lo que más me preocupa.

—¿Qué es lo que te preocupa, Octavio? —intervino el abuelo.

—La peligrosa debilidad de los mandos republicanos —dijo con la mirada perdida— a dejarse dominar por los extranjeros. Sobre todo, los soviéticos. Imponen una política de férreo control sobre toda actividad, y eso no me parece bueno para la causa de la libertad española republicana.

—Sí, la verdad es que estos comisarios enviados por Moscú empiezan ya a resultar un tanto siniestros —añadió Elena.

—Sobre todo, por su injerencia incluso sobre las personas de izquierdas, al margen de toda sospecha. Luis Cernuda, por ejemplo, es uno de los vigilados por los emisarios de Stalin. Me confesó en la redacción de su revista que él también empieza a estar harto de la fiscalización, de la que son objeto los republicanos españoles, por parte de los dirigentes del Partido Comunista, en especial los venidos de la URSS, o los que se mueven en la órbita del estalinismo. No veo con buenos ojos esas influencias extrañas a la política española. Pueden causarle mucho daño.

Lo cierto es que empezaba a haber inquietantes divisiones dentro del seno republicano, como advertía Octavio Paz. Y eso no fue nada bueno, como posteriormente se supo, para luchar contra una fuerza potente y unificada, como la desplegada por el general Franco y sus leales.

Pasaron la tarde juntos, hasta que se hizo la hora de ir a la representación, en el Teatro Principal, de la *Mariana Pineda* que, como homenaje a Federico García Lorca, se representaba dentro del Congreso. En ella actuó, en efecto, Luis Cernuda. El abuelo la disfrutó junto a Octavio Paz y su mujer Elena Garro. Tras la función, salieron a tomar unos vinos con Luis Cernuda y algunos compañeros del reparto. Prosiguió el buen ambiente, las risas y también las conversaciones juiciosas sobre el avance de los nacionales. Se hizo tarde y se despidieron bajo la noche valenciana, quedando en verse al día siguiente y seguir participando en más encuentros, charlas y conferencias.

Esa misma madrugada, sin embargo, no pudieron dormir muy tranquilos. Los congresistas recibieron la visita de aviones fascistas que bombardearon la ciudad. Era su particular forma de dar la bienvenida a la gente de la cultura.

(*) *Manifiesto de la Alianza de Escritores Antifascistas para la Defensa de la Cultura* (transcrito de *La Voz*, jueves 30 de julio de 1936)

> Se ha producido en toda España una explosión de barbarie en que las viejas formas de la reacción del pasado han tomado nuevo y más poderoso empuje, como si alcanzasen una suprema expresión histórica al integrarse en el fascismo.
>
> Este levantamiento criminal de militarismo, clericalismo y aristocratismo de casta contra la República democrática, contra el pueblo, representado por su Gobierno del Frente Popular, ha encontrado en los procedimientos fascistas la novedad de fortalecer todos aquellos elementos mortales de nuestra historia que por su descomposición lenta venían corrompiendo y envenenando el pueblo en su afán activo de crear una nueva idea española. Contra la auténtica España popular se ha precipitado para destruirla o corromperla, envileciéndola con una esclavitud embrutecedora y sangrienta, como la de la represión asturiana, ese criminal empeño de una parte del ejército, que al traicionar a la República lo ha hecho de tal modo que ha desenmascarado la culpabilidad de su intención, agraván-

dola con la de traicionarse a sí mismo en la falsedad de los ideales patrióticos que se decía defender, sacrificando la dignidad internacional de España y ensangrentando y destruyendo el suelo sagrado de su historia. Y esto con tal ímpetu desesperado, demoledor, suicida, que la trágica responsabilidad delictiva de sus dirigentes lo ha determinado con características vesánicas de crueldad y de destrucción acaso jamás conocidas en España; en una palabra: fascista.

Contra este monstruoso estallido del fascismo, que tan espantosa evidencia ha logrado ahora en España, nosotros, escritores, artistas, investigadores científicos, hombres de actividad intelectual, en suma, agrupados para defender la cultura en todos sus valores nacionales y universales de tradición y creación constante, declaramos nuestra identificación plena y activa con el pueblo, que ahora lucha gloriosamente al lado del Gobierno del Frente Popular, defendiendo los verdaderos valores de la inteligencia al defender nuestra libertad y dignidad humana, como siempre hizo, abriendo heroicamente paso, con su independencia, a la verdadera continuidad de nuestra cultura, que fue popular siempre, ya todas las posibilidades creadoras de España en el porvenir.

4

EL ABUELO ME CONTÓ TANTAS VECES ESAS HISTORIAS QUE, AUN sin haber sido uno testigo de las mismas, no son muy difíciles de transformarlas en relato, y casi en primera persona, para ti.

En los días siguientes, en el congreso, Octavio Paz no paraba de decir a los demás que las divisiones internas de los republicanos no eran muy saludables frente a una fuerza homogénea, ordenada y potente como la desplegada por Franco. El joven poeta mexicano no solamente trataba a los escritores, a los poetas, sino que también procuraba establecer contacto personal con todas las clases sociales que le era posible: maestros, obreros, campesinos, funcionarios, soldados, oficiales. A esto último le ayudó mucho el abuelo Gabriel, quien le fue mostrando la ciudad e incluso algún que otro pueblo cercano. Eran momentos difíciles porque la aviación enemiga, mucho más poderosa que la republicana, gracias tal vez a la Luftwaffe de Hitler, no cesaba de lanzar ataques aéreos sobre la región valenciana y de arrojar sus bombas sobre pueblos y ciudades. Y esos bombardeos se producían día y noche, intentando frenarlos como podían las baterías antiaéreas republicanas, y durante uno de ellos fue sorprendido el abuelo Gabriel con el poeta mexicano en el campo, en compañía de otros amigos, junto a una aldea muy próxima a Valencia capital.

Huyendo de las bombas que caían sobre la carretera y sus aledaños, el abuelo y sus compañeros buscaron refugio en las casas de campo de la zona. Un campesino les dio cobijo de inmediato. Pese a que las bombas caían en abundancia en su huerto en ese momento, de tal forma que hasta las tejas de la casa temblaban, el campesino salió sin importarle el peligro. Tomó un melón y regresó tranquilamente al interior, ofreciéndolo a sus huéspedes.

—*¡Al meu poble tenim pirotècnics que fan petards més potents que aquestes bombes dels cabrons feixistes!*

El abuelo Gabriel se giró hacia su joven amigo para decirle riendo que así éramos, al fin y al cabo, todos los valencianos, y así mismo, *trailariro-trailará…*, nos tomábamos en cualquier momento la vida.

—Este campesino me recuerda a mi abuelo. Yo crecí en un ambiente familiar sobrio, discreto y callado, con un abuelo que era un gran amante de la lectura y de los libros, e incluso era ya un precedente en la familia, porque sus aficiones literarias lo llevaban a escribir. Se llamaba Ireneo. Llegó a dirigir un periódico y escribir novelas de corte popular, lo cual le convertía para mí, de niño, en una especie de personaje mítico. Por él, conocí a Emilio Salgari, a Walter Scott, a Alejandro Dumas o a Daniel Defoe. Me podía perder durante horas en aquellos mundos de capa y espada, de viajes fantásticos, de gestas heroicas o de exóticos confines, donde la aventura parecía cosa natural, casi inevitable.

—A mí me pasaba igual —le dijo el abuelo—. Con personajes como D'Artagnan y sus mosqueteros, Ivanhoe o Quintin Durward, Sandokan y sus Tigres de Mompracem, el

Pirata Negro o Buffalo Bill y los indios norteamericanos en las grandes praderas del Oeste, llenaba mi imaginación de fantasía y me hacían volar a lugares y tiempos lejanos.

—Me fascinaban, particularmente, los temas relativos a Oriente, ya fueran sobre la India o sobre China y Japón, por ejemplo. Kipling y sus obras eran en gran medida mis favoritas. Sin darme cuenta, aún niño, empecé a descubrirme tal y como era y cómo iba a ser. Ya había pasado para mí la época de los libros de aventuras y las narraciones novelescas. Compartía mis aficiones con la política o la poesía. Fue como si algo en mi interior hallara un nexo de unión entre ambas cosas, como si la poesía en sí misma fuera la mejor arma de libertad que el ser humano podía enarbolar contra la injusticia y la opresión. Escuché la otra voz.

—¿La otra voz?

—Tenemos una obligación moral los que hemos escuchado la otra voz, Gabriel. Debemos traspasarla a otros oídos. Y de todos ellos alguien volverá a poseerla.

—La otra voz...

—Sí. Con la que ayudar a hacer de este mundo un lugar más justo. La poesía, querido amigo, no puede ser solamente una actividad al servicio de la Revolución. Tiene que ser la Revolución en sí misma, la expresión viva y palpitante del perpetuo deseo humano de sublevarse contra lo que le imponen. No lo olvides.

A los pocos días, justo al concluir el congreso, el poeta mexicano Octavio Paz marcharía a Madrid con Elena Garro, no sin antes despedirse de nuestro abuelo con un sentido abrazo y unas sonrisas que tratarían de no dejar aflorar las verdaderas emociones.

Porque aún quedaba guerra. Y aún quedaban muchos muertos que contar en un lado. Y muchos otros en el otro.

5

RECUERDO LOS MOMENTOS EN LOS QUE ME HABLÓ SOBRE AQUElla guerra. Cómo se iba agravando su rostro espigado y noble, al hacerlo; y la mirada, enjuta y rotunda, se perdía en un agujero intenso en el que volvía a escuchar las bombas, los gritos y la metralla. En el que volvía a ver los rostros ensangrentados, los cuerpos calcinados, los muros derruidos, lo mismo que las esperanzas. Regresaba de repente de sus visiones. Como si despertara de golpe. O quizás, porque se acordaba de que tenía a su nieto delante. Entonces sonreía. Para no preocupar demasiado a ese niño que lo escuchaba fascinado. Y continuaba hablándome de aquellos sucesos, que seleccionaba y que me transmitía, como si se tratase de un cuento. O, al menos, eso intentaba, ofreciendo un final, alto e interesante, en cada parte. Como los de los capítulos de ciertas series de televisión. Para seguir generando a su nieto interés y, por tanto, conciencia. Pronto empecé a ser yo mismo quien le pedía que regresara a aquellos tiempos y que siguiera contándome más y más historias sobre esa guerra y aquella República.

Recuerdo que una ordenada selva gris, que pretendía ser un mar de plata, reinaba sobre su frente digna, llena de pliegues de tiempo y vida. Recuerdo sus palabras resecas, que surgían casi rotas por esa garganta que tanto humo de cigarrillos acumulaba. Recuerdo su aroma a tiempo y silencio, a tabaco negro, a libro galdosiano y a quinielas no premiadas.

¿Recuerdas lo que hacía nada más afeitarse? Sí, recolectar besos de sus nietos. No sé tú, pero yo todavía puedo sentir en mis labios el sabor fuerte y varonil de aquella espuma que utilizaba para afeitarse. Sus mejillas, de súbito, tenían ese sabor a ancianidad y jabón familiar, a limpieza y memoria. ¿Recuerdas su monedero? ¿Recuerdas sus manos fuertes y morenas, sus dedos arrugados perdiéndose en el interior del monedero, que para nosotros era como un diminuto cofre? ¿Cómo sacaba duros y pesetas, y nos los daba para mis cromos de fútbol y tus gomitas para las trenzas? ¿Y con qué ilusión íbamos directos a los kioscos a gastar ese dinero discreto, pequeño, pero tan infinito? Ninguna cantidad de dinero en el futuro me ha parecido tan enorme y gigantesca, tan un tesoro como aquellos duros y pesetas que nos daba el abuelo Gabriel.

Ahora lo estoy viendo como un enorme planeta. Y a nosotros como un torbellino de satélites que no paran de dibujar desordenadas órbitas de travesura alrededor de sus energías quietas y moderadas, alrededor de su risa humilde y su mirada de anciano duende, que solía encerrarse en aquella habitación que utilizaba como estudio o refugio. Las paredes no despedían ningún color porque despedían los colores todos. Todas ellas repletas, forradas de libros y recuerdos. Un antiguo tocadiscos con la caja granate lo alejaba de la realidad, despidiendo aquellas notas de Wagner o Strauss, de Liszt o Beethoven. Aquella música acariciaba sus oídos, su corazón, sus párpados arrugados y pesados, que se cerraban para recibir esas notas, ahí mismo, como besos. Tal vez eran esas notas el pasaporte perfecto para el reencuentro imposible con la abuela, en aquellos momentos en los que fueron jóvenes y pletóricos. Se dejaba llevar por las sinfonías hacia parajes insospechados. Cerraba sus ojos y su mano comenzaba a seguir tímidamente los ritmos. Su mano planeaba elegante, como una gaviota en un cielo de memorias. Tal vez recuperaba aquellos tiempos en los que escuchaba esa música misma, vestido de etiqueta en el salón de la finca familiar. Con su hermano, dispuestos ambos frente a una elegante y reluciente máquina de discos —o placas, como entonces él las denominaba—, o tal vez a un pequeño grupo de cuerda, como los que solían tocar, en el transcurso de ciertas veladas.

El abuelo de niño, y a lo largo de todas sus edades, sintiendo un vacío enorme, calladamente apesadumbrado. Formulando, a lo invisible y confuso, miles de preguntas. Porque, en cada concierto, en cada adagio, en cada jornada cualquiera y a cada hora previa al sueño, una imagen sin definir, unas nieblas con forma, una aureola confusa de luz acudía a su corazón castigado y triste. Se trataba de su madre, o la única forma que él recordaba de ella. Su madre hermosa y perfecta que jamás llegó a conocer porque murió justo a las dos semanas de que él naciera.

Muchos años después, en el pequeño salón de su humilde casa, para él era fácil dejarse llevar, con la ayuda de la *Séptima* de Beethoven, hacia aquel lugar de aires fríos de sierra, aquel hueco entre rocas y miedos, entre preguntas sin respuestas y miradas de inocencia truncada. Allí, lejos en el tiempo, en aquel océano de incertidumbre y tristeza. Allí, volando, surcando cielos de pastel celeste y otras paradojas. Allí se dirigía el abuelo al encuentro del joven y pletórico chico de pelo aceitunado, de mirada o desafío de lago nocturno, bajo las cejas pobladas de recelo y angustia. No podía evitar viajar a esos tiempos de guerra, en aquel monte quieto y mudo, una jornada más junto a los otros jóvenes de distintas provincias, miedos y dudas. Todos ellos con fusil y bayoneta. Con precarios abrigos y macutos, con munición de muerte y alimento escaso. Con valores confusos y apetito de pan, de cese de armas, de esos diálogos que restablecieran las libertades y los regresos a las distintas casas. Al abrazo de esas madres que acumulaban arrugas y canas. Penas que sobresalen de sus ropas negras y que emanan ese aroma a trigo y límpida almohada que tanto se anhela. Y esas madres no saben que ya algunos de sus hijos navegan rumbo a un desconocido México. Que atraviesan sin calcetines y calzado precario Pirineos de emboscada. Sin sentir pies, ni manos, ni alma. Porque los Pirineos pueden llegar a ser muy traidores si, al otro lado, en esa Francia de libertad, igualdad y fraternidad, les depara otra guerra más inmensa y deleznable todavía. Y, por tanto, nuevas huidas, con los corazones palpitando más cicatrices y más llagas, a una Rusia imposible donde recordar, durante decenios, aquellos pocos años de niñez cándida, ultrajada por el grito de los militares. Y esas infancias ya no regresan nunca a no ser por la sonrisa posterior de algún nieto que se denomina o apellida con vocablos lejanos a la lengua de España. Esos niños sin culpa, que fueron miles y miles hasta la más vergonzosa cuenta, se convertirían en hombres y ancianos de ninguna parte. Porque el hombre del exilio ya no pertenece a la tierra madre. Pero tampoco se arraiga a la tierra que lo adopta. Su corazón, su alma, quedan por siempre divididos, partidos. Sin un horizonte claro, sin motivos perfectos y comprensibles, en cada nación, en cada tierra. El hombre desterrado de niño se hace anciano en penumbras llenas de recuerdos y tristes memorias. En acumular con los años las mismas preguntas sin respuestas. En ir viendo cómo se olvidan los otros nombres, los que lucharon infatigables por derechos democráticos, justicias y libertades. Los ganadores de las crueles contiendas ponen en marcha, a toda prisa, maquinarias para el olvido. Convierten a los perdedores en enemigos de la patria y otras tantas necedades, con apelativos demoníacos. Son opiáceos con los que alimentar a generaciones del nuevo régimen totalitario. Para que cualquier atisbo de imagen de los vencidos suponga un miedo, una vergüenza o una amenaza.

Pero en aquellos días, que no conviene nunca olvidar, fueron los vencidos los que defendieron un gobierno legítimo, electo por el pueblo, frente a la revuelta y alzamiento en armas de los militares que, encabezados por el futuro dictador, arremetieron con vileza, sin miramiento y apoyados por bombardeos indiscriminados del ejército nazi, sobre poblaciones civiles como Valencia o Guernica, donde ancianos y niños inocentes sucumbieron a las metrallas, los estallidos de fuego y gritos, revueltos en pedazos entre los escombros, el polvo y las cenizas.

Quienes vivieron esas afrentas a la civilización y la paz ya nunca podrían tomarse en serio a los obtusos y oscuros que, después, gobernarían bajo el miedo y la persecución de las libertades y los distintos pensamientos e ideas durante cuatro décadas.

Y todas estas atrocidades siguen pasando porque van parejas con el hombre. Forman parte de su idiosincrasia. La Guerra y la Muerte, así escritas, en mayúsculas. Desde el colegio nos enseñan la historia a partir de la cronología de los actos bélicos, ensalzándonos a los conquistadores como héroes cruzados, casi santos. Hoy, las invasiones suceden con distintas denominaciones y adjetivos. Pero los conflictos son siempre los mismos. Los pueblos inocentes creen defender causas justas. Mientras quienes mueven los hilos envían a los jóvenes adolescentes, llenos de vida y de ignorancia, hacia muertes seguras. Destruir. Para así volver a construir. Todo por negocio. El negocio, precisamente, de nuestra familia.

Una vez más, Sofía Martín-Santos abandona suavemente la lectura. Mira hacia fuera desde su ventanilla, donde los llanos se apelmazan extensamente en combinaciones discretas y elegantes de ocre y verde, y el cielo queda límpido y celeste con el suave dibujo de alguna lánguida, delgada y solitaria nube. Inhala aire y por primera vez en mucho tiempo es consciente de su respiración. La lectura ayuda a eso también. El relato es oxígeno. Sofía respira. Respira tranquila.

V. CONCIENCIA

1

En la lejanía comienzan a erigirse, por decenas, los gigantescos molinos del nuevo milenio. Las aspas permanecen quietas en ese momento carente de viento. Lo mismo la cabeza y manos de Arturo Meneses, atento al recto y amplio discurrir de la autovía.

—¿A cuántos kilómetros estamos de Madrid, Arturo?

—A unos ciento treinta. Ya hemos entrado hace un rato en la Comunidad de Madrid. En algo así como una hora habremos llegado.

Por el retrovisor, el chófer comprueba de nuevo que su joven señora contempla el horizonte, como ausente.

—¿Todo bien? —pregunta—. ¿Quiere que volvamos a parar?

—No, no, seguimos. Todo bien, Arturo.

—Podría acelerar un poco más, pero los radares…

—Sí, lo sé. No se preocupe. Vamos a buen ritmo.

—¿Su hermano…? —Levanta dedos del volante, los estira y vuelve a colarlos cuando encuentra otra manera de plantear la pregunta—. ¿En eso que está leyendo ya ha averiguado algo?

—Solo habla de mis padres, de mis abuelos —contesta Sofía sin apartar su mirada verde de la pantalla del ordenador portátil—. Él y yo nunca…

—Comprendo.

En esta displicente apreciación, Arturo trata de reservar la sensación súbita que acude a su razón, al saber la de años que permanecen los hermanos gemelos sin contacto alguno.

—Sigue viviendo junto al parque del Retiro, ¿no es cierto?

Pero ella se encuentra nuevamente lejos del elegante interior del Bentley. Arturo entiende que debe dejarla tranquila una vez más.

—Nunca me había fijado en lo bonito que puede llegar a ser este paisaje.

Y las palabras surgen etéreas, como si más que dichas fuesen escapadas de un cerrado pensamiento.

—Habremos hecho este viaje cientos de veces, ¿no es así, Arturo?

—Así es.

—Pero no sé, ahora mismo el paisaje… ¿no cree que proyecta una extraña calma ver allí esos molinos en medio de la nada?

—Sí que es bonito, sí.

—Nunca me suelo fijar en los paisajes. Ahí afuera debe de haber un silencio enorme.

—A mí me parece que el silencio está en todas partes, no es difícil dar con él.

—Yo nunca lo he encontrado, Arturo.

—Usted es una persona muy ocupada. Tiene una agenda muy apretada, muchas obligaciones, muchas personas a su cargo. Mucho ruido. Es muy lógico que no…

—¿Cuántos años tiene usted? —interrumpe casi insensiblemente con la pregunta a su chofer—, ¿cincuenta y cinco?, ¿cincuenta y seis?

Sofía Martín-Santos suele interponer preguntas en los diálogos que nada tienen que ver con el hilo argumental o la conversación que se entabla. O, mucho más concretamente, con el contenido de quien le dirige palabras. No es muy consciente de que llega a herir en muchas ocasiones, porque deja entrever una indudable falta de atención, un estar en otro lugar, un no escuchar autosuficiente y particularmente egoísta. El chófer deja caer una ligera sonrisa antes de contestar.

—Dentro de unos meses cumpliré sesenta y dos.

—¿Usted contempla los paisajes alguna vez?

—Alguna vez, sí. Alguna vez.

—¿Y escucha el silencio? —En esta ocasión muestra una socarrona mueca así como una voz engolada.

—Yo no tengo mayores obligaciones —argumenta—. No tengo familia. Sí, a veces me quedo contemplando algún paisaje. Me gusta, por ejemplo, cuando atardece en mi casa del campo.

—¿Tiene usted una casa en el campo, Arturo? No lo sabía.

—Sí, era de mis abuelos. Es mi particular paraíso, donde me reencuentro con muchos recuerdos desde niño. Todo está tal como entonces. No han construido nada por allí y... —En ese momento Arturo siente ese ligero escalofrío que surge de súbito al saber que puede que se haya hablado algo más de la cuenta.

—Tranquilo, Arturo. El Grupo Martín-Santos no erigirá ninguna torre delante de su casa —se adelanta a decir Sofía con una ironía suave e inusual—. ¿Y qué más me puede decir de esa casa?

—Pues que... llegaron a ofrecerme mucho dinero. Otra constructora quería levantar en la zona precisamente una urbanización. Como las de ustedes. Me ofrecieron mucho dinero y dos apartamentos.

—¿Y dijo que no?

—No podía decir otra cosa.

—¿Por qué no?

—Esa es la casa de mis abuelos. Yo jugaba allí de niño. Todo sigue igual que entonces, ya le he dicho. Se pueden ver las montañas, cómo va ocultándose el sol poco a poco. Se puede escuchar todo el silencio una tarde cualquiera. Se hace la noche y me preparo un vino de Oporto, me enciendo un puro y respiro feliz porque parece que no ha pasado el tiempo. En ocasiones, siento que tengo a mis padres, a mis hermanos, a mis abuelos junto a mí. Y eso no hay constructora que lo pueda pagar. Además, siempre he sido un hombre que no ha necesitado gran cosa para estar desahogado. Un vino, como le digo, un buen puro, un libro…

—¿Usted lee?… quiero decir ¿mucho?

—Bueno, ya le digo que tengo bastante tiempo. Sí, me gusta, me gusta mucho. Un buen hombre me infundió hace tiempo el gusto por los libros.

—¿Su padre?

—No. Su abuelo Gabriel. Hace ya muchos años. Aún conservo todos los libros que él me fue regalando.

Sofía Martín-Santos queda por unos segundos suspendida en un interrogante o una exclamación silenciosa. Su chófer ha nombrado a su abuelo Gabriel, a él precisamente, de quien es, en ese mismo momento, imposible no acordarse, pues se encuentra en su esencia plena en el texto de su hermano.

Sin saber muy bien por qué, se ha dejado abandonar a las palabras, a la confianza surgida en un extraño de repente. Y, sin sorprenderse demasiado a sí misma, se ha visto dirigiéndose a Arturo con una cotidianidad o confianza impropias. En más de veinte años, esta es la ocasión primera en la que ha entablado una charla aproximativa con Arturo Meneses. Los molinos van quedando detrás. Un ligero viento pone entonces las aspas de uno de ellos en movimiento. Solo en un molino. Solo en uno.

—Cuando era pequeña… —dice ensimismada en el movimiento solitario de las aspas de aquel molino que va quedando atrás—, yo también soñaba con una casa como la suya, Arturo.

Y regresa a la pantalla del portátil. A los tiempos imposibles. A su abuelo Gabriel. A sensaciones de nube y viento, de la mano invisible de su hermano Marcelo.

2

TIENE QUE SER TREMENDO TENER QUE LLEGAR A LA DETERMINACIÓN de coger un arma. Tiene que serlo cuando ya no existe otra forma posible de defender la paz y la libertad. A lo largo de este tiempo, he pensado mucho en eso. Nosotros no hemos tenido que vivir ese tiempo tantas veces repetido en el mundo, en sus divididas naciones, en sus divididas épocas.

El abuelo acumulaba en su mirada una tristeza infinita cuya raíz insondable, me atrevo a figurar, surgió en ese mismo momento en el que siendo un joven pacífico, como otros tantos miles de jóvenes, agarró con miedo y duda su primer fusil. No precisamente para disparar a una botella de cristal, sino a una vida que, como el cristal mismo, tendría que romper, quisiera o no quisiera. Y todo lo que le rodeaba comenzó a confundirse, a gritarle que se estaba convirtiendo en ellos mismos, en el enemigo. Porque, en toda guerra, se llega a un punto en el que se pierde la razón primera, las justificaciones de los disparos y las muertes, cuando estas van acumulándose brutalmente alrededor. Es el momento mismo en el que los jóvenes se contemplan en los otros jóvenes de la trinchera de enfrente y se reconocen a sí mismos bajo otros uniformes y cascos. Con el mismo valor, con el mismo frío, con el mismo miedo. Es el efecto del espejo, que clona la misma mirada de pavor y de desesperanza e incertidumbre. El momento en el que, ambos soldados gritan en silencio que se pare ya esa sinrazón. Porque lo único que se pretende entonces es regresar al calor de un hogar, que puede incluso que no continúe en pie. Pero entonces, súbitamente, arremete la nueva orden de un oficial, no importa de qué bando: «¡¡¡Fuego!!!». Y se sigue disparando, una vez más, sin pensar, pero temblando y con el orín que llega a las suelas de las casi inservibles botas.

—¿Cómo vivías en aquellos días de la guerra, abuelo?

—Pues como todos los que estábamos en el frente. No importaba en qué lado estuvieras. Como los vivió Ernest Hemingway, que tras combatir contra los fascistas en nuestra guerra dejó escrito que morir no tenía importancia. Ni se hacía de la muerte entonces ninguna idea aterradora.

—¿No teníais miedo a la muerte?

—Claro que lo teníamos. Y Hemingway el que más. Pero era lo que nos tocaba vivir. Y vivir, también dijo él, era un halcón en el cielo... —Y aquí perdió de nuevo la mirada para seguir diciendo de memoria—: «Vivir era un botijo entre el polvo del grano y la paja que vuela. Vivir era un caballo entre las piernas y una carabina al hombro, y una colina, y un valle, y un arroyo bordeado de árboles, y el otro lado del valle con otras colinas a lo lejos». —Me miró entonces y me dijo—: Hoy te vas a llevar *El viejo y el mar.*

Y se acercó a la estantería y me dio un ejemplar de esos de Círculo de Lectores, guiñándome el ojo.

—Más adelante te dejaré *Por quién doblan las campanas,* pero ahora creo que es un poco pronto.

—¿Pronto por qué?

—Porque vas a un colegio donde estudias Religión, y no deberías leer todavía cosas como que la gente del pueblo se apartó de la Iglesia, porque la Iglesia era el Gobierno y el Gobierno ha sido siempre algo podrido en este país.

—¿La Iglesia está podrida, abuelo?

—Eso escribió Hemingway. Y que está bien organizada para el pecado.

—Jo, ¿y qué le hicieron cuando escribió eso?

—Le dieron el Premio Nobel.

—¿Por meterse con la Iglesia?

—No, por ser un escritor comprometido y usar sus palabras para luchar contra las injusticias que atentaron a las libertades de su tiempo.

Me quedé de piedra. Leí en dos tardes *El viejo y el mar.* Y, aunque me dijo que era pronto para leer *Por quién doblan las campanas,* lo pillé aun así del mueble librería que tenía papá, junto a otros tantos ejemplares que tan solo usaba como decoración en su despacho. En esas páginas, me encontré con momentos muy parecidos a los que me contaba el abuelo, de su propia experiencia como miliciano. Encontré incluso una memorable defensa de Valencia que hace el propio Hemingway y que, como los valencianos detestamos tanto lo nuestro, jamás se habla allí de ese instante en la novela, tan universalmente conocida. Otra cosa sucedería si se defendiera en la misma Barcelona. Los catalanes hubieran hecho marca de ese instante, se hubieran apropiado casi de la novela de Hemingway. Hubieran doblado las campanas, seguro, hacia sí mismos. En cambio, ningún valenciano, ninguna valenciana, saben que Hemingway, por voz de uno de sus fantásticos personajes femeninos, llega a decir que nunca ha visto tanta gente como en Valencia. Nunca tantos cafés llenos. Y sigue explicando que le encantaba tanto ambiente, de día y de noche; tantos tranvías, atestados hasta los topes, que te llevaban hasta la playa donde se bañaba, donde había barcos de vela que se sacaban del agua tirados por bueyes. Dice Hemingway que comía, en los tenderetes de la playa, pastelillos de masa ligera y suave, rellenos de pescado, pimientos morrones y verdes. Que comía también camarones en abundancia, con jugo de limón y recién sacados de ese mar Mediterráneo que tenía enfrente. Decía que eran sonrosados y dulces, y se comían en cuatro bocados. Y luego la paella, con toda clase de pescado, almejas, langostinos y pequeñas anguilas. Y aún tenía hueco para las angulas, que explicaba que eran para él como pequeñas anguilas, al pilpil, delgadas como el hilo de habas, retorciéndose de mil maneras y tan tiernas que se deshacían en la boca sin necesidad de masticarlas. Y todo ello, dice, lo acompañaba con un vino blanco frío y ligero. En su caso, imagino que deberían de ser tres botellas. Concluía diciendo que esas comilonas en la playa de la Malvarrosa acababan con melón. Habiendo recorrido casi toda España, y habiendo comido melones en cada una de las geografías, afirmaba que Valencia es sin duda el país del melón. Y ya por la tarde, de nuevo en la ciudad, hacía el amor en su habitación con las persianas bajadas. La brisa se coloca por lo alto del balcón, que se podía dejar abierto gracias a unas bisagras. Hacía el amor allí, en la habitación en sombra, incluso de día, detrás de las persianas, mientras llegaba desde la calle el perfume del mercado de flores y el olor de la pólvora quemada, de los petardos, de las tracas. Ese personaje femenino termina su explicación con apasionada defensa, al dejar claro que no consentirá que nadie diga nada contra Valencia. Y esa voz, de mujer miliciana y revolucionaria, es la voz propia de Ernest Hemingway. Esas palabras se siguen leyendo en todas las naciones e idiomas. Es un homenaje enorme a nuestra tierra.

Pero, como tantos y tantos homenajes, pasa desapercibido entre los propios valencianos y valencianas. Cuántas veces he pensado que no nos merecemos lo que tenemos. Porque solo se merece lo que se conoce y quiere, lo que se ama y se cuida.

Más allá de esta defensa de la Valencia que conoció Hemingway, lo que me marcó fundamentalmente en la lectura de esa novela es que no hay nada más serio que la libertad. Que hay que luchar por ella. Porque es preciso luchar por las cosas en las que se cree. Hasta la muerte, si fuera preciso. Y que si vencemos ahí, donde nos toca nuestra concreta batalla, habremos vencido en cualquier parte.

—El mundo es hermoso y vale la pena luchar por él, Marcelito.

Eso me decía el abuelo. Eso mismo que también escribió Hemingway. Eso mismo que hoy te dejo escrito a ti, Sofía, cuando vives tan volcada en otros asuntos que te has olvidado del verdadero y hermoso mundo. Ese por el que merece la pena luchar. Ese por el que, incluso, merece la pena morir.

3

NO HAY UNA NI MIL ÚNICAS HISTORIAS DE LA GUERRA CIVIL. EL abuelo Jesús tuvo también la suya. Siempre dijo, por ejemplo, que la guerra no fue un hecho aislado. Contaba que fue la consecuencia natural de inestabilidad y caos que se produjo durante los años de la República. Y también que las costas del Levante siempre fueron lugar en el que las ideas anarquistas habían tenido más arraigo. Pese a lo que dijera, lo cierto es que la República no había tenido tiempo de consolidarse como se hubiera deseado. Porque España acababa de salir de una dictadura de siete años. Además, se estaba pidiendo la disolución de la Guardia Civil y, por eso y otras muchas cosas más, el Ejército estaba revuelto. Los campesinos querían una reforma agraria inmediata. Los obreros de las ciudades exigían, con toda la razón, mejoras sociales. Los anarquistas vieron una oportunidad histórica en todo ello. Y en lugar de ayudar a consolidar la República, hicieron lo posible por llevarla a su destrucción.

Lo primero que hizo el abuelo Gabriel, como la mayoría de los españoles divididos, o perdidos, tras la conclusión de la innoble guerra, fue regresar a su casa. Y, una vez allí, tratar de vivir el resto de sus días con la templada actitud de quien prefiere no escuchar sus inevitables recuerdos. Las miradas se apresuraban por forzar el olvido. Poco a poco se volvía a sonreír, a reír incluso. Porque así somos los españoles, capaces de la risa o la sonrisa aunque nos arrebaten el pan y las rosas, a un tiempo. Pero un innegable aire de pesadumbre acompañaría por siempre a los que sobrevivieron a esa guerra maldita entre hermanos. Como han acompañado ciertos aires indescriptibles a los supervivientes de cualquiera de las injustas guerras, en la historia de este irracional y tal vez también injusto mundo. Regresan los ausentes a sus tierras dañadas por las zarpas de las bombas, a las oscuras grietas del odio. Regresan calladamente para encontrar todo cambiado, penosamente distinto.

Gabriel Benedet halló muchas ausencias. La más significativa de todas fue la de su amor verdadero y único, la de la abuela Matilde. Nadie le dio respuesta al golpear titubeante la puerta de su casa. Una mujer del pueblo lo vio próximo a la entrada de esa puerta, en la que podía respirarse el luto de siglos. Le preguntó a quién estaba buscando. Le dijo que ya nadie vivía allí. Los padres de Matilde fueron fusilados por los propios vecinos, reconvertidos en soldados republicanos. Todo por negarse a colaborar en el apresamiento del amo de las tierras. La abuela Matilde no se encontraba en casa en esos momentos. Había ido nuevamente a lavar un par de sábanas a la acequia principal. Al regresar, contempló en el corral de su casa otro más de los miles de desatinos que iba provocando ese enfrentamiento entre las dos Españas. Y, con la ayuda de unas primas, y el corazón totalmente roto, marchó hacia Barcelona, sin importarle demasiado el posible peligro al que se exponía. Allí la esperaba su única hermana. Su alma reseca clamaba una constante pregunta: ¿por qué? Su corazón destrozado recuperaba repetidas veces un solo nombre: Gabriel, Gabrielico...

Durante varios años trabajó sirviendo, junto a su hermana, en la casa señorial de unos marqueses próxima a Las Ramblas. No tendría nunca noticias del abuelo. Lo creería definitivamente muerto. Poco a poco, un joven y distinguido farmacéutico, totalmente enamorado de ella, le propuso que se conocieran. Dieron paseos. Merendaron por el Barrio Gótico. Fueron al teatro y algunos bailes. Y una tarde, sentados en una terraza de la Barceloneta, le propuso matrimonio. Ella accedió como acceden esas mujeres jóvenes que ya ven marchitar el apetito de aventura y travesura, y que contemplan en ciertos hombres la casi seguridad de una vida tranquila, más o menos claudicante. Se convirtió en su esposa. Y llegó incluso a quererlo. Como se llegan a querer a las personas suaves, con las que se va erigiendo día a día una cotidianidad de cariño, paz y consuelo.

Pero, en cada aislada noche en la que se disponía al encuentro del cuerpo delgado, blanquecino y velludo del joven farmacéutico, que la embestía torpe e inseguro; en cada ocasión que le sentía dentro, a golpes desacompasados y pronta resolución de los fluidos; en cada gemido último de ese hombre satisfecho, ella no podía disuadir el cetrino rostro de su verdadero amor, de su sonrisa, de sus palabras dulces bajo la sombra de los olivos. Pensaba en su Gabrielico. En nuestro abuelo. No podría nunca quitárselo de la cabeza, de su corazón, de su alma. Ese sentimiento se traducía en lágrimas secretas que, rápidamente, secaba al escuchar cómo su marido regresaba y abría la puerta de la casa.

4

Al regresar a su pueblo, conocería la noticia. Y, en ese momento, el abuelo maldijo más la maldita guerra. En el paso de los años, se dio cuenta de que podía acostumbrarse a esa ausencia. Como todo hombre acaba acostumbrándose, cuando es capaz de amoldar su herida, resucitar su risa, promover el amor en dirección a otro nombre, a otra geografía. Así todo fue, más o menos, encontrando su lugar. Y, al tiempo que la abuela conformaba un matrimonio desde el respeto y el abrigo de las convenciones burguesas de la posguerra, el abuelo fue intentando en vano encontrar una plaza de maestro en alguna sencilla escuela. Nunca podría ser. Ninguna titulación con sello anterior de la República sería válida en los nuevos tiempos fascistas. Los designios de los vencedores fueron claros o, mejor dicho, oscuros. De raíz, se eliminaría cualquier posibilidad de «germen comunista». Todo el sistema educacional iba a sufrir un letargo considerable. Todas las modernas y equitativas medidas que para la enseñanza había dispuesto la República fueron repudiadas. Y un nuevo sistema alienador se imponía frente a la cruz, frente al medio plano en sepia del vigilante y altivo dictador, frente a la nomenclatura exacta de los reyes visigodos y de todos los santos, gracias a los cuales se había salvado, según ellos, la santa madre patria.

Aletargado el espíritu de toda una nación, distaríamos rezagados, y durante décadas, de otras libres y cultas naciones europeas. El abuelo Gabriel jamás pudo ejercer su sencillo sueño. Se quedó en la finca de su padre vagueando, como en una eterna cuarentena. Descalzo por los pasillos, durmiendo siestas infinitas bajo los olivos. Merodeando en alguna torreta como una especie de príncipe Hamlet, en un extraño y decadente Elsinor mediterráneo, en el que también coleccionar sombras y fantasmas. Enamoraba incluso a alguna jovencita de otro pueblo, con su aire ausente y su verbo inmenso. Pero nada podía acabar con su extraño desdén. Se refugió, al modo de un contemporáneo Quijote, en la lectura de todos los libros posibles que, como bálsamos, hacían más llevadero su absoluto naufragio.

Y es que había perdido la ilusión por cierto tipo de vida, de lucha, de proyecto. Así se encontraría durante años. Su padre contemplaba su evolución regresiva con discreta pesadumbre, sabedor del infierno por el que había tenido que pasar su hijo, su ya único hijo. Era un anciano débil y aquejado del corazón, desde que la guerra le había arrebatado a su otro hijo, Agustín. No tardó en dejar este mundo, tal vez por la mejor de las maneras posibles de ser alcanzado por la muerte: una tarde en la que se abandonó en el porche, desde su silla favorita, a una siesta de la que nunca quiso regresar.

La finca la heredó el único Benedet vivo. Pero el abuelo Gabriel continuaba leyendo y leyendo. Los jornaleros se quejaban de que tenía que poner más empeño en las tierras, que necesitaban con urgencia más ayuda, más energía, más manos que no sujetaran cuentos.

Una noche se acercó a la caseta de los caseros. Llevaban conviviendo con los Benedet durante tres generaciones. El abuelo Gabriel golpeó la puerta. Los pilló cenando. Tras haber deliberado sobre las preocupaciones de sus jornaleros, les hizo una oferta a los propios caseros sin lógica alguna. Consistía en venderles a ellos las tierras a un precio de risa. Justo pedía el dinero suficiente para poder empezar una vida nueva, alejada de las tierras de la familia y de tantos y tantos recuerdos, dolientes y espesos. De ese modo, el abuelo llegó a Valencia con el dinero justo para comprar una pequeña casa en un barrio humilde de las afueras. El barrio donde tú y yo tanto jugamos de niños.

En aquella pequeña salita, donde se encerraba por las tardes con sus libros, fotografías y discos de música clásica, se reducían los últimos vestigios de una familia que, al parecer, había sido la más notable y rica de toda la comarca, antes de la maldita guerra. El abuelo Gabriel fue convirtiéndose en un joven gris y silencioso. Primero trabajó como portero en un edificio de la calle de la Paz. Curiosamente justo frente al mismo edificio que visitaba de niño, con su padre y su hermano, para encargar los trajes y abrigos a medida cada temporada. La vida, en ocasiones, es así de burlona.

Trabajó de jardinero también en una de las casas de verano que tenía en Rocafort la familia de un amigo suyo del colegio Salesianos. El mismo niño con el que, según me contó, merendaba en ocasiones la leche merengada y las magdalenas que le preparaban las criadas algunas tardes en la finca. El mismo niño que admiraba el poderío económico y social de los Benedet. El que supo ir colocándose en el bando preciso. En el hueco oportuno, en el momento justo. Y que tendría recompensas extraordinarias, otorgadas a dedo, por los agradecidos y engominados vencedores. En alguna ocasión se encontró como mozo de carga. En otras como fugaz dependiente. Pero finalmente se encontró casualmente con don Vicente Perelló, un alto cargo militar amigo de su padre. Este le debía, según le dijo, un sinfín de favores. Siguieron hablando y el abuelo, al comentar su situación, fue colocado con cierta facilidad en el ayuntamiento de la ciudad, donde ejercería labores administrativas como funcionario.

Los días pasaban rutinarios, monótonos, tristes. Al poco tiempo, se dieron pronto las circunstancias de numerosas negligencias en partes y otros comunicados, debidos en su totalidad a su abstracción hacia otros universos. Los que le proponían al abuelo Gabriel las páginas de esos libros que guardaba en los cajones, como si fuera un niño manejando invenciones para copiar en otro examen del colegio. Libros de los que sencillamente no podía escapar, sintiéndose presa de una dulce y extraña atracción invisible, terapéutica y poderosa, tal vez por su apetito de huida de las realidades grises y plúmbeas que conquistaban sus alrededores. Miraba con sus ojillos de ratoncito canijo de un lado para otro, y cuando nadie ya parecía observarlo, regresaba a Verrières junto a su querido Julián Sorel, o navegaba difíciles océanos, junto a su tozudo capitán Ahab, en busca de aquella maravillosa metáfora gigante y blanca en forma de cachalote.

—Pero vamos a ver, Gabriel, ¿tú realmente qué es lo que quieres hacer?

Con franca serenidad, don Vicente Perelló le lanzó esta pregunta, conocedor ya del gran entusiasmo que, desde niño, le procuraba la lectura al abuelo Gabriel. Lo hizo sin acritud. Con un tono en el que se denotaba un reconocible aire de cariño.

—Dímelo de verdad. ¿Qué quieres?, ¿trabajar o no trabajar? Te proporciono un empleo que otros matarían por tener. Pero no paran de decirme que estás en las nubes, que no atiendes a tus obligaciones como debieras, que a la mínima que puedes te pones a leer cuentos y romances. Les digo que hagan la vista gorda una vez y luego otra. Pero ya van cinco, cinco, las ocasiones en las que tienen que decirme que has perdido ciertas facturas, que no llegan algunas cartas, algunos partes. En fin, Gabriel, yo te aprecio mucho. Eres como un hijo para mí y lo sabes, pero así no podemos continuar. Te tengo que poner a trabajar en otro lugar. He hablado con el ayuntamiento. Puedes elegir entre cuidar por la noche el cementerio o cubrir, como vigilante, la zona de la Gran Vía del Marqués del Turia. Tú decides. Son las únicas opciones que me han parecido interesantes. Para que puedas estar leyendo a ratos uno de tus libros, si quieres. A esas horas de la noche pocas cosas pasan, y creo además que te irá bien que te dé un poco el aire fresco, que vas a acabar peor que el Quijote ese.

El abuelo decidió la opción de la Gran Vía. De ese modo fue relegado a un trabajo en el que podría seguir leyendo sus amadas novelas, arañando minutos en alguna hora muerta en la que no sucediese a su lado ningún correveidile de turno. Se decantaría así por un oficio que comenzaba a ponerse en práctica por la noche, en las calles de las ciudades, para mantener el orden sereno. Haría rondas por avenidas, aceras y bulevares, con un montón de llaves de los patios de las zonas asignadas. Se sentaría en cualquiera de los bancos para contemplar calladamente la noche, para escuchar el susurro de las ramas de los pinos, los urbanos chopos y las morenas. El abuelo se relajaba y abstraía, frecuentemente, con el regreso a las páginas de Zola, Balzac, o los *Entremeses* de Cervantes. Y solo así, muy de vez en cuando, lograba encontrar esa sencilla calma que todo hombre pretende, acumulando jornadas, cigarrillos, libros y canas con su nuevo y definitivo oficio.

Durante todos esos años, no hubo una hora sola en la que no regresara imperecedera a su pensamiento la tierna sonrisa de su adorada Matilde, de nuestra abuela. Pero ¿cuándo fue?, ¿cuándo se encontraron de nuevo él y ella, desafiando a una guerra y a mil posibles olvidos? Muy fácil, Sofía. Del mismo modo que se reencuentran todos aquellos que están de un modo cuántico predestinados. Del mismo modo que siempre ha sucedido y siempre sucederá. Sencillamente, sin buscarse.

5

SON LOS FINALES DE LOS AÑOS CUARENTA DEL PASADO SIGLO, hermana. Un tiempo en el que las provincias españolas emiten ese aroma de carencia y nostalgia gris en cada invierno frío. Las ilusiones pululan tímidas y arrebujadas, bajo los abrigos raídos y las deshilachadas bufandas. Los tranvías marcan una eléctrica pauta en los asfaltos. Algún individuo corre detrás del suyo, casi resbalando con sus zapatos brillantes y oscuros, en el roce de la vía de hierro frío y húmedo. El sombrero casi se pierde en el momento de saltar al tranvía y agarrarse en marcha a la barandilla que asoma discreta. El abuelo observa la imagen detenido en la acera. Espera el turno de su paso. Viste con el uniforme municipal. Lleva en el sobaco un ejemplar de *El pirata* y *El anticuario* de Walter Scott. Lo sujeta así, porque se dispone a encender otro cigarrillo que saca de su pitillera de plata. El tranvía pasa con prontitud y, tras su estela de eléctrico ruido, aparece frente a él la oscura figura de una mujer que le es conocida, aunque ya no tan joven como lo fuera hace años. El sol se filtra por entre las nubes en ese momento, alcanzando la pitillera que provoca unos reflejos en el rostro de la mujer. Lleva un abrigo negro con un broche metálico, uno que simula una flor aderezada con alguna perla. Ella frunce el ceño y ladea el rostro. Recuerda esa sensación. Él se da cuenta de que, sin querer, acaba de molestar con la pitillera a la mujer que tiene enfrente. Mira su perfil. No puede creerlo. La mujer comienza a mirar también enfrente cuando cesa ese reflejo. Tampoco puede creer lo que ve. El abuelo entonces queda mirándola con la pitillera de plata en la mano. Todavía no la guarda porque no puede moverse. Ha quedado paralizado al ir reconociendo poco a poco a esa mujer con el cabello peinado ligeramente al lado. Sí, es ella. Ambos se quedan en actitud trémula y callada, sin casi poder moverse. Los demás seres continúan su paso, cruzando la calle y sus vidas, que, en ese momento, han convergido en un punto inexplicable de pesadumbre y cansancio. Sí, cansancio. El que se da en las almas que claudicaron hace tiempo ya, ante la embestida cruda de la vida, para dejar aparcados tantos y tantos nombres, apellidos, sueños. Se quedan mirando, como si cada uno de ellos contemplase un rotundo y concreto fantasma, o tal vez consideran la conjunción de todos los fantasmas al mirarse los rostros.

Poco a poco uno de ellos decide sonreír. Es la abuela Matilde, porque acaba de reconocer también la pitillera de plata. El abuelo se la muestra desde la distancia. Le vuelve a hacer otro reflejo. Ella vuelve a sonreír. Es una sonrisa que cuesta más dibujar. Porque los labios pesan con los años y las pérdidas. Por eso dibujarles un pliego contrario, curvarlos en sonrisa, ya no es ligero ni espontáneo. Ya requiere un poco más de esfuerzo. Ya los labios casi no se dejan. Pero ellos sonríen. Imposible no hacerlo, aunque cueste. Sonríen. Más que una decisión, es un reflejo nervioso en la comisura de los labios. Esos que tienen siempre fresca la memoria de aquellos labios de enfrente que tanto besaron. Y es entonces cuando la realidad les pellizca a ambos, devolviéndolos a la calle del centro de Valencia donde acaba de pasar un tranvía que casi no alcanza un señor anónimo con oscuro sombrero. Eso tan solo los separaba, sin que lo supieran, en ese momento: un tranvía y un señor anónimo con sombrero; cuando creían que se trataba de un abismo insondable de desesperanza y tiempo perdido. El abuelo guardó su pitillera de plata y cruzó a su encuentro. Lo primero que pudo decirle, cuando ya se encontraron a la distancia de un posible abrazo, y en un casi susurro fue...

—*Trailariro-trailará...*

De ese modo volvieron a encontrarse tras la guerra nuestros abuelos maternos.

6

El Bentley Arnage disminuye súbitamente la velocidad. Sofía Martín-Santos emerge de golpe de las profundidades quiméricas de ese océano indescriptible donde había permanecido contemplando a sus abuelos maternos con esa edad que ahora, más o menos, tiene ella misma. Arturo Meneses mira con atención el posible motivo de las repentinas retenciones existentes en la A-3, casi a la altura de Cañada Juncosa. Se presume un calor notable presionando las tierras secas de ahí afuera. El climatizador del elegante automóvil británico impide conocer esa áspera temperatura que soportan ciertos guardias civiles que se encuentran afuera, tratando de aligerar el tráfico.

—¿Qué habrá pasado? —pregunta Sofía—, ¿un accidente?

—Supongo que sí. No es muy normal este atasco a esta altura de la autovía —responde sereno y con el ceño fruncido el chófer.

Poco a poco, los automóviles fluyen despacio, muy despacio, dejando por fin al margen el motivo del percance. Se trata de un accidente. Algo serio, a juzgar por la disposición de cierto automóvil berlina gris ahumado. O, mejor dicho, sus restos, que presagian el reventón, tal vez, de algún neumático en no muy buen estado. En el arcén de la autopista, vehículos de la guardia civil y una ambulancia con las puertas abiertas, engullendo en ese preciso momento un herido grave dispuesto con firmeza en la camilla con la ayuda de unos profesionales sanitarios. En el suelo se puede ver, entre piernas y confusiones, una especie de manta brillante, como de papel de aluminio. Una vez más, la autopista colecciona otro más de esos cadáveres anónimos. Entre Arturo Meneses y Sofía Martín-Santos se produce un silencio de esos que pesan como siglos. Todo el discurrir de brutales imágenes por la ventanilla límpida, con fijaciones de cuero y madera, acontece en unos segundos. Ambos sienten el terrible peso de la paradoja de ese momento: ellos tranquilos, seguros en el interior del vehículo, mientras fuera sucede la muerte en una de sus formas más brutales y comunes. Sofía Martín-Santos regresa a la página inicial, esa misma en la que su hermano le pide que desconecte del todo para leer el escrito que ya ha conquistado su atención entera.

«Y no, no pienses que se trata de un juego de los míos. No, no pienses eso. Quien esto te pide ya no tiene tiempo para bromas ni juegos. Solo para la nada, que es el infinito».

Qué fácil es dirigirse al punto que quiere del texto con el cursor. Podría también dirigirse hacia adelante. Sí, claro que sí. Lo había estado rumiando al principio. Pero, sin saber muy bien cómo, había nacido un sentimiento irrevocable de respeto a ese fluir de las páginas. Por orden. Sin saltarse ni un fragmento, ni una línea.

¿Su hermano muerto? ¿Muerto? ¿Así sin más? ¿Marcelo muerto? ¿Sería posible? ¿O tan solo otra más de esas rarezas incomprensibles suyas? Los coches recuperan entonces la velocidad y las distancias. Todo fluye hacia la normalidad tras la desgracia. Esa fría sensación se percibe en el interior del Bentley, o tal vez es otro tipo de pensamientos los que provocan esa nueva atmósfera. La muerte, qué extraña señora invisible tan ecuánime y pronta. Morir..., piensa Sofía Martín-Santos. Ella misma podía ser la del arcén envuelta en papel de aluminio. Y Arturo Meneses, su chófer, el herido grave que se llevase la ambulancia. Ese berlina gris ahumado o sus restos, los restos de un modelo, una marca de automóvil que no ha llegado a adivinar sería entonces el flamante coche en el que se encontraba. Tal vez se hubiera siniestrado algo menos dadas las incuestionables y brillantes características del automóvil, dadas sus prestaciones, la calidad de sus nobles materiales... Podrían haber sido ellos mismos, sí, eso piensa ahora. Ellos mismos, como fue su madre hace veinticinco años, su madre en aquel Mercedes descapotable gris perla que dio cinco vueltas de campana antes de quedar hundido en el barro de los arrozales de Sueca. Su madre, la madre misma de Marcelo Martín-Santos, que pudo haber optado por continuar desde Benibaite por la autopista hacia Valencia. Pero no. Prefirió arriesgarse por carretera para evitar un atasco que se vislumbraba, como el embrollo mismo de coches detenidos que han sobrepasado, veinticinco años después, su hija y su chófer, el mismo de antes, el mismo de ahora, en tierras ya de Cuenca.

Veinticinco años ya de la muerte de Gloria Benedet. Y en el pensamiento de la madre, que iba muriendo en aquel accidente, en cada duro golpe en el asfalto, en cada emboscada de gravilla en sus mejillas, en sus piernas y codos, quemándole hasta el alma; en cada fracción de segundo en la que un nuevo pedacito inclemente de cristal o hierro del Mercedes se incrustaba en su pecho, en su garganta, en la retina incluso de sus ojos, la colección de imágenes de sus niños, Sofía y Marcelo, cuando más pequeños incluso, cuando alcanzables, cuando familia, cuando matrimonio. Sensación de infinito, que ayuda a abrazarse del todo con la muerte, segura y rotunda, cuando por fin llega el golpe preciso y ya el cuerpo es un amasijo de huesos rotos, como los sueños quedaron en el corazón de la joven madre un año atrás, el verano anterior al accidente terrible, cuando se divorció de su marido. Aquel tan indiferente, tan a sus cosas, tan ausente, tan en su trabajo. Ella se sentía joven, enérgica, pero sola. Un día, es una sonrisa y una libidinosa mirada de un anónimo en la barra de una cafetería céntrica. Y otro día la misma sonrisa, la misma mirada, en un supermercado o en una tienda de ropa. Mismas miradas, mismas sonrisas, en rostros conquistadores distintos. Entonces sucede el calor que toda mujer siente dentro de sí cuando se encuentra libre u olvidada, justo en la esencia de ese mismo vacío. Y todo este análisis en forma de *collage*, de los últimos momentos de su madre, vibra en la memoria de Sofía Martín-Santos, dentro de la infinitud de unos sencillos segundos. No así lo que sigue, que es patrimonio de su madre fallecida y de tantos otros insondables silencios que pertenecen a Arturo Meneses. Porque el chófer también viaja por los hilos de sus recuerdos hasta el tiempo que le rememora ese accidente presente y preciso. Hay un hombre joven y muy apuesto, del que Gloria Benedet no se podía imaginar una tierna mirada, como femenil, a pesar de sus varoniles manos y cejas. Un hombre con el que no contaba, que le explica, apoyándose en un espejo retrovisor, con el lenguaje de los ojos, que él comprende perfectamente lo que lleva desde hace tiempo dentro, muy dentro. Ese vacío casi inexpugnable, esa desesperanza. Y comprender ese sentimiento es la llave misma para el corazón de esa mujer.

Pronto sucede la conjunción de astros, ese momento preciso en el que todo alrededor parece conspirar para que acontezca la comunión de los amantes. Pero todo tiene una extensa carga de pasión y culpa. La relación acaba en el mismo momento de iniciarse. Por ello, la pasión incontrolable en lugares furtivos, torpes, adolescentes. Y quien es el fuerte en el principio queda por siempre solo, herido, tan debilitado. Porque en el amor, o mejor dicho en el deseo concedido y una vez arrebatado, nos quedamos no ya cojos, sino malheridos. Tal es la costumbre de nuestras moléculas a las moléculas del ser amado. Tal la necesidad de sus átomos. Tal la enfermedad que provoca que nos arranquen de súbito la química perfecta en la que habitábamos. En ese concluir las sensaciones más poderosas para el alma y la carne, sentimos la casi muerte, sí. Pero no una muerte como la que le ha sobrevenido al anónimo ser humano del arcén de la autopista, de cualquier autopista, sino una muerte bien distinta. La muerte y sus infinitas e inesperadas formas. La muerte en vida. En vida las miles de muertes. Y Gloria Benedet decidió no continuar con esa relación, que sería destapar un gran escándalo. Decidió hablar con el hombre de su vida, su marido. Y así lo hizo, disimulando muy mal su respeto o, mejor dicho, su miedo. El miedo al Martín-Santos. Y, tal vez, este siguiente pensamiento es casi análogo en los corazones de Sofía y Arturo, pero no lo saben. Como muchos de nosotros no sabemos que se van formando en ocasiones pensamientos paralelos e idénticos, en un simétrico y perfecto momento, como si de un eclipse total se tratase. Ambos coinciden en silencio en cierto instante pretérito, lejos del Bentley Arnage.

—Pablo, ¿tienes un momento, por favor?

El «por favor» trémulo de la mujer, hizo deducir fácilmente al marido que no se trataba de algo pueril. Lo confirmaba en la afligida mirada de su esposa. El marido dejó por un momento las obligaciones que lo ataban casi a su enorme mesa de despacho doméstico. Porque hay hombres que tienen dos despachos, el de la oficina y el de la casa. Y, por tanto, muy poca vida en esos dos mismos espacios.

—¿Qué pasa? —pregunta el marido saliendo del despacho.

—No puedo más, Pablo. No puedo más —contesta insistente y asfixiada la mujer sin darse la vuelta.

—¿Ya estamos otra vez? —responde él, restando importancia.

—No, Pablo, esta vez estoy hablando muy en serio. Tú no dejas de decirme que no pasa nada, que lo que pasa es que estás muy ocupado, pero me está minando por dentro, tu actitud, tu indiferencia, tu…

—¡Es la hostia! —El hombre pega un golpe enorme en la puerta al tiempo que grita—: ¡Me paso todo el día trabajando como una bestia para sacar adelante una empresa con más de mil quinientos empleados! ¿Tú sabes qué significa eso? ¡Y todo el tiempo quejándote, joder! ¡Todo el puto tiempo quejándote!

—¿Puedes, por favor, dejar de gritar?

Pero el hombre no baja nunca ese infernal tono. Es una reacción ya conocida por la mujer, que ese día no se amilana.

—Pero vamos a ver, ¿a ti qué coño te falta? Tienes joyas, tienes toda la ropa que quieras, tienes un Mercedes, tienes chófer y dinero para ir donde mierda quieras. ¡Todo, todo lo que quieras! ¡Lo tienes todo, joder! ¡Todo!

—Todo no, Pablo —replica recogiendo el coraje preciso la esposa—. No entiendes nada. Ya no te tengo a ti.

El marido se queda un momento en silencio. Sonríe ligera y nerviosamente. Por un momento, la mujer cree haber llevado a su marido al terreno que ella precisa para reconducir la conversación o tal vez su vida entera.

—Esto es increíble. Lo que hay que oír. ¿Puedo volver a mi mesa?

Y, cuando se da la vuelta para regresar a la mesa de su doméstico despacho en el que continúa con las dificultades y contratos de la constructora, ella se lo dice. Tal vez aprovechando que ya tiene de frente su cruenta mirada. Se lo dice, al ver que definitivamente ha perdido al hombre que verdaderamente ama, al hombre que tiene ahí enfrente, pero realmente a mucha más distancia.

—He estado con otro hombre…

La apreciación es tajante, con esa contundencia que recuerda el corte perfecto de una sandía por la cuchilla de una espada. A Pablo Martín-Santos se le hiela la espalda. Toda la violencia del hombre, que es mucha, recorre sus venas. El cuerpo está quieto por unos segundos. No así su corazón colérico. El hombre se gira poco a poco. Le cuesta dirigir la mirada a esa mujer que ya comienza a dejar de ser su esposa. Sigue sin mirarla cuando le dirige una escueta pregunta.

—¿Qué?

—He estado con otro hombre.

Y la mujer llora, llora arrepentida por haber dicho esas palabras, por haber llegado a hacer eso mismo que ahora confiesa a su marido. Pese a todo, al hombre de su vida.

—Ya ha terminado. Pero ha sucedido. He estado con otro. ¿No te das cuenta? Te lo iba diciendo. Y tú no me hacías caso, no me escuchabas y yo…

Imposible continuar las palabras al recibir ese estallido en la mejilla. Ese golpe que la hace girar, perder el equilibrio y estrellarse contra la pared. El hombre queda como un gigante cuando la mujer lo contempla dolorida desde el suelo. Un gigante cargado de cólera él. Ella una niña indefensa, con un ligero rastro de sangre en la nariz.

—No, Pablo, por favor.

—Sal de mi casa ahora mismo. No quiero volver a verte nunca más en mi vida.

—Por favor.

—¡Fuera!

Y el colérico Martín-Santos se gira al presentir la mirada de alguien. Es su hija Sofía. La niña de sus ojos, de sus mismos ojos verdes, con los que lo ha visto todo. Y todos enmudecen. Y el marido es ahora también padre, en esa escena funesta en la que se encuentra un nuevo personaje. Pablo Martín-Santos se queda mirando a los ojos de su hija. Solo tiene en ese momento unos diez años. Las mismas miradas de intensa selva se interrogan otra vez. Como sucedió años atrás en los que no fue el golpe a su madre y sí a su hermano Marcelo. En ese momento suena el teléfono en el despacho. Se dirige a atender sus asuntos más importantes. Cierra de golpe la puerta. Cierra de golpe su matrimonio. Madre e hija quedan solas. Sofía Martín-Santos ayuda a su madre a levantarse. Esta no puede dejar de llorar, pero aun así trata de sonreír a su pequeña. Sus dedos pequeños llegan, con lentitud y curiosidad, a la sangre de su madre. La sangre que ya alcanza el labio que tiembla. La madre mira a su niña, entre apenada y avergonzada, porque su pequeña la vea así. Pero la pequeña Sofía parece no inmutarse. Su rostro permanece con una helada neutralidad, al tiempo que sus deditos recogen un poco del rojo de la sangre de su madre, de la sangre de su sangre misma, del mismo modo en que recogió, en cierta funesta jornada, la sangre de su hermanito. Y entonces, de sus labios bonitos y serios sale una sola palabra que es una sola sílaba o un universo desconcertante, tan lleno de información que confunde a la madre o a cualquiera que asistiera a ese momento infantil, o enormemente adulto, en el que la niña dice sencillamente:

—No…

—Tranquila, Sofía. Mamá está bien.

—No…

—Tranquila, mi amor.

—No… No…

—¿Qué te pasa, princesa?, ¿qué tienes? Díselo a mamá.

—No… No… No…

7

NO... EN SUS LABIOS DE DUENDE Y EN SU MIRADA DE BOSque. No... en silencio o en neutro sonido, en su linda e infantil boca. No... un año. No... una década. No... una vez y otra... No... No... No... una vida entera...

Sofía y la negación de todo aquello que la remitiese directamente a los sentimientos, a las lágrimas. Lo recuerda todo en ese momento, con extraña intensidad. Tiene una colección de memorias que quiere negarse, que ha anulado casi, para hacerse fuerte con los años. Tal vez por ello ha llegado donde ha llegado. O tal vez es el miedo a formar parte del conjunto de seres que conforman la galería de heridos por los Martín-Santos lo que la ha dirigido a convertirse en la única heredera de una genética, o coraza, perfectamente dispuesta para los negocios. Eso piensa ligeramente en el momento en el que ya el accidente de la A3 va quedando diminuto en la distancia. La de veces que ha negado el dolor, o tal vez la muerte.

«No muerte», pensó entonces la adolescente Sofía. «No muerte», como en cada una de las muertes que llegaron a ella. Como acuden las muertes todas, por todos los lados que configuran ese poliedro inexacto que se denomina familia. «No muerte», ante la muerte de algún tío. «No muerte», ante la muerte de un abuelo o una abuela. «No muerte», negación de lo oscuro y absoluto. «No muerte», para seguir, fuerte y precisa, en el valle inmenso o acotado que todavía nos depara este existir entre dos interrogantes. «No muerte», cuando murió mamá. Y «no muerte», piensa, en la muerte posterior de papá. «No muerte», en ese accidente de ahí afuera, hace un minuto o quizás toda una vida. «No muerte», en la muerte de su hermano, que anuncia ese extenso relato que tanto la atrapa.

No. Marcelo no puede haber muerto. De eso ella está segura. ¿O no lo está? ¿Marcelo muerto? ¿Morir? ¿Qué debe de ser ese quedarse infinitamente ausente de uno mismo o misma? ¿Qué debe de ser esa nada que nos acecha en cada jornada?

Nos da por agarrarnos a lo tangible siempre. Por ello seguimos sin conocerla. La nada. Nos da por observar las estrellas en la noche. Pero no la oscuridad inmensa, mucho más inmensa, que las envuelve, vibra y rodea. Nos da por escuchar las voces y los gritos. Pero no atendemos al infinito de sensaciones que propone el silencio. Nos da por luchar y trabajar por la materia. Pero no nos educan para admirar y pretender la no materia. Muerte. Segundo a segundo, conviviendo con ella. Tan segura de sí misma. Tan paciente. Observando nuestras evoluciones y días. Conocedora del lugar y el momento de nuestro encuentro con ella misma.

Pero no muerte en Sofía. No, nada de muerte en ella. Que hay que seguir creciendo desde el Grupo Martín-Santos. Que la empresa no ha de morir. No puede. Que ellos vivirán mientras el imperio siga construyendo más y más edificios, puentes y carreteras. Los Martín-Santos la vigilan todavía. Lo hacen desde cualquiera de las salas o despachos de las delegaciones, en algún retrato de ellos mismos con sonrisa de triunfadores centinelas. Los Martín-Santos en los óleos y las fotografías históricas, controlando a la pequeña Sofía, que es quien lidia en el presente con los concejales, promotores, arquitectos, ingenieros, abogados y algunas garrapatas. Ellos ahí juzgándola por ser mujer, por ser independiente, por ser soltera. Peso. Mucho más peso tiene ella que el que tuvieron ellos. Mucho más, aunque ella misma todavía se lo niega.

Ha huido siempre de la memoria. Pero dentro del Bentley, en dirección a Madrid, se acuerda de aquel momento en el que vio cómo su padre pegó a su madre. Se acuerda de su posterior muerte también. Sucedería un año casi después de la espantosa escena en el salón de su casa. La muerte de Gloria Benedet, su madre. Algo que la niña no presenció. Porque quedó infantil, suave y alejada de la súbita ausencia de su mamá, en la casa de Benibaite, junto a su hermano Marcelo. Aquel que siempre se encerraba en su habitación, blanquecino, callado y ligeramente tullido, pero con el amparo de sus cómics y libros. Marcelo el raro, el extraño, el que no hablaba con nadie. El que se quedaba en el piso de arriba con las novelas de Julio Verne, Emilio Salgari y Alejandro Dumas. Aquellas que le regalaba el abuelo Gabriel, con precisas dedicatorias. Marcelo entonces era muerte, siendo como era tan niño. Muerte para su hermana gemela. La muerte que negaba Sofía. Porque ella prefería entregarse al color, al sol, a la risa. Años más tarde, abrazada con fuerza a las adolescentes sensaciones junto a las playas que van anocheciendo y dan paso a los primeros y arriesgados whiskies con Coca-Cola, a los iniciales cigarrillos Marlboro a escondidas y a aquellos besos suaves que David o Gorka le ofrecieron, apoyados en sus prístinas vespas Primavera.

Lejos de todas esas trivialidades quedó Marcelo, regresando a sus libros una vez y otra. Y por ello, Sofía se negó siempre, desde entonces, al acercamiento a todo tipo de esos objetos acaparadores de páginas tras las cubiertas duras o blandas, con dibujos o solo palabras. Sofía no quiere páginas ni ficciones. Ella quiere días llenos de realidades y vida. Eso piensa de niña, de muchacha. Y no tanto ya de mujer empresaria. Eso viene pensando desde el eclipse que puede que tal vez esté ejerciendo su influjo extraño incluso en esos momentos. Las cosas, aunque pretéritas, se conjugan en un extraño presente. Sofía recuerda. Recuerda incluso aquellos momentos en los que no estuvo presente. Porque incluso se pueden llegar a tener recuerdos de lo que no se ha vivido. De ese modo, Pablo, su padre, tiene cuarenta años en el recuerdo preciso de su hija, cuando esta se va dirigiendo al encuentro de una respuesta en Madrid, con el Bentley Arnage que conduce su chófer. Recuerda a Gloria, su madre, que llora, noche sí y noche también, por haber provocado quedarse sola y triste, sin sus hijos, sin ya casi nada. Puede recurrir a la memoria de su madre. También a la posterior escucha y abrazo de su padre. Gloria Benedet aterrizando de golpe de su celeste nube. Así la recuerda su hija años después.

Pero hay alguien dándole fuerzas, en un encontrarse a oscuras todavía. Eso piensa ahora, conduciendo firme y en silencio, Arturo Meneses. Un hombre de sesenta y dos años que nunca más pudo volver a enamorarse. El viejo chófer también emprende silente un viaje al mismo lugar. Recuerda a su señora, su Gloria. Evoca aquellos dulces momentos irrepetibles en los que cuidó de ella, en los que fue ese alguien a quien había despedido. Pero al que regresó inexorablemente porque era su único consuelo. Consuelo de mujer, consuelo de amiga. Sobre todo, esto último. Y ese alguien lo sabía bien. Que era para ella tan solo eso, un consuelo, un amigo, un parche. Acudía a sus llamadas, a sus lágrimas, a sus labios y a su carne. Totalmente henchido de amor. De un amor que, día a día, se magnificaba confundiéndolo cada vez más. Pero él callaba. Ocultaba sus verdaderos sentimientos a su amante, a su amiga, a su imposible dama. Porque desplegar ante ella su verdad sería perderla, perder la delicada sensación que suponía abrazar ese cuerpo desnudo y trémulo, alcanzando el éxtasis cuando en la noche la ciudad dormía. Y por ello fingía una absoluta comprensión, un total apoyo a la decisión de su dama que pretendía dirigirse a Benibaite, a Villa Montblau, a recuperar a sus niños, su marido, su vida. Y el amante, humildemente, le promete que él estará bien, que el haber pasado todas esas jornadas con ella ha dado auténtico sentido a su vida. Y por ello hacen el amor. No como siempre, sino de esa manera que jamás se olvida. Como siempre ocurre entre los amantes cuando la entrega se sabe última.

Y de esta historia nunca jamás sabrán nada ni Marcelo ni mucho menos Sofía. O al menos eso mismo piensa discretamente el anónimo amante, algo más de dos décadas después, contemplando el inmenso parecido de la pena de esa mujer que es la hija de quien fuese el amor de su vida. Una certeza que queda firmemente fijada en la mirada, tal vez cansada, de ese chófer que recoge el cromado retrovisor con una infinitud de sensaciones inesperadas. Los espejos del alma, los que nos reflejan y comunican con otros tiempos y vivencias que se creían dormidas, o más aún olvidadas. Siempre abriéndose a nuestros corazones, de las más curiosas de las formas. Pero, sobre todo, con la ayuda de la palabra escrita, que es sin duda una de las principales llaves para esas conexiones.

Así pues, Gloria Benedet decidió cerrar definitivamente la amagada relación con Arturo Meneses y se dirigió a Benibaite, presta e ilusionada, para coger las riendas de su vida por primera vez, con decisión y fuerza. Había hablado antes con su exmarido. Pablo la esperaría con sus hijos, Marcelo y Sofía, en el puerto de Benibaite. Los niños se llevaron una grata sorpresa. No sabían que su mamá comería con ellos ese día. Sofía recuerda que disfrutaron y que rieron mucho. Que comieron un exquisito arroz de bogavante y unas enormes gambas. Volvieron a estar los cuatro juntos. Como en los mejores tiempos. Bromeaban sin dificultad ni pesadumbre. Reían incluso. Tras los helados, los padres quedaron solos en la mesa. Sofía recorría traviesamente los muelles. Y Marcelo contemplaba, más o menos ausente, los lejanos veleros y la línea en la que el mar se confundía con el cielo. Sus padres, en charla o en silencio, intercambiaron esas miradas en las que se podía adivinar que todavía se querían. Con un tono serio y parco, sin dejar de contemplar a su hijo Marcelo, dijo:

—Cada vez que lo veo así... Nunca me lo perdonaré.

—No pienses en eso, Pablo —indicó conciliadoramente su mujer.

—No puedo. No me lo quito de la cabeza. Cada día, cada noche —respondió sin apartar la mirada de su hijo varón.

—Aquello fue un accidente.

—No, no lo fue. Si yo hubiese...

—Sí que lo fue.

El rostro de Pablo Martín-Santos adoptó una tensión que precedió a un arranque de llanto. El hombre fue fuerte, cerró con solidez su puño derecho sobre el que selló sus labios. Porque, desde niño, le habían enseñado que ese llanto no podía suceder. No ahí. No, en ningún momento. Su mujer lo comprendía como nunca. Y en un apretarse las manos, se selló una promesa renovada. Se comprometió la pareja en un ir acercándose nuevamente y poco a poco. En un seguir hablando y avanzando hacia el regreso total y suave, cuando concluyese la última semana de aquel preciso verano. Los niños regresaron entonces a la mesa. Sofía corriendo y saltando. Marcelo con su ligera cojera. No suponían, en ese instante, el acuerdo al que habían llegado sus padres.

—¿Por qué lloras, mamá? —preguntó el niño Marcelo.

—Porque os quiero mucho... —respondió su madre—. Porque os quiero mucho. No lo olvidéis nunca.

Lo repitió sin despegar la mirada del hombre al que no había dejado de amar en toda su vida. Y ni Marcelo ni Sofía sabrían nunca que, previo a las lágrimas de su madre, fue casi el llanto de su padre.

Gloria Benedet se despidió de su ya casi recuperada familia. Regresó a su Mercedes descapotable gris perla. Inició tras los besos su retorno a Valencia. Y, al llegar a vislumbrar un atasco enorme en la autopista, decidió dirigirse por la carretera nacional. La que cruza sin prisas amplios arrozales llenos de barro y muerte inesperada.

Años después, esta historia se cruza entre dos miradas cómplices. Por primera vez se descubren con el filtro de un espejo retrovisor. Sin la necesidad de la herramienta de las palabras que, para ciertas cuestiones, en vez de esclarecer, confunden. Ambos lo saben. Saben que el otro lo sabe. Y también a la vez, en ese infinito instante de sincronías desde el silencio, deciden no verbalizar lo que ya son conscientes de que comparten.

8

ARTURO MENESES NO DEJARÍA DE VIVIR CON LA CERTEZA de que jamás habría sucedido ese accidente si la hubiera conducido él mismo al encuentro de su marido. Eso piensa entristecido, una vez más, el viejo chófer mientras Sofía Martín-Santos no para de atraer a su corazón el pretérito gusto de ciertas cosas que quiso un día negarse. Esas que creyó que se encontraban totalmente olvidadas en el inexplicable cajón del alma. No se trata de ese accidente que acababan de presenciar. Es consciente de que, las páginas de su hermano no solo le abren a su memoria la cantidad de sensaciones de infancias y adolescencias, sino que también le provocan una especie de terapia. Una en la que se encuentra con sus propios miedos. O, mejor dicho, con las reliquias de sus funestos duelos. Siente lo que tantos y tantos lectores han podido sentir a lo largo de la privada historia de la literatura. Ese enfrentamiento poroso sobre ciertas páginas. Esa comunión única, alquímica, individual e intransferible entre autor y lectora. Comprende que la lectura de ese texto no es tan solo un acumular páginas y páginas. Se trata de algo más trascendente. Frente a ese texto, ella viaja en el tiempo, en el amor, en las luces, en el perdón, en las sombras.

Porque leer supone conquistar un universo particular. Ese que resume su nombre, apellido e historia. Al tiempo que se deja llevar por esa partitura de verbos, adjetivos y alguna que otra metáfora, es consciente de que sucede en ella algo con lo que no podía contar. Va conociéndose mucho mejor a sí misma. La sensación es dulce y vertiginosa. La sensación misma que acontece en las partículas cerebrales de cada uno de esos lectores y lectoras, silenciosos y anónimas, que diariamente se asoman a esas páginas en metros, parques, cafés, bibliotecas, salones o terrazas. Sí, leer es maravilloso cuando se da esa circunstancia de potencia en las sensaciones. Y fluyen libres las ideas y los sentimientos, aunque en las páginas se hable de un simple cerezo o del nombre de cierta calle de una ciudad cualquiera. Porque ¿y si el cerezo resulta ser el árbol preferido de la persona que la lectora más amaba? ¿Y si esa ciudad que aparece con insistencia en las páginas impares, aquel lugar donde se comprometieron el lector y su actual compañera? ¿Y si la causalidad cósmica procura a una mujer la oportunidad de viaje maravilloso y no tangible hacia los inalcanzables territorios de la memoria?

Vuelve a dejarse llevar por las palabras de su hermano, tras abandonar sus pensamientos y reflexiones dirigidas al paisaje seco y en movimiento de los campos de Castilla. Regresa, con sus abuelos maternos, a la Valencia de finales de los años cuarenta.

9

—¿TE DA TIEMPO PARA UN CAFÉ, MATILDE?

—Me da tiempo para todos los cafés del mundo, Gabriel.

Se sentaron en el interior de una de esas cafeterías de entonces, cargadas de denso humo, voces rasgadas y soledades arrebujadas en abrigos de discreta lana. Una de esas cafeterías donde los caballeros todavía mantenían el sombrero en sus cabezas. Como sugiriendo aún más un hermetismo de pensamiento, un no liberar las ideas, sobre todo, y comprensiblemente, en aquella época.

La abuela Matilde pidió un café con leche. Un cortadito el abuelo Gabriel. En la radio sonaba el famoso bolero de Osvaldo Farrés: «Toda una vida me estaría contigo. / No me importa en qué forma / ni donde, ni cómo, / pero junto a ti...». Ellos se miraron, cómplices, sonriendo nerviosos. Y la canción prosiguió, como si estuviera dedicada a ellos mismos, a su reencuentro. «Toda una vida / te estaría cuidando / como cuido mi vida, / que la vivo por ti».

Con palabras entrecortadas, fueron poniéndose al día. Era un torpe e ilusionado tanteo en el que no se pudo evitar el intercambio de los recientes muertos. Ambos se habían quedado sin familia. No dejaron pasar por alto esa circunstancia y siguieron hablando. La abuela le contó lo de su forzado peregrinaje a Barcelona. También le habló de su marido, el farmacéutico. Un buen hombre que la cuidó con mucho cariño y respeto. Explicaba aquellos años vividos lejos del abuelo y sin saber incluso si seguiría vivo. Trataba de ocultarle lo mucho que esperó noticias suyas, noticias de ese hombre que ahora tenía frente a ella, con un poco más de años y dolor en la mirada. Y el abuelo hizo también lo propio. En ese extraño vals de silencios al que todos nos enfrentamos en cada momento en el que la vida nos sorprende con la devolución, en el tiempo de un café, o un paseo, o un trayecto en tren, de aquella persona por la que, en un tiempo anterior o nunca pasado, hubiésemos dado sin pestañear la propia vida.

La abuela le contó que acababa de enviudar de su marido. Unas últimas crisis respiratorias durante el anterior invierno en Barcelona habían acelerado lo irremisible. Ahora ella estaba por Valencia, visitando a una amiga. El abuelo habló de cómo murió su hermano pequeño y cómo su padre se fue apagando irremisiblemente, en poco tiempo, al verse tan solo en la finca. Esa finca que también ya se había perdido. Porque a él ya nada le importaba, en el momento en el que supo que la mujer que más había amado en su vida, la mujer que más amaría, había marchado a Barcelona en un momento determinado de ese agujero oscuro e infinito que supuso esa guerra. Pero eso trataba de mantenerlo escondido, frente a ella, en su pecho. Porque también se estaba prometiendo a sí mismo, en ese café, no decir lo mucho que sintió morir al saber que ella ya se había casado con aquel farmacéutico catalán.

La tenía ahí enfrente. Mucho más elegante, mucho más dama. Con el discreto encanto burgués, algo teñido de ese parisino no sé qué que adoptan en todos los tiempos las mujeres barcelonesas. Era casi palpable la cantidad de nostalgia que envolvía el momento, aunque lo disfrazaran con preguntas triviales y sonrisas nerviosas. Los dos podían sentirlo. Hubieran detenido sus vidas en ese mismo instante. Se hubieran quedado para siempre en ese mismo café. Pero el abuelo tenía que cumplir con su oficio de vigilante, una noche más en la que seguramente no pudo regresar a ninguna página de sus novelas.

Ya en la calle, justo en el momento de despedirse, cruzándose de nuevo los tranvías, y más y más señores anónimos con sombreros, tratando de alcanzar el que los lleve a sus derrotas o despachos, se quedan mirando en suspenso, porque no se sabía qué decir con palabras. Eso mismo que nos pasa a todas y a todos cuando las miradas se lo dicen todo. Entonces son las manos las que toman la iniciativa. Ellas se buscan y encuentran, a pesar de tanto abrigo y olvido. Y el tacto de ambas es fuerte e intenso. Como suplicándose no separarse nunca más. Y en ese lenguaje sincero, porque es el lenguaje de las partículas y los átomos, de la energía y la verdad; en ese sellarse las palmas y encontrarse los dedos, la abuela no pudo remediar el llanto, un llanto liberador por el que se derramaron años, pesares, contenidas rabias, ausencias y curiosamente felicidad. Sí, todo a un tiempo, al reencontrarse con el hombre que amó y amará toda su vida. Ni ellos mismos pudieron evitar el abrazo. Unidos con fuerza. Ajenos a todo lo que los rodeaba en ese momento, se sintieron por vez primera y en mucho tiempo a salvo. Entonces se le escapó a la abuela, entre un susurro o un ligero auxilio de seda, aquella forma suya de llamar al abuelo…

—Gabrielico…

Así era como siempre lo había llamado. Y Gabrielico, hombre sencillo y casi ya gris, ese hombre que de niño lo tuvo todo y que en ese momento es el más anónimo de los seres, recibe un escalofrío en su espalda.

—Nadie más que tú me ha llamado así.

—Porque nadie te va a querer más que yo en esta vida.

El abuelo cerró los ojos. Lloró. Ella volvió a decir su nombre.

—Ay, Gabrielico...

Y ese nombre, así dicho, sonaba igual que la primera vez, debajo de aquel olivo en el que le dio su primer beso, tras la lectura de unos versos no sé si de Quevedo, no sé si de Góngora. Y Gabrielico sentía cómo la vida lo aprisionaba y lo ahogaba dulcemente en ese instante de ecos, luces y ya no sombras, cuando abrazó a Matilde de nuevo, cuando las moléculas de ambos vibraron a gritos por permanecer unidas. Porque esa es la fuerza del tacto cuando dos seres, destinados a ser uno, se encuentran otra vez y se tocan. Y ya no se ha de explicar nada. Él será fuerte, pero no esa tarde en la que también se le escapan las lágrimas. Porque los hombres de verdad lloran, y mucho. Sobre todo, los que sobreviven a cruentas e injustas guerras. Sí, Sofía, los hombres lloran. Todos. Solo que hay quien se deja ver, y hay quien se esconde cuando el llanto asoma.

—Gabrielico, no quiero volver a perderte...

Y, de ese modo, nuestros queridos abuelos maternos vencieron al destino que posiblemente les deparaba más desamparo. Quedaron unos segundos más compartiendo abrazo y lágrimas, pero no un beso. Porque se podía uno abrazar al aire libre de un modo fraternal. Se podía, sobre todo, llorar. Pero el beso, como tantas otras cosas naturales, había quedado prohibido en las calles, las atravesaran o no tranvías.

Más adelante llegó mamá a sus vidas. Porque los besos no se los podrían arrebatar en su habitación, ni el desnudo, ni la caricia. Años más tarde, siendo ella una niña, murió su madre, la abuela Matilde, a quien tú y yo solo conocimos por fotos y por relatos del abuelo Gabriel. En otro salto en el tiempo, a la vida de mamá llegó papá. Y en lo que duran las décadas, que cuando se contemplan pretéritas no alcanzan sino segundos, en ese tiempo fugaz y no sé si inalcanzable, también llegamos tú y yo, hermana. Como todos hemos llegado aquí, y seguiremos llegando, al fin y al cabo, aunque prohíban en las calles los besos y las caricias.

10

SOFÍA-MARTÍN SANTOS COMIENZA A DARSE CUENTA DEL poder de las palabras. Qué poco ha leído en esta vida, piensa. Que unas páginas hayan conseguido hacerle sentir lo que tan oculto se encontraba, lo que tan dormido y olvidado, dentro de ella.

¿Cómo podría saber que todo libro que leemos hace oscilar nuestra brújula interior? ¿Leería su hermano desde pequeño tanto por ese motivo? Sí, claro que sí. Por huir con facilidad a territorios indivisibles y únicos, a nubes del corazón y la mente. Viajes que confortan y alivian, tras las jornadas infaustas que nos escupen las realidades de ahí afuera y que plagian los telediarios, para vomitárnoslas a los rostros y pupilas. Mientras los afortunados e indiferentes ingerimos cocidos, pucheros y arroces. Mientras a otros millones de seres se les niega, en ese momento incluso, una cruda y sencilla patata.

Comprender el porqué de un libro es ya una distancia sobre sí misma asombrosa. Comprender a su hermano y sus motivos, ir mucho más allá. Lo que nunca podía imaginar es que todo el poder de su corazón, ayudado por el silencio de móviles y reuniones férreas, había suscitado el mayor acercamiento jamás planteado a su pobre abuelo Gabriel. A todos los demás.

Sonríe al recordar otro *trailariro-trailará* cualquiera de aquel buen hombre al que tanto había casi denostado. Y sin desdibujar esa sonrisa, la más bonita que ha acontecido en su rostro durante una década, sin que ella jamás lo llegue a saber, empieza un llanto dulce y liberador. Un llanto de esos que calladamente se acumulan con los años, con las negaciones de los sentimientos o las palabras, con el no saber decir no, o sí, a tiempo en varios tiempos. Con el haber negado en sus precisos momentos el aire a las lágrimas.

Sofía Martín-Santos llora ahora de una manera liberadora. Arturo Meneses, que ya ha concluido su particular y oculto viaje, se preocupa al principio. Pero ella sabe indicarle con un ademán y el apoyo de su sonrisa increíble que todo sigue yendo bien, que se trata de otras líneas que acaba de leer. Se calma tras unos segundos líquidos y liberadores de energía o sombra. Seca sus lágrimas. Regresa a la pantalla del ordenador. En ella continúan todavía reinando, más o menos jóvenes, su abuelo Gabriel y su abuela Matilde.

11

NUNCA HABLAMOS DE ELLO. PORQUE TÚ SIEMPRE TE NEGASTE a sentir el dolor, a entregarte a él, a acariciarlo con comprensión, a contemplarlo con un análisis constructivo. No. Tú siempre te negaste al dolor. Y así, desde que se fueron los abuelos, y mamá, y papá, a medida que coleccionábamos adioses, tú y yo nos separábamos con distancias cada vez más grandes.

Perder a mamá fue para mí igual de doloroso que para ti. ¿Por qué entonces eso no nos unió más? Puedo entender que, con la muerte del abuelo, de cada abuelo, incluso de la abuela Teresita, eso no sucediese, pero con la muerte de mamá, con la de papá más tarde... ¿Por qué?

Con los años no dejé de hacerme esa pregunta. Sentía como si me culparas de eso que acababa de suceder. Durante un tiempo inmenso algo en mi interior no paraba de repetirme que, en el fondo, me entendías como una especie de embajador de la muerte, como un mandado de las sombras que, colocado en medio de nuestra familia, iría acabando con ellos uno a uno, poco a poco. Sobre esa estúpida idea fui forjando mi infancia, sobre esa idea también casi mi adolescencia. Pero con la ayuda del abuelo Gabriel y de sus libros, mi conciencia fue suavizándose hasta el punto en el que me encuentro ahora contigo.

Él te quería con locura. Fue un hombre maravilloso, fuertemente influido por sus días de juventud arrebatada. Todo ello te lo he querido contar lo mejor que he sabido. Para que no te quepa ninguna duda de quién fue nuestro abuelo. Ese al que tanto evitaste y del que hubieses aprendido una infinitud de cosas. Entre sus pertenencias fui encontrando siempre notas curiosas. Todavía hoy las conservo, como conservo tantas y tantas cosas que tú ignoras, preparadas para ti y que, estoy seguro, te provocarán alguna suave lágrima cuando tengas tiempo para ellas. Para esas palabras, esas fotografías, esos pequeños recuerdos o sensaciones de tiempos que se creen olvidados, pero que tan solo quedan dormidos en el corazón, esperando para ser despertados un momento diamantino y preciso cualquiera.

En una ocasión, por ejemplo, encontré un escrito del abuelo en medio de las páginas de la *Vuelta al mundo de un novelista,* de Blasco Ibáñez. Te lo transcribo aquí, para que lo leas:

> Marcelo y Sofía Martín Santos, mis dos nietos, han nacido hoy, 24 de octubre de mil novecientos setenta, en Valencia. Primero ha asomado el niño su llanto y su carita arrugada, entre sangre y placenta. Seguidamente le ha acompañado de igual modo su hermana. Ha sido un parto suave y sin problema. Mi hija es ya madre, y la madre sonreía y lloraba junto a sus pequeños, toda impregnada de sudores y hermosura. Todos esperábamos ansiosos en la sala de la clínica de la Salud, en Valencia. El doctor Gallardo apareció con leves signos evidentes de fatiga para anunciar a todos los presentes que había llegado al mundo un niño y seguidamente una niña. Nos abrazamos mi yerno

y yo. También abracé a su padre. Nunca antes lo habíamos hecho. Mis nietos han nacido sanos y con algo más de dos kilos y medio cada uno. El doctor añadió que la madre, mi hija, dormía con los recién nacidos y que, en breve tiempo, podríamos visitar a los tres. Delante de aquellas personas he podido contener mi grito y mi llanto de alegría. En mi corazón suceden estallidos de luz y música. Ahora, mientras escribo estas palabras, mientras discurren etéreas las notas de Bach y fluye con ellas la memoria de mi querida Matilde, sencillamente no puedo controlar este llanto. Lloro de alegría. Lloro de pena. Lloro porque de algún extraño modo sé que estoy vivo. Pero al mismo tiempo alejándome de la vida. Os quiero con toda mi alma; bienvenidos, Marcelo, Sofía.

No te podías imaginar qué es lo que hacía el abuelo tantas y tantas horas encerrado en su salita, con aquella música de Tchaikovsky, de Händel, de Bach o de Mozart, claro. Yo tampoco en su momento. Sencillamente leía, hermana. Escribía o recordaba, que era viajar hasta lo pretérito desde el presente. Viajaba en el tiempo de esa manera sencilla que muchos de vosotros olvidáis, porque vivís con la premisa de no recordar, de mirar hacia adelante y avanzar con toda la prisa.

El pobre hombre era feliz así, rodeado de sensaciones naturales que, desde las palabras propias o ajenas, lo dirigían al encuentro de su mujer fallecida, nuestra abuela Matilde. A la que tú y yo nunca llegamos a conocer porque dijo adiós cuando la mamá era todavía una niña. El abuelo se alimentaba de la memoria. De la que es dulce. Pero también de la que es triste y amarga. Sí, en ocasiones comparto con él la idea de que el recuerdo puede llegar a ser un maravilloso alimento para la esperanza. «En mi corazón suceden estallidos de luz y música...». Me imagino al abuelo, aquella mañana, observando en silencio a las más destacadas personalidades del lugar. En otra época en la que era niño convivía con todo ese tipo de uniformes, corbatas y sotanas, pululando por la finca de la familia. Qué lejanos aquellos tiempos, qué presentes esos en los que el niño aquel ya era abuelo, tras haber sido viudo, padre, marido, soldado, poeta... Por la noche, abandonado al frío silencio de su pequeña habitación, conectaría el tocadiscos, seleccionaría unas *Variaciones* de Bach, encendería confortablemente otro Ducados, tomaría unas hojas en blanco y su pluma, para iniciar unas palabras que tardarían mucho tiempo en ser leídas por esos mismos a los que eran dirigidas. La débil luz de la lamparita iluminaba la pausada y casi gótica caligrafía del abuelo que no podía controlar una ligera lágrima de alegría. Esa lágrima acabaría recorriendo su rostro, de memorias y ciertos duelos, hasta concluir en el papel mismo, tras una breve parada en el borde mismo de su barbilla. Frente al abuelo Gabriel, sus padres acontecían en sepia y borde difuminado en el interior de un marco de plata. Ese mismo que su padre tenía en su despacho de la masía. Otro marco, junto a ellos, los reunía a él y a su hermano Agustín, siendo estudiantes con menos de quince años y ningún presagio de guerra en sus miradas. Una tercera imagen también protegida lo recogía a él mismo, años después, sonriendo pese a tantas pérdidas, porque se encontraba junto a la abuela Matilde y su hija Gloria. Y en una última o penúltima fotografía, esta vez en color, se le veía peinando canas y riendo contigo y conmigo, los últimos amores de su vida. Nosotros reíamos también en esa foto, sentados en cada una de sus piernas. Justo antes de que mamá disparara esa foto, nos acababa de repartir unas cosquillas. A mí con un *trailariro*. A ti con un *trailará*.

No hay día que no recuerde su cara atractiva e interesante, de ángulos bien pronunciados, con la mandíbula ligeramente afilada, concluyendo con un viril hoyuelo en el mentón y una aristocrática nariz aguileña, heredada de su madre, nuestra bisabuela. Su rostro emanaba inteligencia, pausa, historia y una extraña sensación de hipnosis, cada vez que se quedaba insistentemente mirando a alguien, o a cualquier cosa, un segundo más de la cuenta. Recuerdo su frente despejada y arrugada, su cabello húmedo y gris, peinado hacia atrás. Decían que yo me parecía mucho a él. Años más tarde decían también que me parecía mucho al abuelo Jesús, que me parecía a la abuela Teresita, a la abuela Matilde incluso, a mamá y a los tíos. Es curioso, de ti siempre dijeron que solo te parecías al abuelo Jesús. Yo, en cambio, a lo largo de los años, me he llegado a parecer a todos. Y es que, en efecto, a todos llego a poder contemplar si me concentro frente al espejo. Sí, es curioso. Yo también solía quedarme sin ser muy consciente de ello así mirando a la vida. Absorbía todo con ese ardor con el que no pude experimentar cualquier ejercicio físico de por vida.

El abuelo Gabriel sabía perfectamente a quién debería dirigir su pasión. Lo sabía perfectamente al contemplar a ese niño que quedaba en silencio, suspendido en el tiempo y en las cojeras. Olvidado de todo cada vez que aquel buen hombre leía en voz alta, y con teatral tono, algún cuento popular, o incluso de su propia cosecha. Él fue mi norte, mi guarda, cuando mamá se fue. En mí concentró la poca alegría que le quedaba. Trasvasó a mi corazón toda su pasión por los libros, la franqueza, la cultura. Yo quería mucho al abuelo. Y supe desde siempre que su humilde legado permanecería conmigo. Todos sus volúmenes, todas sus pequeñas cosas. No te puedes imaginar lo mucho que me han guiado sus páginas, su biblioteca, cuando estaba con nosotros. Pero, sobre todo, en su ausencia. No te puedes imaginar cuánto ha caminado a mi lado, incluso ausente, siendo invisible testigo de mi evolución a hombre. Creo que, incluso en estos momentos de dolor y angustia, él está cuidándome como un extraño ángel que espera paciente para llevarme de la mano, y tal vez sin ya cojera, hacia ese interrogante infinito que a todos nos aguarda. Eso pienso convencido cada vez que me doy cuenta de cómo me han vigilado y cuidado mis cientos de libros, los que fueron y siguen siendo suyos, cada día, y de que mi verdadero sueño fue siempre el de recoger todo ese legado para que lo disfrutaran mis hijos, mis nietos. Porque, aunque tú no lo creas, yo he sido en el fondo un sencillo hombre con el deseo de forjar lo más importante que se puede vivir en esta vida: una propia familia.

El señor Hodgkin me mira callado y con ligera sonrisa, al tiempo que te escribo estas líneas. Está ahí frente a mí, rigurosamente quieto, con sus enormes patillas y su escrutadora mirada oscura noche y día. En ocasiones se ausenta súbitamente. En otras aparece de repente apoyado en la pared, consultando alguna de las obras de la estantería. Yo le digo que tenga cuidado con esos libros, que son del abuelo. Pero sé muy bien que su tacto nada malo puede hacerles a las cosas. Le hablo. Le digo cosas. Él nunca me contesta. Solo sigue ahí, expectante y seguro, con una extraña paciencia de siglos que confunde, agota y cabrea. Pero que le jodan. Sí, Hodgkin, sí, que te jodan, aunque sigas sonriendo con toda tu antigua y rancia flema. Yo voy a seguir escribiendo. Concluiré este escrito para mi hermana. No vas a vencerme. Aunque seas una enfermedad letal y canalla.

Sofía, me estoy muriendo. Y no es una broma. Esto es lo que había ido a contarte a Valencia aquel último día nuestro.

Así de sencillo. También quise decirte que te quería. Con todo mi amor en equilibrio. Con toda mi serenidad en las palabras que no pude llegar a pronunciar. Quería decirte que había comprendido mi pronta ausencia, mi destino. Pero tú no escuchabas. O solo escuchabas, mejor dicho, lo que tu cabeza agitada te permitía. Como a tantas y tantas personas les sucede, en el transcurso de sus días, ocupadas en asuntos que se creen importantes. Sin darse cuenta de que llegan un día al final del trayecto, de la vida, sin haberse parado a vivir con plenitud lo verdaderamente importante: ese cotidiano regalo que suponen las cosas sencillas en pausa.

Eso mismo solía decirme don Ceferino. ¿Te acuerdas de él? Yo no pude evitar su recuerdo cuando ya fui dejando atrás la vibrante plaza de la Reina. Me encontraba a la altura del mayestático Miguelete. En ese momento, me crucé con un solitario y viejo sacerdote que despedía cierto aire de nobleza y bondad. Entonces acudió de súbito aquel buen hombre: don Ceferino, el Cefe. Cómo no acordarse de aquel profesor de Religión, de aquel sacerdote licenciado en Teología, Psicología, Filosofía, con el peinado un poco antiguo hacia atrás, la mirada felina y enérgica achicada tras unas lentes anchas y aquella voz tan nasal, tan... «ceferina», como decían a sus espaldas todos los niños. Todos nosotros. ¿Te acuerdas de él, Sofía?

12

Sí, claro que se acuerda. Por primera vez en su vida desde que abandonó ese planeta tan lejano llamado colegio. Don Ceferino… Y piensa que, en ocasiones, un solo nombre te catapulta hacia toda una época. Puede recuperar a aquel buen hombre con sus suéteres de lana raídos y grises, por los que asoma el alzacuello blanco de cura. En ocasiones, llevaba el pijama debajo de su ropa. Sofía Martín-Santos se ríe al apelar para sí misma ese detalle que solían apreciar cuando quedaba sentado en su silla en clase. Los niños, disimuladamente, tiraban un lápiz al suelo. Al recogerlo, contemplaban que, bajo el pantalón cuyo largo no alcanzaba el tobillo, se hallaba la prueba perfecta para seguir choteándose del Cefe. Sofía ríe una risa infantil, la misma que sucedía en el colegio. Arturo Meneses la mira por el retrovisor, algo desconcertado. Sin poderlo remediar, el viejo conductor sonríe ciertamente contagiado por la ahora niña Martín-Santos.

Sofía continúa acordándose de aquel gracioso detalle: recogido estratégicamente en el calcetín, el pijama verde apagado del Ceferino. Recuerda también otros momentos de su colegio. Le viene a la memoria, por ejemplo, la sensación de vileza que la abordaba cada vez que se burlaban en el colegio de su hermano

Marcelo. Lo hacían por estar con frecuencia al lado de aquel profesor en los recreos. Marcelo el raro, el patapalo, el puto cojo pelota, siempre junto al Cefe, que es así como se denominan a los profesores en ciertas edades escolares, con el apellido o el apodo, adjudicado más o menos con mala leche, precedido por un «el» o un «la». Sonríe levemente. Su mirada verde se encuentra con un enorme cartel que indica con letras blancas, sobre un fondo azul, que ya quedan menos de cien kilómetros para llegar a Madrid. Cien kilómetros para despejar del todo todas las posibles dudas. Vuelve a suceder su semblante serio. Su mandíbula se tensa un par de segundos. Suspira contundente. Sigue leyendo en la pantalla.

13

En el colegio, tú fuiste siempre muy popular. Yo también, claro está. Pero por otros motivos distintos. Cuando se es niño, y con una pequeña deformidad, se puede llegar a pasarlo muy mal. Cuando uno está impedido a todo tipo de ejercicio físico e infantil, a correr, a saltar, a jugar al fútbol, a jugar a cualquier cosa que precisase de una enérgica actividad de piernas. Mi cojera era una firme catalizadora para la creatividad y el ingenio infantil, travieso y brutal en todos aquellos niños de nuestro curso. Recuerdo que las primeras veces tú siempre me defendías. Yo quedaba apocado y solitario en cada recreo. Odiaba los recreos, con toda mi alma. Hubiese preferido durante años que no existieran. Porque cuando me encontraba en clase, sentado, atento a las explicaciones de cada uno de los profesores, de cada una de las asignaturas, podía abstraerme de mi diferencia con los demás, de mi anomalía. Allí era uno más. Entonces sonaba la campanilla, anunciando la hora del almuerzo, o la hora del recreo. Y, durante una o dos horas según el día, sentía la mayor de las tristezas. Porque, en un silencio de piedra, iba acumulando burlas y risas crueles, innecesarias, curso a curso, mes a mes, semana tras semana.

Hacía dos años que el abuelo Gabriel había muerto. En su último adiós, no sé si lo recuerdas, me llamó a su lado. Estábamos junto a él en la habitación del hospital. Nos había llevado papá. Que todo hay que decirlo, se portó con él de maravilla durante los últimos días. Quizá porque ya solo quedaba un único abuelo para sus hijos. Quizá por otros motivos. El caso es que el abuelo quiso disponer todos sus libros y su música, todas sus cosas para ti y para mí. Nos pidió que las guardáramos con todo el cariño del mundo. Que cada vez que contemplásemos esos libros, recordásemos el cariño inmenso que había tenido él hacia nosotros. El pobre pluralizaba su último deseo para no dejarte aparte. Eso es lo que los adultos tienen que hacer cuando, delante, hay otro niño más. Pero luego, el buen hombre, probablemente debido al penúltimo delirio de fiebre o cansancio, dijo:

—Quiero que no dejes nunca de escribir. Recuerda que tú has escuchado «la otra voz», y que por ello tienes que hacer que los demás también la escuchen. Tú eres poeta y revolucionario. Escribe. Escribe. ¿Lo harás, Marcelito?

—Te lo juro, abuelo.

Entendí perfectamente lo que quería decirme realmente con esas últimas palabras en sus marchitos labios. Sé que quería que fuese yo quien salvaguardase su legado. No solo el material, sino también esa pasión por los libros y todo lo que significan. Y que, llegado el momento, la compartiese contigo, para que tú también la pasases a alguien importante y querido en un futuro. Se refería no ya al hecho material del cómputo de sus libros y notas, sino a esa voz misma que algún día tendría que hacerte llegar a los oídos o al corazón por medio de la escritura. De esta misma escritura que hoy has recibido y que presumo que ya se encuentra dentro de ti, que ya es más tuya que mía.

Acto seguido, el abuelo nos pidió que lo dejáramos a solas con papá. Este regresó, al cabo de un rato, con el rostro compungido. ¿Lo recuerdas? No sé tú, pero yo sí que me imagino qué pudo decirle en aquellos privados minutos. Esa fue la forma que tuvo de despedirse de nosotros. Poco antes se nos había ido mamá, en aquel accidente. Y un poco más atrás en el tiempo, la abuela Teresita, cuyas cenizas arrojamos desde el cabo de Benibaite para que el viento las repartiese en el mar. Ese fue su deseo. Más adelante, el abuelo Jesús. Y papá, tras sufrir ese infarto en la ducha después de una partida de tenis. Pasarían los años. Pesarían incluso. Tú irías forjando en tu mirada verde una extraña energía. Se iba forjando una distancia cada vez mayor, más rotunda y densa entre nosotros. Y yo no dejaba de pensar si alguna vez tú y yo podríamos entendernos como, por ejemplo, se entienden muy de vez en cuando, en el acontecer de un eclipse, aunque solo sea unos segundos, los satélites y los planetas.

14

CON CADA UNO DE NUESTROS MUERTOS, FUIMOS EVOLUCIONANdo, de niños a adolescentes. Con el equipaje, cada vez más grande, con cada una de esas ausencias, de esos ayeres, de esos adioses. Nunca quisiste hablar de ello. Como cada vez que un daño, que algo funesto, se te ha presentado siempre. Tú lo has negado, siempre, con un rotundo «no» de piedra, acero o fuego; o tal vez era un «no» de seda o de fino papel, sin tú saberlo. Y esa negación entonces, ese telón, no era más que una suave cortina, por la que podrían filtrarse todas las sombras, hasta ir haciéndose fuertes en número dentro de tu alma.

Yo, por mi parte, tuve la ayuda de alguien muy especial, don Ceferino. Vuelvo a él. En una de esas horas de mis tristes recreos, se acercó a mí con sonrisa y seguridad templada. No exactamente como en clase. Despojados de los pupitres, los libros de texto, la pizarra o el catecismo, no era ya el profesor, sino el maestro amigo, el que se sentaba a mi lado por vez primera. ¿Sabes lo que me dijo? ¿Sabes cuáles fueron sus primeras palabras, con la mirada perdida hacia los otros niños que corrían y saltaban en la extensión del parque, o incluso a aquellos que no paraban de burlarse de él a sus espaldas?

Ninguno de ellos, por cierto, supo que eran los ojos de la espalda de don Ceferino los que, con mayor nitidez, observaban todo. ¿Sabes, Sofía, lo que me dijo?

—Marcelo Martín-Santos Benedet —así empezó don Ceferino—. Benedet... Sí, señor, de los Benedet de Higueruelas. Su bisabuelo tenía una gran biblioteca en aquella finca... Sí, lo recuerdo muy bien. Yo la vi cuando era un niño. Mi padre conoció bien a su bisabuelo.

Sonrió de un modo que pareció transformar su rostro de sacerdote sesentón en el de un señor joven cualquiera, y prosiguió:

—Los Benedet importaban plata del Perú, mucha plata. Creo incluso que tenían allí varias minas... Lo sabía, ¿verdad? Pues sí. De hecho, todas las platerías de Valencia elaboraban los candelabros y soperas, todos los marcos, todo lo que usted pueda imaginarse, con la plata de su familia. En un tiempo en que toda familia burguesa valenciana medía su nivel social por la cantidad de plata en los hogares, piense en cómo le iría el negocio. Los Benedet llegaron a ser muy grandes.

Yo lo miraba sorprendido, insisto, no por la novedad del relato, sino porque me lo exponía el propio don Ceferino, ¡el Cefe!

—Sí, fueron muy grandes... e hicieron mucho por toda la zona de los Serranos. He sentido mucho lo de su abuelo. Supongo que debe de ser difícil para usted en estos momentos. Si necesita hablar, en cualquier momento, si quiere que le cuente cosas de su familia alguna vez, aquí me tiene.

Asentí entre fascinado y contrariado. No sabía cómo responder a esas palabras. ¡El Cefe conocía a la familia del abuelo Gabriel!

—Estupendo, señor Martín-Santos —dijo al verme asentir—, estupendo. Por cierto, muy tramposo su monográfico sobre Rousseau.

—¿Tramposo?

—Usted ya sabe lo que quiero decir. Se conforma con salir del paso.

—He sacado notable.

—A usted eso no le supone esfuerzo. Y, como en el país de los ciegos, el tuerto es el rey... Usted puede sacar sobresaliente en esta y en cualquier asignatura. Si se esfuerza solo un poco. Es preciso leer de manera madura, identificándose con el autor y concentrándose en su proceso creativo, que se refleja en su estilo y en la estructura de su obra.

Y se levantó de mi lado para proseguir su paseo solitario o en compañía de sus dispersos y vagos pensamientos, así como de su característico, suave y rasgado silbido. Ese fue el comienzo de innumerables encuentros posteriores. Recuerdo que quise compartir contigo en el autobús de regreso aquella anécdota. Pero recuerdo que tú, como siempre, sencillamente no escuchabas. Don Ceferino se convertiría así en mi único compañero de recreo. Me contó que, en una ocasión, el abuelo del abuelo Gabriel financió unas excavaciones en Sudamérica. Encontraron los restos fósiles de un enorme dinosaurio que fue traído a Valencia. Allí fue reconstruido, pieza por pieza, en el antiguo Museo Paleontológico. De esa historia yo no tenía ni idea. Como de otras tantas. Don Ceferino era un hombre amable y un enorme maestro. Pretendió toda su vida forjar, de una manera socrática, a individuos notables que llegaran a tener capacidad de crítica, análisis, pensamiento libre y carácter firme, en ese colegio privado nuestro que aspiraba a otro sencillo objetivo: llenar hasta la saciedad las arcas y olvidarse de proyectos tan bonitos e interesantes como la creación de un teatro para la formación y juego de los alumnos en una disciplina que potenciase toda su imaginación y el concepto de trabajo en equipo. No. Ni eso ni la biblioteca, que facilitase los títulos diversos, no solo los que surgían obligados en los temarios de cada curso, de cada asignatura. Toda idea redonda y sobresaliente era tumbada por una rancia y huidiza burocracia interna. En el colegio, lo único que se quería ver era un ejército de niñitos alienados, un rebaño manejable de señoritos y señoritas burguesas, con mismos vestuarios y directrices; y no el forjar la maravillosa individualidad de cada uno de ellos, con sus diferentes aptitudes. Ampliarlas. No. Nada de sugerentes tendencias socráticas. En cada sistema, en cada plataforma, más o menos pública y posterior, he podido comprobar que de alguna forma nos mantienen a todos en una especie de constante experimento colegial, donde unos pocos se erigen, silenciosamente, como directores o tutores de nuestras vidas. Casi sin darnos cuenta. Así ha sido siempre, y así siempre será. Aunque se disfracen los sistemas todos con amabilidad diferenciada. Aunque se denominen de formas distintas. Pero con lo que no cuentan es que siempre habrá también, en cada uno de esos sistemas, un don Ceferino dispuesto a concienciar a algún que otro Marcelo Martín-Santos.

Un día, en clase de Filosofía, recuerdo que nos preguntó:

—¿Qué tocaba hoy?

—Toca el capítulo de *La lógica,* don Ceferino —contestó resuelto Palmero, abriendo ya el libro.

—Ah... —musitó él mirando al techo.

Casi todos nos pusimos entonces a encontrar las página correspondiente del libro de texto.

—¡No, no, no!, ¿Qué están haciendo? —se apresuró a decir don Ceferino.

—Pero si nos acaba de decir que abramos el libro por...

—¡Cierren todos el libro! ¡Ciérrenlo!

Tardamos en entender que hablaba en serio. Nos miramos unos a otros. Finalmente fuimos accediendo a su petición. Ya con los libros cerrados, comenzó a pasearse por la clase.

—La lógica es el estudio de la razón —explicó tras un silencio ciertamente incómodo—. Ustedes escucharán de ahora en adelante, si no lo han escuchado ya, aquello de que hay varias verdades, de que todo el mundo puede que tenga su razón. La lógica se encarga de detectar cuál es la auténtica y verdadera razón. En estos tiempos que vivimos, la razón lo está pasando mal. La lógica es desconocida y, peor aún, ignorada, obstaculizada, escarnecida. A aquellos que se dedican a la diseminación de supersticiones y mentiras les importa un pimiento la lógica: ciertos curas. Sí, sí, sí, lo que han oído, algunos curas. Y políticos, abogados, publicistas, periodistas... En cambio, atesoran la lógica aquellos que se comprometen en la búsqueda y la difusión de la verdad objetiva. Como por ejemplo...

Se quedó en ese suspenso que ya conocíamos todos, mediante el cual dejaba en el aire la respuesta para hacernos partícipes, para involucrarnos en el pensamiento de un modo libre.

—Los científicos —contestó Benítez.

—Muy bien. ¿Y quién más?... Los filósofos —añadió al ver que nadie contestaba—. Pero también los artistas, cuando su voz es genuina, auténtica y no condicionada, precisamente, por políticos, periodistas o publicistas. Son esos los artistas serios. Da igual que sean escritores, pintores, músicos, escultores o cineastas. Su voz llega a la emoción de todas las personas que contemplan o disfrutan su obra. Pero sigamos con la lógica. Sin ella, toda afirmación valdría como cualquier otra. No habría separación entre verdad y falsedad. No tendría sentido ni discutir ni argumentar. Escucharán en muchas ocasiones discursos de políticos. En su mayoría son discursos ilógicos que no consienten en razonamientos, sino en proclamas y peroratas con el fin de conseguir votos, más que el de convencer exhibiendo hechos. Se persuade entonces pregonando opiniones. Algunos de manera inconsciente, pero otros conscientemente, como manipuladores. Y yo quiero que mis alumnos jamás se dejen manipular.

Recuerdo la manera en que caminaba don Ceferino. Lo hacía de un modo despistado. Siempre llevaba consigo algún libro curioso para ser leído por un sacerdote. En ocasiones, leía o releía a Camus, a Malraux, incluso a Unamuno o al propio Schopenhauer. Siempre tuve la certeza de que don Ceferino era un claro ejemplo, exacto a aquel otro bueno y mártir llamado san Manuel. Por todo ello, me recordaba tanto al abuelo Gabriel.

—¿Ha tenido alguna vez dudas? Quiero decir, ¿dudas sobre la existencia de Dios? —me atreví a preguntarle en cierta ocasión.

—Claro que he tenido dudas. Y claro que puede que vuelva a tenerlas. También Cristo las tuvo. Porque, como él, soy hombre. Y, como hombre, yo creo en Cristo, señor Martín-Santos. En ese Cristo presente en esta conversación, en esta pregunta que usted me hace, en esas páginas que contiene ese libro, en verlos a ustedes, algún día, fomentando en alguna persona un buen sentimiento. Y creo en que no es casualidad que hoy usted me haga esa pregunta —me dijo.

Don Ceferino siempre nos hablaba de usted, y siempre nos llamaba por el apellido. Lo hacía así con todos, ¿recuerdas?

—No, no, no. Eso es lo que los otros piensan, señor Martín-Santos, pero lo importante es saber qué es lo que piensa usted...

¿Recuerdas a don Arturo, ese otro sacerdote que teníamos en el colegio, aquel tipo severo que un día me propinó una bofetada enorme en la cola del comedor cuando creyó que había sido yo quien le tiró un trozo de pan a la cabeza? El caso es que se la lanzó Tamaro y todos rieron su gansada. Don Arturo se giró gritando:

—¿¡Quién ha sido!? ¿Has sido tú, cojo del demonio?

Y descargó su mano, hinchada de ira, en mi cara. Sin haberme dado el tiempo necesario para responder que yo no había hecho nada. Entonces sí que se rieron de verdad Tamaro y compañía mientras el benévolo sacerdote proseguía su camino, quitándose del pelo las posibles migas y habiendo al menos ajusticiado a ese pequeño tullido, cuya anomalía tanto lo irritaba.

Esa misma tarde, el abuelo Gabriel merendaba en casa con nosotros. Me notó raro. Comenzó a preguntarme y, aunque en un principio opté por no decir nada, al final le conté lo sucedido. No he visto nunca al abuelo con la cara más seria. Se quedó con la mirada perdida y la mandíbula en tensión. Apoyó su mano en mi hombro y se levantó de la silla. Quedó de espaldas y se giró con una sonrisa, tratando de que no viera esa ira suya, que pude adivinar muy grande. Como la que todos podemos llegar a tener un día si atentan contra lo que más queremos.

Al cabo de unos días se despedía del colegio don Arturo. Al principio, supuse que el motivo se debía a que no había valorado que nuestro apellido era Martín-Santos y que papá habría movido fichas. Con esa idea me quedé hasta que, unos días después, don Ceferino se acercó a mí, nuevamente en la hora del recreo. Se sentó a mi lado, en el banco de piedra desde el cual siempre veía yo a todos los demás jugando al fútbol o persiguiéndose como «polis y cacos». Mantuvo unos segundos un silencio que entendí presagiaba algo importante que iba a decirme. Me giré a él. Me sonrió. Tomó aire.

—Hace días que vengo queriendo enseñarle esto —me dijo mostrándome un sobre abierto.

En el interior del mismo asomaba tímidamente un papel doblado.

—Léala, no tenga miedo.

Tomé la carta. Saqué de su interior ese papel. Deshice el pliego del mismo. Reconocí enseguida esa letra. Decía esto mismo:

A todos ustedes...

... que dicen que saben quién es Cristo y cuál es su palabra. Que continúan siendo los propietarios de su nombre y memoria, según sus propias leyes y dogmas. A todos USTEDES y a sus togas, que tienen el poder, pero que carecen de aquel su mensaje. Porque tienen lugares de magnificencia brutal, pero a su sinónimo no alcanzan. Porque tienen acciones y valores, secretamente sumergidos en océanos de industrias de armamento y farmacéuticas, e incluso en industrias de ese preservativo que tanto USTEDES censuran...

A todos USTEDES, que son muy ricos pero que hay algo que todavía siguen sin poseer: su humildad, su pobreza. A USTEDES, los que tienen buenos alimentos que ingieren con la ayuda de cubiertos de plata, pero no sus migajas; los cabellos recortados de un modo marcial y no sus largos rizos y barba. A USTEDES, los que son influyentes con los gobiernos y las empresas, capaces incluso de iniciar guerras civiles en España. A USTEDES, que ya no influyen en los corazones que él defendía. A USTEDES, que tienen capacidad de alterar historias, a partir de chivatazos y tantos tipos de venenos y dagas. A USTEDES, que subsisten en su club de ignominia, por el miedo y la ignorancia, mientras, lejos de USTEDES, Él subsiste en el perdón, el amor, la verdad, la cultura y la libertad.

A todos USTEDES, que cuentan con pulcra limpieza y nítido rigor, mientras Él contaba con la travesura y con los débiles de voluntad y el no acierto. A USTEDES, que han ido colaborando para que fueran eliminados todos aquellos que, a lo largo de los siglos, a Él se parecieran. A USTEDES, señores míos, que viven coleccionando pecados en la oscuridad de sus carnes blancas y de blandas formas. A USTEDES, que no representan lo que Él defendió con su muerte misma. A USTEDES que son los que a Él diariamente asesinan. Porque, a lo largo de la historia, Él ha resucitado de alguna forma u otra para reconducir las cosas hacia la luz, la generosidad, y el amor, que es la tolerancia. Pero USTEDES han seguido siendo USTEDES, castrando cualquier tipo de luminosa esperanza.

USTEDES querrán seguir siendo USTEDES todo el tiempo que puedan. Son el mal de nuestro tiempo. La peor de nuestras históricas pandemias. Con todo, USTEDES son millones y entre tantos de USTEDES sé que los hay que una tarde cualquiera han escrito o gritado, secretamente en sus corazones, estas mismas palabras.

Sirva a USTEDES todo esto como preludio a estas escuetas y concretas palabras:

Si vuelve alguno de USTEDES a golpear a mi nieto Marcelo, sencillamente voy a su colegio y, con sotana o no, le arranco a alguno de USTEDES la cabeza.

Fdo. Gabriel Benedet i Sornosa
Abuelo de Marcelo Martín-Santos

Puedes figurarte cómo me quedé al concluir la carta. Miré con preocupación a don Ceferino. Para mi asombro, estaba sonriendo y asentía con la cabeza. Me comentó, a continuación, que esa carta había armado un gran revuelo en la dirección del colegio. Y que fueron esas mismas palabras las que provocaron la inmediata expulsión de don Arturo.

Yo estaba alucinando. No sabía qué decir. Todos los demás seguían ahí enfrente persiguiendo balones, lanzando patadas y gritos. Me tranquilizó, comentándome que él mismo se había puesto en contacto con el abuelo para comentarle lo sucedido. Pero, sobre todo, para prometerle que se encargaría de que no me volviera a suceder nada parecido.

Llamé al abuelo cuando volví a casa ese mismo día.

—Dígame...

—Abuelo, soy yo.

—Hola, Marcelito. ¿Qué me cuentas?

—Nada, quería decirte una cosa.

—¿No te han gustado esos cuentos valencianos de Blasco Ibáñez que te dije que leyeras?

—La verdad es que son un rollo. —El abuelo rio—. Pero no, es que he leído también otra cosa.

—Claro que sí. Tú tienes que hacer tu propio camino como lector, no quedarte solo con lo que se te recomiende. ¿Y qué has leído?

—La carta que mandaste al colegio.

—¿La carta?¿Qué carta?

—No te hagas el «trailariro». Me la ha enseñado don Ceferino. —Hubo aquí un pequeño y significativo silencio—. Te lo agradezco mucho, pero no tenías por qué.

—Claro que tenía por qué. A los atropellos hay que combatirlos con las armas que uno tenga. Los que sabemos expresarnos con las palabras podemos, y debemos usarlas para cambiar un poco las cosas injustas de este mundo.

—Me ha dicho don Ceferino que te conocía, que conocía a tu familia.

—Mi familia —se adelantó a precisar— es también la tuya, aunque ya hayan desaparecido todos hace años. Y sí, nos conocía.

—¿En serio?

—Nos conocía muy bien —puntualizó—. ¿Recuerdas aquello que te conté de que mi padre, tu bisabuelo, impidió el fusilamiento de un hombre en su finca en tiempos de la guerra?

—Sí, y que ese hombre luego impidió en el último minuto que mataran los suyos al bisabuelo en la misma tapia.

—Efectivamente. Bien, pues aquel hombre era el padre de don Ceferino.

Guardé un comprensible silencio ante esto último que me acababa de decir.

—Las casualidades no existen, Marcelo —continuó al otro lado del teléfono—. Ya lo irás aprendiendo a medida que te hagas mayor. Hala, a hacer tus deberes. Nos vemos el domingo.

Me despedí del abuelo y regresé a mi cuarto. No pude ponerme con los deberes en un buen rato. Me quedé contemplando en silencio las figuritas Kenner de *Star Wars*. Luke y Obi Wan me miraban desde la estantería que tenía enfrente. Pude sentir dentro de mí los acordes de la banda sonora del enorme John Williams, provocando en mi corazón de niño una enorme conmoción en la Fuerza.

Durante un tiempo, el abuelo y don Ceferino mantuvieron una constante relación. Se reducía, básicamente, a algunas llamadas telefónicas en las que iban hablando de cómo iba yo evolucionando en las clases. Incluso llegó a pedirle que me cuidara, al saberse enfermo y dirigiéndose inexorablemente a su final. También que cuidara de ti. Le contestó que no se preocupara. Que él estaba, de por vida, en deuda con la familia.

Con el paso del tiempo, se fueron forjando unas afinidades puras y fácilmente memorables entre maestro y alumno. Aquel hombre se iría erigiendo como una especie de sucesor, de portador del invisible relevo, en ese extraño devenir de nombres en mi vida que me fueron aproximando a los libros, a las palabras, a los espíritus que habitan en las páginas. Por su parte, lejos de los Salgari, los Dumas, los Victor Hugo del abuelo, comenzó un devenir de otros nombres inesperados, como Mauriac, Stefan Zweig, Proust o Sartre.

Cuando acabamos el colegio, aún quedaba una jornada última en la que visitar aquellas instalaciones. La recogida de las notas del Selectivo. Tú coleccionabas nuevamente sobresalientes. Yo me quedaba con algún notable y varios sencillos aprobados. Don Ceferino se acercó a mí con una sonrisa en la que se podía adivinar cierto paternal orgullo.

—¿Contento?

—Bueno, podían haber sido mejores. Pero…

—Pero en el país de los ciegos…

—He pasado el Selectivo —le atajé desafiante y con ironía.

—No se aplatane, no se acomode. Usted tiene un compromiso con el hombre, con el individuo. Ha tenido el mejor de los legados. Un abuelo que lo ha iniciado en el camino. A Sartre le pasó lo mismo. Tuvo un abuelo que le marcó el paso que seguir. Tome, es para usted —me dijo entregándome un libro algo antiguo—. Creo que le gustará.

Se trataba de un ejemplar de la editorial argentina Losada. *Las palabras*, llevaba por título, de Jean Paul Sartre.

—Es un testimonio honesto y lúcido. Son las memorias de un gran escritor. Cómo comenzaron las palabras a hacerse presentes, a llamarlo para con ellas mismas tratar de cambiar el mundo. En él, Sartre dice que empezó su vida como sin duda la acabaría: en medio de los libros. Cuenta que en el despacho de su abuelo había libros por todas partes. —Aquí lo miré sorprendido y él prosiguió guiñándome el ojo—: Dice que estaba prohibido limpiarles el polvo, salvo una vez por año, en octubre, antes del comienzo de las clases. Si me permite, hay un momento que me gustaría leerle.

Don Ceferino volvió a coger el libro. Buscó entre sus páginas y dio con los párrafos que pretendía.

—Sí, aquí está. Leo: «No sabía leer aún y ya reverenciaba esas piedras levantadas: derechas o inclinadas, apretadas como ladrillos en los estantes de la biblioteca o noblemente espaciadas formando avenidas de menhires; sentía que la prosperidad de nuestra familia dependía de ellas. Se parecían todas; yo retozaba en un santuario minúsculo, rodeado de monumentos rechonchos, antiguos, que me habían visto nacer, que habían de verme morir y cuya permanencia me garantizaba un porvenir tan tranquilo como el pasado. Yo las tocaba a escondidas para honrar a mis manos con su polvo, pero no sabía qué hacer con ellas y asistía cada día a ceremonias cuyo sentido se me escapaba. Mi abuelo, tan torpe de costumbre que mi abuela le abrochaba los guantes, manejaba esos objetos culturales con una destreza de oficiante». Encontrará muchos momentos estimulantes en este libro. Estoy seguro —dijo volviendo a entregarme el ejemplar.

Me quedé contemplando su portada y contraportada.

—Este libro era de su abuelo Gabriel. Me lo regaló un día que tomamos café en el Ateneo. Al igual que para su abuelo, para Sartre los libros fueron pájaros y nidos, animales domésticos, establo y campo. Las bibliotecas son el mundo atrapado en un espejo.

Se generó una pausa. Yo miraba algunas de las páginas del interior de ese ejemplar. Entonces don Ceferino continuó.

—Le voy a dar un consejo —prosiguió con tono confidente—: Lárguese usted pronto de Valencia, lárguese donde pueda abrir su mente y recibir los mensajes. En esta ciudad se anula a todo aquel destinado a la cultura y al arte. No lo olvide. Valencia es una madre que siempre abandona a sus hijos cuando estos le salen artistas. Y usted está destinado a ser escritor. Viva y viaje mucho. Usted tiene un don para contar las cosas. Tiene una mirada única. Cuente, narre, escriba, forjando el apetito de los demás por las palabras, por las buenas ideas, por la verdad, la libertad y la justicia. Algún otro futuro escritor lo leerá a usted, y también lanzará sus palabras a otro, en un futuro. Usted está obligado, si ha escuchado «la otra voz», a hacer que otro la llegue a escuchar, a continuar ese sagrado vínculo.

Otra vez aquella frase suspendida en mis oídos, entregada en mi pensamiento, que la rumiaba como la vez primera: «La otra voz»... «La otra voz»... Justo al hablar de mi posible futuro como escritor.

—Sí, señor Martín-Santos, «la otra voz»... Esa que proclama el poeta mexicano Octavio Paz.

—Octavio Paz fue amigo de mi abuelo Gabriel.

—Lo sé. Se conocieron durante el Congreso de escritores que se celebró contra el fascismo aquí en Valencia en julio de 1937. No sé si lo sabe, pero, justo ahora que concluye el colegio, este mismo mes, se vuelve a celebrar el Congreso. Cincuenta años después, como homenaje a aquellos encuentros entre intelectuales y poetas nacionales e internacionales contra el fascismo. Es también aquí, en Valencia. Yo creo que no es casual. Usted, sin saber muy bien hacia dónde dirigir sus pasos. Y, de repente, esta señal. Igual su abuelo le está lanzando un mensaje desde algún lugar, un regalo. ¿Le apetece que vayamos juntos?

Le dije que sí. Y allí que fuimos los dos. Se trataba de otro importante Congreso Internacional organizado por la Consejería de Cultura, Educación y Ciencia de la Generalitat valenciana, por cumplirse los cincuenta años de aquel que aconteció en nuestra ciudad, cuando Valencia era capital de la República, asediada por el ejército de Franco y un símbolo de la resistencia contra el fascismo. Donde el abuelo conoció a Octavio Paz, a Elena Garro y a Luis Cernuda, como anteriormente te he comentado.

Se organizaba en el recién inaugurado Palau de la Música. Donde se celebraban jornadas de examen y diálogo, como aporte a la sociedad de una reflexión coherente ante algunos de los problemas del mundo. Su comité ejecutivo estaba formado por escritores como Juan Cueto, Joan Fuster, Juan Goytisolo, Fernando Savater, Jorge Semprún y Manuel Vázquez Montalbán; y el director de la Filmoteca, Ricardo Muñoz Suay. Y estaba presidido por el poeta mexicano Octavio Paz, que regresaba a la ciudad medio siglo después.

Pudimos acceder a la sala donde el poeta mexicano dijo a los presentes que el actual congreso era una ventana abierta al tiempo, al tumulto del pasado que se aleja y al oleaje incesante del presente que se abría al futuro. También dijo, y esto me caló muy hondo, que si el pasado está vivo, el futuro amanece. Tuvo también un recuerdo para André Malraux, Pablo Neruda, Luis Cernuda y Antonio Machado, entre otros. Añadió que la superioridad de sociólogos frente a poetas, como sucedió en el treinta y siete, era un síntoma de nuestro tiempo, al igual de que se prefiriera para reunirse, como en la

Edad Media, la universidad al café. Él dejó bien claro que prefería la calle. Y que el de aquel lejano año fue un acto precioso de solidaridad, presidido por la idea de unanimidad o totalidad; y ese que estaban viviendo, cincuenta años después, por la de pluralidad.

—La vida es diversa —prosiguió—. No es una, es siempre varia. Por eso la libertad, que es la expresión más pura de la vida social, no puede ser nunca la libertad de uno, sino la colectiva.

Y entre otras cosas más que dijo, y que yo fui apuntando en mi libreta, señaló también que entre la revolución y la religión, la poesía es «la otra voz». Y aquí nos miramos don Ceferino y yo. Y se me puso la piel de gallina. Y me emocioné porque sentí que el abuelo estaba entre nosotros. Octavio Paz continuó apuntando que esa voz es otra porque es la voz de las pasiones y de las visiones; es de otro mundo y es de este mundo, es antigua y es de hoy mismo.

Todo lo iba apuntando en la libreta. También dijo que todos los poetas oyen la otra voz. Que es suya y que es ajena, que es de nadie y es de todos. Como su voz misma, todavía tal vez dormida, pero pronto firme y clara, con el compromiso y la obligación de distribuirla para ser escuchada algún día por otro poeta. Todos aplaudieron calurosamente sus palabras.

Don Ceferino también se mostraba claramente emocionado. Cuando Octavio Paz se encontraba saludando a la gente, me animó a acercarme con él hasta el poeta. Yo le dije que prefería no hacerlo.

—Venga, anímese. No sea tímido —me insistió—. Igual le hace ilusión conocer al nieto de su amigo.

No sé si por pudor adolescente, por no molestar o porque entendía que igual ya el poeta habría olvidado al abuelo después de tanto tiempo, persistí en la idea de no acercarnos a él. Y así también evitar tener que decirle que el abuelo había fallecido.

Salimos del Palau de la Música. El azul refulgía límpido. Los pájaros atravesaban el gran estanque rectangular, cantando alegres entre los pinos del nuevo jardín del Turia.

—Ha sido emocionante, ¿verdad?

—Mucho.

—La otra voz... Ya sabe lo que le toca. Entre el hacer y el ver, acción o contemplación; escoja, como Octavio Paz, las palabras. Habítelas y conviértalas en suyas... Bueno. Ya es hora de ir a comer. Yo regreso en el autobús. ¿Usted viene?

—No, creo que voy a quedarme un rato por aquí. Don Ceferino... —un silencio breve, pero que pesó décadas, quedó palpitante en el aire antes de seguir hablando—, lo echaré de menos —le dije realmente emocionado, pues estaba el momento envuelto por un claro aroma a despedida.

—Y yo a usted, señor Martín-Santos —me contestó—, echaré de menos nuestras charlas en los recreos. No deje nunca de mirar el mundo como estudiante, como aprendiz y con crítica. La capacidad de captar del espíritu tan solo se adquiere en los decisivos años de formación, téngalo muy presente. Solo aquel que aprende a expandir su alma a los cuatro vientos a tiempo es capaz más tarde de abarcar el mundo entero. No se deje influir por su pequeña imposibilidad física. No tiene ningún impedimento para ello, no mire con tristeza su pierna. Su cojera son sus alas. Esas que los demás no tienen ni tendrán jamás. Usted tiene todo el poder del universo en sus ojos, en su corazón, en sus manos. Usted no es cojo. Usted tiene algo que los demás no tienen, un don: la capacidad de volar. Usted puede volar. Escriba usted. Escriba y vuele... Ah, y no olvide nunca una cosa: la literatura se hace siempre fuera de las universidades. Hágale caso a Octavio Paz. Es en la calle, en las miradas de las gentes, donde usted seguirá escuchando esa otra voz. Esa otra voz que los demás no escuchan sencillamente porque prefieren seguir estando cómodamente sordos en sus respectivas vidas o renuncias.

Nos despedimos estrechando las manos, sin ni siquiera un abrazo, con las miradas suspendidas, algo vidriosas. En don Ceferino comenzaba a aparecer tímidamente ese filtro líquido que hace a algunos hombres dar la espalda. Y así lo hizo, con el epílogo de una sonrisa que quedaría sellada en mi pecho adolescente hasta el momento mismo en el que mi corazón atrae hoy para ti, Sofía, estas mismas palabras.

15

ACABAMOS EL COLEGIO Y LO CELEBRAMOS AL DÍA SIGUIENTE, CON papá y el abuelo Jesús, como sé muy bien que recuerdas. Nuevamente con el mar de fondo. Comiendo arroz y marisco. Como premio, un inmenso verano, vibrante, celeste y lleno de posibilidades se nos desplegaba.

Disfrutábamos de las gambas y las cigalas hervidas, cuando el abuelo Jesús comenzó a preguntarnos cuáles eran nuestros planes, o a imponerlos, mejor dicho, a su manera. De un modo menos enérgico y vehemente entonces, porque ya la cantidad de años y pérdidas le pesaban.

—Bueno, ahora a disfrutar y en octubre a empezar fuertes: tú, Marcelo, en Derecho, que nos has salido muy de letras; y Sofía en Económicas, que es un lince para eso de los números y las cifras.

Eran una vez más sus planes. No sé si también los de papá. De nuevo, el hacerse las cosas como él quisiera. Y, tal vez, fue que acudió a mi memoria una colección de nombres que habían sufrido la imposición del viejo, cuando no tan viejo y sí más febril. Tal vez, que me imaginé a mí mismo retándolo pacíficamente. Al menos, en el tono de voz, trataría de ser lo más conciliador posible. Yo hablaría por todos aquellos que ya no estaban. Por aquellos a los que tanto había hecho sufrir. Incluso por ti misma, que ni siquiera sabías lo que permanecía dormido o no en tu insondable corazón. Así sucedió, tal vez en nombre del abuelo Gabriel, tal vez básicamente en el nombre del tío Santi. Aunque, ciertamente, no tenía descartada la posibilidad de matricularme en la Facultad de Derecho, me quedé mirando a la mesa y salió de muy adentro aquella frase:

—No voy a estudiar Derecho.

Os quedasteis los tres de piedra. No ya por mi decisión en sí, sino porque sabíais que estaba plantando cara al gran Jesús Martín-Santos. Yo, el niño cojo, negaba al viejo sus deseos o tal vez mandatos. Aparté mi mirada del mantel. La dirigí al abuelo. Vi cómo se le encendían los ojos de ira. Papá lo notó también y se adelantó para suavizar las cosas.

—¿Cómo que no vas a estudiar Derecho? Yo creía que era esa la carrera que tú…

—He cambiado de opinión —le contesté tajante.

—Pero vamos a ver. Entonces, ¿qué es lo que vas a hacer? ¿En qué te vas a matricular? —preguntó papá, al tiempo en que el abuelo y yo manteníamos otro tipo de diálogo hermético y en silencio.

—En nada.

—¿Cómo que en nada? Vamos a ver, tienes que matricularte antes de una fecha. El abuelo tiene importantes planes para ti.

—El abuelo solo tiene planes para sí mismo. Yo no quiero hacer Derecho y punto.

—Pero ¿qué es lo que quieres hacer?

—Quiero escribir —dije—. Quiero ser poeta.

—Esto es increíble —mascculló papá.

—Un vago, eso es lo que es —dijo el abuelo con un tono un poco más elevado.

—Venga, papá...

—Y tú, un blando que se lo consientes todo.

—No me digas cómo he de educar a mis hijos, por favor —respondió firme.

Porque, con los años, papá era el único que se había ganado el derecho a hablarle así. Por otro motivo bien distinto yo también. Y decidí ejercer ese derecho mismo ese día.

—Sofía, tú sí que empiezas en Económicas, ¿verdad? —te preguntó el abuelo como queriéndose nutrir de aliados en esa guerra que se estaba gestando en la mesa de mantel inmaculado.

Asentiste, más que por convicción, por miedo, y lo sabes.

—¡Esta es mi niña! —dijo el abuelo—. En cambio este, ya ves a quién ha salido.

—¡Papá!

—¡Mírala! ¡Mira a tu hija! ¡Mira a mi nieta! ¡Da gusto!, ¡joder!, pero él... ¡Si es que ya te decía yo que le iba lavando el cerebro!

—¿Quién me ha lavado a mí el cerebro?

—¡Tu otro abuelo, coño! —dijo voz en alto y categórico.

Ahora estábamos todos en la mesa. Y con el abuelo Gabriel en ella, yo me sentía mucho más fuerte. Tomé aire y lo solté.

—Dilo, di que soy igual a él... —Todos callabais—. Porque de todas las cosas que me has llamado en esta vida, abuelo, esto es lo mejor que me puedes llegar a decir.

—Será posible...

—No hay para mí un halago mayor, entérate bien, que el ser como mi abuelo Gabriel. Tú y todos tus corruptos millones nunca le llegaréis a la suela del zapato.

—Pero ¡este niñato qué leches se ha creído que...!

El abuelo estaba enfurecido. Tu rostro totalmente encendido, por el miedo y la vergüenza.

—Vamos a ver si nos calmamos un poco —dijo papá tratando de mediar.

—Yo estoy muy calmado, papá. Mucho.

—¡No, calmado te vas a quedar cuando alguien te dé una buena hostia! —añadió con encendida vehemencia el abuelo.

—¿Cómo las que le dabas al tío Santi, abuelo? ¿Cómo las que me diste a mí?

—¡Marcelo! —aquí papá también subió el tono—. ¡Pídele disculpas al abuelo ahora mismo!

—No pienso hacerlo, papá. Que nos las pida él, en todo caso, a nosotros.

—¡Me he pasado toda mi vida protegiendo a mi familia —prorrumpió entonces el abuelo—, trabajando duro para que no les faltara de nada! ¡Y no voy a consentir que...!

—¡Papá, por favor! —atajó—. Marcelo, haz el favor de pedir perdón al abuelo. Ahora mismo.

Recuerdo que tú comenzaste a mover la cabeza con la mirada perdida en el mantel, como negando lo que estaba aconteciendo. ¿Disculpas al abuelo? No, no lo iba a hacer porque ahora sí que estábamos todos en la mesa. Hablaría en nombre de todos ellos, de todas esas víctimas de la soberbia y el imperio de don Jesús.

—No pienso hacerlo.

Un fuerte dolor recorrió mi rostro, desde la mejilla izquierda hasta mi alma. El abuelo sonrió. Con esa sonrisa suya eléctrica y victoriosa. Tú te pusiste a llorar. Papá me miraba directo a los ojos, tratando de calmar esa respiración acelerada que se le presenta a aquel que acaba de propinar, por acto reflejo o no, un golpe a un hijo. El abuelo sentía orgullo de su hijo, por cuyo brazo se había prolongado el anciano deseo o mandato de dar una bofetada a su nieto.

—No quería haber llegado a esto, hijo. Lo siento —dijo papá, y lo creí.

Todo el mundo en aquel restaurante se quedó mirando hacia nuestra mesa.

—Se la ha ganado —se apresuró a decir el abuelo.

«Como me gané aquellos otros golpes hace años, claro», me hubiera gustado decir. Pero me quedé mudo. Y ahora, era yo quien no podía reprimir las lágrimas. Traté, no obstante, de encontrar toda la dignidad y temple posible para levantarme de aquella mesa.

—Que disfrutéis del arroz —os dije sin poder ya miraros a ninguno a los ojos.

Papá se quedó como en suspenso. Miró atónitamente a su padre. El abuelo Jesús estiró la barbilla, como encajando aquella dura verdad. Y tú seguirías, herméticamente, escondida en tu miedo. Me fui del restaurante arrastrando mi leve cojera. Podía sentir, fácil y viscosas, las miradas de todos los otros anónimos comensales. Pero, sobre todo, las vuestras. Clavadas en mi espalda, en mi cojera, en vuestra memoria, que seguro que estaría regresando al momento en que sucedió lo que toda la familia había llamado «fatídico accidente». Os imaginabais que me ibais a ver luego en casa. Pero, al llegar, pudisteis comprobar que me había ido. Pensé en dejaros escrita una carta. Llegué incluso a iniciarla. Pero la rompí y la tiré, con la creencia de que la despedida escrita en el aire quedaría mucho más clara.

16

SAQUÉ TODO EL DINERO QUE TENÍA EN LA CARTILLA. DECIDÍ hacerlo antes de que el abuelo o papá bloquearan la cuenta. La cantidad reunida no era nada desdeñable para empezar en cualquier sitio. Opté por Madrid, como bien sabes. Pero lo que creo que desconoces es que me instalé en un hostal deplorable en la calle Huertas. Lo hice porque había leído en alguna ocasión que, para ser escritor, no solo había que ir a Madrid; tenía uno que dormir en pensiones de habitaciones estrechas, con las paredes decoradas con alguna humedad y los pasillos impregnados de olor a cocido, a tabaco, a periódicos y revistas olvidadas, a listín telefónico por actualizar, a estudiantes, a viajantes de comercio y a prostitutas.

En las primeras semanas de aquel mes de julio, me dediqué a vivir la ciudad y sus noches con plenitud. Yo solo, con la única compañía de mis penúltimas reflexiones y una sensación de libertad y ligereza como pocas veces había experimentado. Nada de cuadernos ni escritura por un tiempo. Nada de lectura incluso. Vaciarme, quedarme lo más hueco posible, para poder llenarme de ese Madrid en el que naufragaba feliz, tratando de convertirme, tal vez, en un personaje literario. Sabía, desde mi dulce no hacer nada, que pronto tendría que comenzar otra vez con el ejercicio de las palabras. Pero prefería no forzar la escritura por un tiempo, que fluyese la llamada de las mismas. Que fueran ellas las que invocaran mi nombre, mi cabeza. No sé si mi alma. Y así ocurrió. Encontrando una publicidad sugerente que yo entendí como una señal más en el camino.

Se trataba de un pequeño papelito, en blanco y negro, que anunciaba un taller literario en la calle Fuencarral. Me dirigí hacia allí. Quedaban plazas. Me apunté. Aunque, en un principio, entré en aquel lugar con la intención de ser únicamente oyente, poco a poco me sentí a gusto, muy en mi sitio, muy entre mi gente. A nadie le repelía o extrañaba mi cojera y mis pintas extrañas. Creo que hasta les parecía fascinante esa imperfección que me convertía, a sus ojos, en una especie de prematuro Max Estrella.

Fui participando en algunos talleres más que organizaban en otros lugares. Como, por ejemplo, en el Ateneo, cuna de masones y del propio Valle-Inclán, entre otros grandes. Tomé allí contacto con varios aprendices a escritores de distintas procedencias. Algunos provincianos que, como yo, también huyeron en su momento de ciertos apellidos y renombradas casas. El primero de mis trabajos, un pequeño relato de doce folios, lo firmé como Marcelo Benedet. No puedes imaginarte lo bien que me sentí al escribir mi nuevo nombre, totalmente liberado del enorme y difícil peso del apellido Martín-Santos. Marcelo Benedet, un nombre que yo sentía no solo artístico. Con ese relato gané un premio del Ateneo. Publiqué un par de artículos más y otros tantos poemas en revistas literarias durante ese verano. Era feliz, aun sin ingresos. Feliz como nunca lo había sido.

Lo era, porque escuchaba diariamente «la otra voz». Todos y cada uno de nosotros la compartíamos. Nos la lanzábamos en tertulias nocturnas, donde bajo una densa capa de humo, poema y trascendencia, no faltaban el vino y el queso, y por tanto tampoco el beso. Esa, la otra voz, eclosionaba con las voces de los demás, en una especie de reacción en cadena en la que las ideas colisionaban, aumentando nuestras ganas de otras voces, revoluciones y justas primaveras.

De camino al hostal, en ocasiones despuntando por la calle Mayor el alba, deseaba regresar lo más pronto posible a esas tertulias, donde mordernos de nuevo casi las mentes, donde seguir alimentando mi corazón hambriento de títulos, autores y nuevos puntos de vista. Porque alimentarme de todo ello suponía alejarme, cada vez más, de todo lo que los Martín-Santos representabais allí en la ya lejana Valencia.

Estaba a salvo en aquellas noches en las que intercambiábamos textos, libros, vino e incluso labios con sabor a croquetas, tortilla, gin-tonic y marihuana. Tras la fugacidad de aquellos primeros meses, encontrándome ya en el galdosiano otoño de Madrid, iba descubriendo, o mejor dicho constatando, que esa ciudad desde la cual se alcanza el cielo con nubes rosas era la ciudad camarada, amante, canalla y revolucionaria. Esa que tanto necesitaba para respirar, reír, para ser yo mismo, sin tener que luchar contra telúricas convenciones o provincianos fantasmas.

Todo se absorbía y se compartía desde sus teatros, cines en versión original y particulares tertulias. Y también desde sus cafés, sus bares y tabernas, que eran los verdaderos puntos, a partir de los cuales diseñaba mi propio mapa de la capital. Madrid y toda esa colección de rostros y voces, en la mañana, en la noche. Gentes que te catapultaban desde los asfaltos a ese cielo vaporoso y único de posibilidades. Iba sumando más y más nombres. Personas a las que les movían las mismas ganas de cambio. Esas de las que costaba despedirse cada noche y que se echaban de menos cada mañana. Por tanto, sucedían los reencuentros. Una tarde era en casa de otro escritor donde coincidían el político, la periodista, el músico, el poeta, el director de cine o la actriz del momento, que, para mi desilusión y por mucho que lo deseara, nunca acababa siendo Maribel Verdú. Pronto comprendí que solo podría alimentar mi sueño hacia ella ocasionalmente en los cines Renoir, en la televisión que no tenía y en alguno de los quioscos de la plaza de Sol. Sí, allí mismo porque, esquivando vendedores de lotería y decadentes animadores disfrazados de dibujos animados, alcanzaba el escaparate donde se agolpaban todas aquellas portadas sugerentes en las que, algún mes con suerte, aparecía ella, Maribel. Y lo hacía, a lo mejor, con un elegante salto de cama de seda negro, como su cabello o laberinto ondulado, mediterráneo y racial, en el que uno quería enredarse, perderse y no salir jamás. Aparecía ella como una Ava Gardner a punto de volver loco a Burt Lancaster en *Forajidos,* pero a todo color y a varios años de distancia de aquella película. Cuando Maribel aparecía en una portada, compraba esa revista como quien encontraba un tesoro en una isla recóndita.

Hubo una revista, en concreto una portada, que me acompañó mucho tiempo. Era una en la que sus labios carnosos, de tanto que incitaban a un beso posible, parecían querer salir del papel. Los ofrecía ligeramente entreabiertos. Lo justo para poder presumir un hilillo de su aliento, que yo imaginaba como una brisa provocada por una oscura sirena que, sin escamas ni océano, emergía ante mí, el mortal tullido, enamorado de su mirada de almendra y miel tostada. Esa mirada en la que se deseaba naufragar de manera consciente y deliberada. Junto a su rostro tierno y perverso, se anunciaba la moda que venía de Londres, que Michelle Pfeiffer también estaba altamente de moda, lo merecido que lo tenía Dustin Hoffman, la revelación de Julia Otero, lo poco que se cortaban Martes y 13 y lo que siempre provocaba Madonna. Pero a mí, de todo ello, lo único que me importaba era que Maribel, así rezaba el titular, ya había crecido y que había, en el interior del número de ese mes, una entrevista con sesión de fotos exclusiva.

La admiraba como actriz. Cómo podía manejar a su antojo la ternura, la lascivia, el juego de la seducción, la humildad, la risa y la herida. Todo ello con tanta verdad. Todo ello con tal invitación a la vida. Me gustaba verla sonreír en la pantalla en cada una de sus adolescencias. Cómo besaba ahí arriba a Jorge Sanz, al que tantos envidiábamos desde la oscuridad compartida del patio de butacas. Manejaba con travesura lo prohibido de la carne, de la mirada, de los labios y dientes, que tan necesario es, dicen, para los que habitan en el celuloide. Y, en definitiva, es que Maribel, al igual que Rita Hayworth en *Gilda,* era ese tipo de mujer capaz de convertir a un hombre en un niño y a un niño en un hombre. Quizás porque reunía, en sí misma, el ADN de todas y cada una de las actrices que nos han enamorado, en todas las geografías y épocas. Al escucharla en el mismo idioma, parecía tan cercana como la vecina con la que uno fantasea a solas a lo largo de los años. O aquella compañera de clase que te sonreía durante varios cursos en EGB, pero nunca tuvo uno el coraje de acercarse a proponerle ir al cine para besarla como Jorge Sanz hacía en la pantalla.

Pasaba el tiempo no solo coleccionando fotos de Maribel. También enterándome de cosas, viviendo otras clases de vida, absorbiendo ideas, sin ser muy consciente, y forjando un material en mis adentros que pronto conviviría con el material de mis más pretéritas memorias. Las de mi infancia, las de mi adolescencia. Todas las memorias serían pronto una sola, en armonía y equilibrio. Serían mi memoria sola, esa esencia única e intransferible de la que nutrirme para ir desarrollando relatos y textos, para ir yo mismo desarrollándome. Tomaría partículas de ciertos momentos. Las ampliaría, las ficcionaría, las uniría a otras partículas que escucharía u observaría en otros instantes cercanos o lejanos. Las colocaría en las geografías y contextos que yo quisiera. Tenía el poder. Tenía la capacidad de crear. Todo era cósmico y posible, todo susceptible de relato o poema. Tú incluso aunque no lo supieras todavía. Tú y todos, y todas nuestras vidas, más o menos aderezadas de algún toque quimérico. Porque la leyenda y el mito están en el aire, por todas partes, esperando ser respirados algún día.

Con esa percepción he ido viviendo mi vida. Con esa apertura de sentidos y espíritu. Dejando entrar, directas a mi corazón, hasta las cosas más sencillas. Todo eso me lo dio Madrid, poco a poco y sin yo darme demasiada cuenta. Viví un sinfín de épocas de luz y, también, un sinfín de épocas oscuras. Nada heroico esto último que, como buen observador de la vida, siempre he estado, creo yo, en ese punto de saber dónde y con quién estaba. He tenido conmigo, en todo momento, una importante porción de mí cuidando a mi «yo» curioso y con apetito de aventuras y respuestas. Hemos ido los dos juntos, en todo momento. Los dos, o los miles, cojos o no. Porque, si de algo me he ido dando cuenta en esta vida, es que nos han tratado de forjar en grupos, cuando realmente somos individuales e infinitos. De que albergamos múltiples personalidades dentro de la personalidad nuestra. Y todas ellas están en constante movimiento y mutación. En constante alerta para adaptarse al momento y al lugar. El trabajo perfecto consiste en saber cuál de todas es con la que más en paz con nosotros mismos estamos, a la que debemos de regresar siempre, cuando nos veamos confundidos y navegando en mares o errores de difícil salida. Entonces, hasta yo mismo me contradigo y pienso que sí, que es una la personalidad única que tenemos, o la más verdadera, la que tenemos que ir encontrando poco a poco en los días y noches, en el ir probando trabajos, relaciones, viajes, corazones, errores, aciertos y heridas. Poco a poco encontrando ese auténtico yo, que se erige como el más perfecto. Pero que ha de saber convivir no solo con el resto de «yoes» que nos componen, sino también con todos los que componen al resto de seres. Porque, una vez se alcanza la esencia verdadera, uno puede ir aprendiendo del ser amado, ir amoldándose a él. No es algo racional, porque sencillamente se está amando y, por ello, se puede ir mutando la personalidad que erigimos en solitario hacia la personalidad conjunta con quien de verdad sucede esa única certeza que se da muy pocas veces en la vida. En ocasiones, tan solo una. En ocasiones, ninguna.

Desde aquel Madrid con posibilidades, veloz y brutal, mágico e insondable, enorme y cambiante, a diario pude contemplaros como mitos allí en Valencia. Dentro de vuestra burbuja diminuta y provinciana, en vuestra coraza, que creíais única y perfecta. Esa que os impedía ver que, con un alrededor infinito, sucede la libertad, la tolerancia, la posibilidad de aprendizaje, muchos horizontes renovados y respuestas, sí, un sinfín de respuestas.

Allí, vosotros encerrados. En vuestras microvidas, en vuestras calles y despachos simples, en vuestras metas burguesas de ladrillo, noche, sainete y falla, o fin de semana con paella y posterior horchata. En vuestro cerrado mundo, tan clasista y sin empatía a las cosas urgentes y solidarias. Aplaudiendo actitudes gubernamentales privativas, paternalismos y ciertas corruptelas, desde vuestra pasividad cultural y crítica. Sin daros cuenta o sin querer daros cuenta de que os estaban adormeciendo. Sin querer salir ninguno de esa cueva de arroces y tartanas. Yo lo hice, tal y como me explicó don Ceferino que sucedía en el mito de la caverna. Yo lo hice y, desde fuera, pude veros a todos ciegos, contemplando fútiles sombras que no erais sino vosotros mismos en las paredes y los muros de vuestras propias vidas huecas.

Os contemplaba a todos. Pero sobre todo a ti, mi querida Sofía. A ti, coleccionando un despropósito de días en los que el sinsentido de los mismos era acumular más y más dinero. Y hacerlo, como cada uno de los que pretenden tu negocio, sin importar los medios y a toda costa; nunca mejor dicho esto último allí, en el Levante que ya casi ha borrado sus paisajes marítimos naturales, por cubrirlos de cemento y hormigón a toneladas.

Ya pronto no quedarán paisajes de roca y pino en los que poder contemplar solo el horizonte azul. Ese paisaje en el que uno no hace sino contemplarse a sí mismo y curarse, al no tener enfrente ningún despropósito de azulejo y ladrillo. Ese tipo de paisaje como el que tú soñabas de niña. De niña únicamente, porque más adelante solo tuviste sueño y tiempo para tu facultad, para tus asignaturas de Estructura Económica y Estadística, tus Contabilidades y Macroeconomías. Tiempo y escucha también para aquellos Hugos y Borjas, de rostros afilados y flequillos sedosos a lo Spandau Ballet. Para sus paseos en vespa, desde la Alameda hasta la plaza Cánovas, donde lucíais sonrisas blancas como las pistas de Sierra Nevada, bronceado a lo George Michael o Julio Iglesias y suéteres de colores, atados al hombro, pero siempre dejando ver el logo triangular de Privata. Bellos y pletóricos, como actores de una serie norteamericana de adolescentes, en las playas de Sausalito o Santa Mónica. Sin preocupaciones. Con poses de escuela de modelos ochentera. También a tus amigas, que, claro está, siempre me denostaron porque yo era ese cojo apocado y de ropas oscuras que quedaba en silencio en su habitación. Mientras tú y ellas ocupabais el salón, inundándolo de primavera y perfectas estéticas, acabando a golpes de chupitos otra botella de Cardhu del mueble bar de papá. Y es que tú siempre, querida hermana, has danzado, con armonía y sin deslices, el viejo vals de la maniatada burguesía valenciana; a cuyos encantos todo el mundo caía menos Marcelo. Ese solitario y extraño chaval que no hacía más que leer libros raros, ver otra película polaca o danesa en versión original, en los cines Babel o Albatros, e ir a conciertos de música alternativa.

Sí, siempre estuve en silenciosa guerra frente a esos sueños de plástico, cartón y farsa. Tú no. Tú luchabas por ellos. Y te desesperaba que yo no respetase tu esfuerzo y lucha. Yo huía de todo eso, de todo lo que en sí representaba la seguridad o comodidad, lo del buen vestir y el perfecto cobijo, con la armoniosa familia ideal y perfecta. Tú, en cambio, funcionabas bajo la batuta de esas directrices. Luego, ya se sabe, más tarde o más temprano, todo responde a un sereno engaño. Esos valores son endebles, nada firmes. Y así, miles de seres se sienten solos al comprender, ante la pérdida súbita de todo eso por lo que han estado sufriendo y luchando toda su vida, que de alguna manera han estado engañados. Se les ha hecho soñar y conquistar una vida que en realidad no era la que querían.

Todo es efímero y mortal. Todo muere, como parte de una evolución precisa e inexorable, para dar vida a otras cosas. Los valores que nos enseñaron siempre se erigen desde la convicción de porcelana de que hay que construir algo que perdure para siempre. Las casas, las relaciones, los trabajos, las mismas vidas. Y, luego, nos inundan los miedos y los vacíos. Porque se comprueba que todo en esta vida tiene caducidad inexorable. ¿Hay algo más absurdo que asentir ante esas premisas, siendo como somos conscientes de lo que puede albergar en nuestros ánimos, apetitos y almas en un solo día, en una sola jornada? ¿No te has llegado a plantear la de veces que puedes enamorarte, llorar, reír, comer, dormir, visionar estados distintos del aire y de la luz en unas pocas horas? Ábrete a esa posibilidad un día y ya me dirás. Sé perceptiva y absorbente a lo que te rodea, más allá del trabajo, y verás la de infinitas posibilidades que puede llegar a tener tu vida. Meterte en aquella calle y no en la otra. Optar por aquella cafetería y no por ese otro restaurante. Entrar a ver una película o preferir la de la otra sala. Dedicar una hora, en vez de a las contabilidades, sencillamente a contemplar el mar sin hacer nada más que ser consciente de tu respiración. Todo ello lleva consigo unas consecuencias cósmicas irrepetibles y maravillosas. Te va conformando. Lo que decides. Lo que rechazas. Tú eres la dueña de un universo, propio e intransferible, que se va forjando a partir de las pequeñas y cotidianas decisiones. No tengo que explicarte lo fundamental que es decidir una u otra opción cuando se debate en tu corazón una debacle mucho más importante. La vida es muy corta, Sofía. Tan corta...

Cuando adolescente, eras un torrente constante de grito y música. Luego, hubo una época en la que se fue apagando algo de tu luz en la mirada. Estuve comprobando eso, desde mi silencio y pausa, cada vez que volvía a reencontrarte. Te llenabas de velocidades y compromisos heredados de papá y del abuelo Jesús. No solo tenías que demostrarte a ti misma tu valía. Se la tenías que demostrar a ellos. Se la tenías que demostrar al mundo entero. Esa es una carga fuerte. La carga de nuestro apellido. Pero, sobre todo, la carga que tenías tú en tu condición de mujer, en un mundo tan de hombres.

Pero tú vales mucho más que diez de ellos, de nosotros. Sí, vales más que diez Marcelos también, hermana. Aunque no lo has visto todavía. Porque solo has alimentado la mirada de cazador, hacia adelante, hacia los resultados y cifras.

Mientras tú te forjabas como futura economista, yo permanecía en Madrid con mis libros y mis cuadernos. Según tú, mi «no hacer nada». Aquello te desesperaba. Y de alguna manera creías tener toda la razón... ¿Toda? Igual no entendías, en ese momento, que no todo el mundo ha nacido para las mismas funciones. Un maestro de obras es muy difícil que pueda escribir alguna vez una novela conmovedora. Y un novelista es muy raro que pueda dirigir un grupo de albañiles para acometer una precisa obra. Ambos realizan una función que sirve para otros hombres. Uno da refugio al cuerpo y piel. El otro reconforta el alma. Expande su esencia. Da luz en el confuso camino. Cuerpo y espíritu, hermana, no tienen que estar en guerra, sino vivir en equilibrio y armonía. Pueden estar juntos aunque sean antagónicos. Eso es complementarse. Solo se ha de comprender el otro punto de vista. Hay épocas en las que gobernará el cuerpo sobre el espíritu, incluso en pequeños momentos. Lo mismo al contrario. Llévate esto a todo en la vida. A lo que se acerque a ti, o a lo que tú te acerques. Contémplalo con esas dos o infinitas miradas, desde esas posibles perspectivas. Verás cómo funciona, cómo todo tiene otro tempo más plácido y suave. Verás qué bien para tu alma, cómo sonreirás. Y cuánto, poco a poco, desaparecerán los reproches posibles y las oscuridades que, lo sé, todavía muy adentro te habitan.

17

AUNQUE TÚ NO LO SEPAS, DESDE MADRID TE FUI CONTEMPLANdo sin verte. Te fui comprendiendo y admirando sin esfuerzos. Fueron pasando los días, las semanas, los meses, incluso los años, sin llamaros. Sin saber nada de vosotros. Pero me sentía bien conmigo mismo. Ni un atisbo de culpa asomaba en mi conciencia. Necesitaba ese tiempo sin productividad para la introspección. Pero cierta tarde, al regresar a la habitación de mi pensión, me encontré con una no muy inesperada visita.

—Hola, Marcelo.

Traté torpemente de disimular cualquier muestra de estupefacción. Creo que dirigí mi mirada a otra parte para poder preguntarle:

—¿Qué haces aquí?

Permaneció unos inacabables segundos contemplando las fotografías de Maribel Verdú en la pared. Mantenía las manos agarradas por detrás. Tomó aliento y dijo:

—Lo que todo padre ha de hacer: preocuparse por su hijo.

18

SE ENCONTRABA DE PIE. IMPERTURBABLE. ESCRUTANDO LA ESTANcia. O tal vez fingiendo hacerlo, al tiempo que iba buscando las palabras precisas. No eran fáciles.

—Aquí vives ahora. En este hostal. Y con Maribel Verdú, nada menos —precisó indicando algunas fotos y sonriendo con una ironía exenta de doblez.

—¿Cómo sabías que me encontrarías aquí?

—Muy sencillo, me lo dijo un detective. —Nuestras miradas quedaron cruzadas en desafiante suspenso—. No me subestimes, hijo.

Permanecimos unos segundos respirándonos como en un duelo.

—¿Has contratado a un detective para encontrarme? —le incidí.

—Uno muy bueno. Alguien que ya ha trabajado muchas veces para el abuelo.

—Entiendo.

—¿Entiendes? ¿Qué entiendes? ¿Creías que no sería capaz de algo así? Estuve esperando a ver si dabas señales, pero al cabo de tantos meses... Eres fuerte, Marcelo. Eres muy fuerte. Porque, lo quieras o no, y aunque ya no quieras tener el apellido, tú también tienes los genes Martín-Santos.

—No quiero volver.

—Lo sé.

—No pienso hacerlo.

—Eso ya lo he podido comprobar en este tiempo. ¿Qué vas a hacer con tu vida?

—De momento, no me planteo más que estar aquí.

—¿Aquí? ¿En esta pensión?

—No, me refiero aquí en Madrid.

—Vaya.

—Yo soy feliz así.

—¿Eres feliz así?

—Sí.

—¿Sin dar noticias a tu familia, sin saber de ellos?

—Cada uno debe estar y hacer lo que debe.

—No eres consciente de lo que dices —se le escapó, o tal vez no, una mueca, que esta vez era entre irónica y casi prepotente.

—No soy ningún crío. Puedo valerme por mí mismo. Soy cojo, pero no un inútil.

—¡Yo jamás he dicho algo así!

—Pero lo has pensado.

Del rostro de papá desapareció súbitamente esa mueca al escuchar esta última frase. Dirigió su mirada hacia otro lado. Casi me dio la espalda. La que delataba todo ese conjunto de cosas que se pretendían ocultar con el silencio.

—Vamos a dar una vuelta. No quiero seguir discutiendo aquí, delante de Maribel Verdú. Me pone algo nervioso. —Sonrió—. ¿Te parece?

Me pareció buena idea. Nos quedamos mirando un segundo a Maribel. Ella también nos sonreía. Salimos de la habitación. Bajamos las escaleras. Papá miraba de soslayo, de vez en cuando, la progresión de mi lento descenso.

—¿No te sería más cómodo buscarte un lugar con ascensor? —me preguntó.

—Ya sabes lo que me dijeron los médicos hace muchos años —le respondí sin acritud alguna, al tiempo que continuábamos el descenso—, que era recomendable subir y bajar todas las escaleras posibles para fortalecer los músculos de la pierna.

En la calle, volvieron a suceder las palabras de tanteo, como para ir de nuevo acercándonos de la más trivial de las formas. Papá quedó mirando un instante hacia los tejados.

—El Madrid de los Austrias...

—¿Cómo has venido? —le pregunté.

—Con Arturo. Le he dicho que me dejara aquí al lado, en la plaza de Santa Ana, y que se tomara unas horas libres, que luego lo llamaría.

—Arturo es muy majo. Le tenía mucho cariño al abuelo Gabriel. Dale luego un abrazo de mi parte.

—¿Qué te apetece?, ¿pasear o tomar un café?

—Bueno, podemos pasear hasta llegar a un café.

Los dos sonreímos por primera vez en el reencuentro. Nuestras miradas dialogaban paralelamente, como queriéndose decir que hacía tiempo que, con todo, necesitábamos ese momento de romper con las cosas serias. Ese regresar a la suave condición de un padre volviendo a encontrar a su hijo. Le propuse ir al Café Central. No quedaba muy lejos. Un cielo despejado y limpio coronaba nuestro lento paso por la calle Huertas. Cruzamos la plaza de Santa Ana, dejando atrás el Teatro Español y las terrazas. Al llegar, pudimos escoger entre casi todas las mesas que había en el Central. Siendo un sitio más frecuentado por las noches, cuando ofrecen conciertos de jazz, se encontraba en ese momento prácticamente vacío. Llegó inmediatamente una camarera.

—¿Qué quieres tomar, papá?

—Un café solo, sin azúcar.

—Otro solo para mí, con azúcar moreno, por favor.

La chica asintió y se dirigió a por ellos.

—Es guapa —dijo papá con tono cómplice.

—Sí —contesté.

—¿Vienes mucho por aquí? —me preguntó papá echando una mirada al lugar.

—Sí, suelo venir a tomar notas, a leer. En ocasiones, a ver algún concierto de jazz con mis amigos.

—Este es el tipo de lugares que le gustaban a mi hermano Pedro —dijo entonces y se quedó sumido, al nombrar al tío, en un breve pero significativo ensueño—. Él estudió la carrera que deseaba el abuelo. Fue el primero en darle una gran satisfacción. Estudió Derecho. Luego, siguió esforzándose y estudiando de día, de noche. Mucho tiempo. Finalmente se hizo con ello. Fue notario. Debías haber visto la cara de tu abuelo el día que se lo dijo: «¡Papá, ya soy notario!». Fue el primer día que vi casi llorar a mi padre, a tu abuelo. En el fondo, ha sido un buen hombre. Con un montón de errores e imperfecciones, pero un hombre como todos los demás, al fin y al cabo. Alguien que creyó siempre que, desde la fuerza y el genio, tendría protegidos a los suyos. Pero Pedro conoció el amor, y eso no se puede dominar, es algo que tiene la fuerza de un huracán frente a las orillas de la razón.

—Caramba, papá, qué poético.

Me miró cómplice, sonrió ligeramente y prosiguió:

—Tu tío —prosiguió— conoció a Coralina y marchó a París. Y allí fue feliz. El abuelo sufrió un duro golpe. Sintió que lo había traicionado.

—El abuelo sintió siempre que todos lo traicionaron en algún momento.

—Bueno, en ese sentido ni tu hermana ni yo… Quiero decir que conmigo lo tuvo fácil, ya que yo no quería estudiar y sí trabajar con él en la empresa. Muy pronto fui conociendo todos los departamentos. Colaboré con cada uno de los empleados. Conocí todo el negocio desde la raíz. En mí tuvo desde siempre su apoyo, su brazo derecho. Mientras, mis otros dos hermanos, Mateo y Santi, se iban haciendo mayores. El tío Mateo, como ya sabes, cumplió también con otro deseo de tu abuelo y se hizo arquitecto. Pero era un gran vividor y aventurero. Y, navegando solo hacia Ibiza, murió en un accidente con su velero. El abuelo sufrió mucho con la pérdida de Mateo. Pero la que más sufrió fue la abuela Teresita. Él era su preferido. Nunca se recuperó del todo de eso. Santi entonces se negó a estudiar Económicas, lo que le exigía el abuelo. Deseaba desde siempre estudiar Bellas Artes, ser pintor. Entonces, el abuelo Jesús comenzó a descargar en él su frustración con toda la furia posible. La furia que no era sino la respuesta a la pérdida de su hijo Mateo y, de alguna manera, la de Pedro, su hijo mayor. Durante un tiempo se convirtió en un ser gris, amargado. Descargaba sus miedos y desilusiones en forma de golpes al pobre Santiago. Luego, se culpaba y martirizaba por ello bebiendo mucho.

En ese momento llegó la camarera con los cafés. Cuando se volvió a marchar, fui yo quien prosiguió:

—Al tío Santi no lo mató la heroína. Lo mató el abuelo.

—¡Marcelo!

—Fue el maltrato de su padre el que lo llevó a engancharse a las jeringuillas. Con cada dosis, seguro que encontraba la paz que no tenía.

—En fin, hijo.

—En fin, hijo, ¿qué?

—Pues que, si piensas que he venido aquí para llevarte a rastras conmigo, estás muy equivocado. Y si piensas también... si no consigues entender que... Mírame bien a los ojos. Yo no soy tu abuelo —y esto último lo dijo de un modo muy emocionante y categórico—. No lo soy.

—Lo sé, papá —le contesté—. Lo sé. Pero ese no es el problema.

—¿Cuál es el problema?

—Pues que seguís sin tener ni idea de quién es el abuelo Jesús. Ni tú ni nadie.

—No digas eso.

—Lo digo.

—Soy consciente de todo el daño que te ha hecho.

—No. No, no lo eres.

—¡Sí que lo soy! Y también de todo el daño que me ha hecho a mí.

No entendí eso último que acababa de decir. Quedó en silencio, mirando un lado y otro de la mesa, tratando de encontrar las palabras precisas con las que proseguir.

—Nunca me he podido perdonar no haber estado allí, aquel día —dijo—, para impedir lo que te pasó.

—No tienes que culparte por eso.

—Sí. Claro que me culpo. Si hubiera estado... —Se le quebró la voz. No podía continuar.

—No es solo eso, papá. Y no quiero hablar más, en serio.

—¿Has hablado con tu hermana? —dijo secándose los ojos.

—No. ¿Está bien?

—Es tu única hermana, Marcelo.

—Ya lo sé.

—Por eso te lo digo.

—¿Le dices también a ella que soy su único hermano?

—Se lo digo. Claro que se lo digo. Pero algún día deberías llamarla.

—O ella a mí.

—Ella tiene mucho orgullo. Tú eres algo diferente, en ese sentido.

—Igual no tanto. Pero me preocupo por ella. Mi hermana es, precisamente, la que más me preocupa.

—¿Por qué dices eso ahora?

—Porque es quien más ha complacido, en todo, al abuelo.

—Ya estamos otra vez con eso.

—Y lo ha hecho por miedo.

—No estoy de acuerdo.

—Puedes no estarlo. Pero así es.

—Sofía no tiene miedo a nada.

—Eso es lo que os creéis. Lo que os habéis creído siempre todos. Joder, ninguno se ha dado nunca cuenta. Ni tú mismo, como me estás dejando bien claro.

—¿Darnos cuenta de qué?

—De que Sofía es la mejor de toda la familia. La que tiene un mundo interior enorme que, entre todos, le habéis arrebatado. La que más necesita desvincularse de ti, de vosotros, de todo lo que representa la empresa y el apellido Martín-Santos, para darse cuenta, así, de que está destinada a otras cosas más trascendentes que elevar torres de apartamentos de manera fraudulenta en suelos recalificados.

Tras una pausa de esas que parecen pactarse mudamente entre quienes dialogan, como un deportivo tiempo muerto, papá continuó:

—A mí ya no me quedan hermanos. De hecho, solo me quedáis vosotros dos. Es lo único que me importa de verdad en el mundo. Lo único importante es la familia, Marcelo. Más allá de cualquier cosa que tú creas en un momento. A todos nos pasa alguna vez que el trabajo o cualquier otro espejismo nos nubla la razón y desatendemos lo principal y verdadero.

—Supongo que eso que dices es válido para según qué familias.

—Para todas las familias, hijo, para la que le toca a cada uno. Como sea. La que sea.

—Ya.

—He venido aquí para decirte que te comprendo. Que no quiero hacerte más preguntas. Que ya son muchas las que me he estado haciendo todos estos años.

Quedó en suspenso llegado a este punto de la conversación, mirando fijamente y con un dolor que pude apercibir intenso hacia mi pierna lisiada.

—Tu abuelo se está muriendo. Ya casi no puede hablar. Me preguntó por ti. Sigue sin querer confesarme, pero...

—No pienso ir.

—Sé exactamente por qué dices eso. Y ya te he dicho que te comprendo. Pero soy tu padre y no puedo evitar tener que decirte esto.

—¿El qué?

—Que tienes que ir.

—¿Que tengo que ir?

—Eso es. Porque, en la vida, hay momentos en los que se nos pone a prueba. Momentos en los que podemos demostrarnos a nosotros mismos que somos capaces de perdonar, de estar por encima de cualquier dolor o reproche. Una vez pasamos esa prueba, sin darnos cuenta, sucede una nueva transición en nuestro camino. Algo que nos hace más maduros, más capaces de seguir comprendiendo todos los errores, el dolor posible, el conflicto. Tú tienes una oportunidad importantísima en estos momentos, hijo mío. La tienes.

—¿Qué te ha dicho el abuelo? ¿Qué te ha contado exactamente?

—Ya te he dicho que sigue sin querer confesarme, aunque...

—Aunque qué.

—Aunque mi corazón me viene diciendo la verdad hace años.

—Ah, ¿sí? ¿Tu corazón conoce la verdad?

—Solo pregunta por ti, solo quiere hablar contigo. Yo soy su hijo y tu padre.

—¿Con mi hermana no?

—¿Con tu hermana no qué? A ella la está viendo cada día. Ha pasado mucho tiempo de todo aquello. Casi toda una vida. Por eso he venido a ti. Para que lo perdones. Para que nos perdones.

Me pidió que no rehusara su propuesta. Consistía en lo siguiente: yo lo acompañaría de regreso a Valencia para ver al abuelo Jesús, para que muriera tranquilo. Luego podría seguir en Madrid, podría seguir con mi intención de ser escritor. Cada mes, él ingresaría una cantidad determinada de dinero que haría frente a todos mis gastos. Eso, y la cesión de uno de los numerosos pisos del Grupo Martín-Santos en Madrid. El viejo y noble ático de la calle Menéndez Pelayo, junto al Retiro, desde el que te escribo todas estas palabras. Desde el cual me voy yo ahora despidiendo.

Le dije que sí, que iría a ver al abuelo. Pedí la cuenta. Quise invitarlo. Me lo impidió.

—¿Cómo vas a invitarme tú, quedándote como te quedan doce mil pesetas en la cuenta?

—Joder, ¿hasta eso había averiguado tu detective? —le pregunté siguiéndole el juego.

Llamó entonces a Arturo para que nos recogiera en la plaza de Santa Ana en una hora. Tiempo suficiente para organizarme para el regreso. De camino a Valencia, el teléfono del automóvil sonó. Papá descolgó y se me quedó mirando. El abuelo acababa de morir. Así me lo hizo saber papá. Reinó un silencio enorme dentro del coche. Vi llorar a papá. Fue la primera vez que lo vi llorar de verdad. Ni siquiera lo vi llorar ante la muerte de mamá. Tal vez porque sus lágrimas no podían asomarse a su rostro mientras estuviese vivo el abuelo Jesús. Con la ausencia de este, acudieron súbitamente todas a un tiempo. Y, en cada lágrima, un centenar de recuerdos desde niño. El repaso de una vida que ya tenía un aroma más mortal y caduco. Como todas las vidas nuestras, cada vez que se nos va alguien muy especial, cercano y querido.

Durante dos días, vivimos el consabido e inaguantable aluvión de instantes funerarios. Toda una colección de envejecidos rostros e innumerables muestras de respeto, desde las más altas instituciones de la ciudad hasta los más sencillos rostros de ayer y hoy en la historia de nuestra familia. Esas familias cuya vivienda y sustento habían sido posibles gracias al abuelo Jesús, desde el Grupo Martín-Santos. En todos aquellos galimatías de tristes rostros, de abrazos de distinta intensidad, siempre te mostraste huidiza y esquiva hacia mí. Incluso cuando acabaron las ceremonias, los sepelios, y ya quedábamos recogidos en casa. Con papá y un sinfín de silencios. Yo preferí respetar esa decisión tuya en cada una de las ocasiones.

Iba sintiéndome, con los años, más fuera de esa ciudad, más concluido y expulsado. Así pues, regresé nuevamente a Madrid con la serenidad y calma propia de quien ya es fuertemente consciente de una verdad innegable. Tú desde Valencia ya nunca podrías entender cómo podía tener yo la desfachatez de recibir dinero, de vivir en una casa que pertenecía de alguna manera a papá, al abuelo, al mundo que yo repulsaba. O tal vez lo razonabas perfectamente, desde un lugar interior y muy tuyo al que continuabas negándote.

Papá venía a verme a Madrid cada vez que la delegación de la constructora precisaba de su mando. Mantuvimos una relación maravillosa. Pero tú te negabas a cualquier encuentro conmigo. Ni una Navidad, ni una ocasión pequeña en la que te encontrabas en Madrid también por trabajo. Fueron pasando los años, totalmente separados. Hasta que una muerte más tuvo que unirnos. O tal vez separarnos por siempre. Papá acababa de jugar una de sus partidas en el club de tenis. De camino al vestuario, comenzó a sentir un pinchazo en el pecho, un dolor en el brazo. Ya en la ducha, esos síntomas se confirmaron como el preludio a un fulminante infarto cardíaco.

Otra vez el verse en un funeral. Otra vez el acercarme a darte un abrazo. Pero esta vez tu negación. Se nos instó a que solucionáramos nuestras desavenencias. Que nos reuniésemos para ir resolviendo las voluntades de papá. La nuestra era una herencia complicada, muy elevada. Pero os expliqué a todos que solo necesitaba la asignación mensual que papá me había estipulado. Eso y poder vivir en la casa de Madrid. Todo lo demás, todo el imperio, podías quedártelo tú. Así lo dejé por escrito y firmado en un documento que entregué al notario. Eso hice, antes de regresar a Madrid con todo el vacío, con todo el dolor de mi alma. Sabedor de que ya no quedaría nada que nos uniese de nuevo, ninguna muerte incluso. O tal vez sí.

19

NUNCA LA TIERRA ES LA MISMA SEGÚN LAS TIERRAS. Nunca tampoco los cielos. El que se erige a esas horas sobre la comarca de Las Vegas, al extremo suroriental de la Comunidad de Madrid y en la linde con la provincia de Toledo, es un cielo límpido y fresco. Algo más celeste que el del Mediterráneo. Algo menos frutal, menos intenso. Bajo la perfecta bóveda despejada de nubes, el pequeño punto verde oliva discurre matemático, elegante y con firmeza británica por una delgada línea grisácea, cuando han pasado casi tres horas del eclipse anular. Ese eclipse que se había comenzado a contemplar en plenitud primeramente en Galicia y, luego, poco a poco, en todas y cada una de las provincias, pueblos, ríos o despejados campos que, en diagonal, suceden desde la Costa de la Muerte hasta la costa de Levante. A casi tres horas de la recepción de ese texto cargado de adioses, y desde la visión propia de las águilas, las nubes, los ángeles o los mismos eclipses. La autovía parte la sequedad de una tierra ocre que se deja seducir, de vez en cuando, por algunos solitarios árboles. Es casi el mismo punto verde que llevara a Marcelo y a su padre, años atrás y en sentido opuesto, hacia el último encuentro con el abuelo Jesús Martín-Santos. Pero el punto verde aquel, aunque firme y directo, no llegó a su destino a tiempo.

Casi veinte años después, el interior del Bentley Arnage en movimiento reúne a un viejo hombre, que claudicó hace mucho tiempo al verdadero amor, y a una mujer joven, que se está reencontrando con su esencia misma. Reúne, asimismo, unas palabras sin materia que encierran un universo de tiempos y soledades. Heridas que han conseguido aferrar la atención y el corazón confuso de esa mujer que se encuentra sentada de un modo que no repetía desde sus jornadas de colegio, desde sus jornadas universitarias, desde que era niña o adolescente, en el sofá de su casa ante una nueva película en VHS de Richard Gere, Tom Cruise o Patrick Swayze. Sofía Martín-Santos se ha desprendido hace un rato de sus elegantes zapatos. Sus pies desnudos ya no se encuentran descansando en la pulcra alfombrilla del automóvil. Ahora sus piernas quedan cruzadas y recogidas, ladeadas cómodamente, mientras va casi concluyendo el trayecto de páginas y kilómetros. El tiempo nuevamente parece detenido cuando ya solo quedan sesenta kilómetros para la llegada a Madrid. Sofía sigue leyendo. Con esa voracidad inusual en ella, pero tan común en tantas otras personas, que consideran las palabras escritas como el mejor de los refugios.

VI. REENCUENTRO

1

NO QUEDABA MUCHO YA PARA VERTE CUANDO, EN EL ROSTRO de papá, concentraba toda mi memoria. Había alcanzado la puerta del Tribunal de las Aguas. Ya estaba en la explanada de la plaza de la Virgen. Dejé que se diluyera su imagen, que se silenciaran sus palabras, fundiendo mi pensamiento a otra idea mucho más general. A lo largo de los años, en los que había ido descubriendo en mi interior un palpitar de dudas, de interrogantes, ante todo lo que me rodeaba, ante todo lo que suave y de forma engañosa nos inundaba, ante todas esas formas de educarnos a todos en grupos de manipulables masas; a lo largo de mi quebranto con sacerdotes y demás farsas, había ido paralelamente encontrando mejor el porqué de mi existencia, la luz verdadera de mi camino, justo en dirección contraria a la que imponían sistemáticamente desde las escuelas y, sobre todo, las capillas.

Verás, Sofía, he creído siempre que los sistemas educacionales están construidos de modo que nos impidan encontrar nuestras auténticas luces, nuestros posibles auténticos horizontes. Desde el principio, nos hacen seguir un camino de formación general lleno de fechas bélicas absurdas, nombres de generales sanguinarios y cruentas guerras. Mediocridades comparables al pasado despropósito de memorización de todo el computo de reyes visigodos, porque eso es precisamente lo que pretenden todas las ideologías y gobernantes. Que no evolucione y crezca el individuo ni su crítica. Que no se desarrolle la autocrítica. Que se fomenten núcleos amplios de hombres y mujeres con un mismo sistema de pensamiento y vida.

Pero esa es la mayor de las mentiras. Porque cada uno de nosotros somos seres universales y únicos, con capacidades de infinito y magia. En todo ello comenzaba a pensar al tiempo que observaba, junto al Palau de la Generalitat, los oscuros automóviles Ford institucionales. Solo se aprecian en esos coches a los chóferes con gafas de sol, los cristales traseros son opacos. Tal vez como los propósitos de quienes van sentados dentro. Contemplaba ese edificio renacentista de la Generalitat, que tanto se asemeja a los palacios venecianos, y seguía pensando en que, solo «aborregándonos» desde las escuelas que rezuman tedio, nos convierten en humildes hormigas que faciliten sus posibles votos, sus pantanales obras, sus intermitentes guerras, que son, al fin y al cabo, el motor de sus riquezas. Volví mi mirada hacia la Catedral. Alejé mi pensamiento de la oscuridad de la política para regresar a la oscuridad de ahí enfrente. Cierta cita de Bernard Shaw se hacía presente en mi corazón rotundamente convencido: «Ten cuidado del hombre cuyo Dios está en los cielos…».

Nada puede alejarme de la firme convicción de que es definitivamente rompiendo con todo, reconstruyendo la memoria vivamente hasta alcanzar con comprensión y amor la génesis nuestra y posteriores etapas, como se llega a la altura maravillosa de ciertos valles desde los que, individuales y en silencio, solos ante nuestro espíritu totalmente iluminado y extenso de posibilidades y arreglos, comprendemos, sencillamente comprendemos. Y ya todo es fácil y claro. Todo sereno y tranquilo. Como nuestra sonrisa y nuestro ánimo de por vida, ya en completa comunión con nosotros mismos y con todo lo que nos rodea.

No me digas que no te ha inquietado alguna vez cierta sonrisa de la que te hablo, en alguna calle o parque, en algún autobús o metro. Piensa bien en todo esto que te digo. Son esas sonrisas que pertenecen a ese tipo de seres que un día se detuvieron ante las atroces velocidades de nuestros tiempos. Ante las agresivas formas de nuestras ciudades y trabajos. Pararon, Sofía, simplemente pararon. Desconectaron sus teléfonos, cesaron sus reuniones y zarpazos. Vieron, desde la quietud, la alarmante prisa de los demás. Y, entre apenados y humildes, relativizaron todo en un solo segundo. Ese segundo mismo al que se puede llegar de muchas formas, pero al que finalmente se alcanza, si uno quiere de verdad. Eso es lo importante. Al obtener ese punto solo respondemos en nuestro semblante con esa expresión de la que te hablo. Ese mismo gesto que ahora sé que acontece en mis labios, al tiempo que el dolor punzante insiste en ponerme serio. El cabrón de Hodgkin otra vez. El maldito Hodgkin junto a mí, con su rostro circunspecto. Pero yo te recibo, Hodgkin. Te recibo serenamente porque te comprendo. Y así puedo convivir contigo, que eres la personificación quimérica de mi cáncer último. No te hago la guerra, sino que establezco contigo una sucesión de diálogos sin palabras para así admitirte enteramente, con paz y luz, porque tu dolor, Hodgkin, también es música llena de información precisa sobre mi muerte exacta. De la que he decidido aprender, me digo y le digo, como última lección.

En eso pensaba al llegar más o menos al punto exacto desde donde te observaba aquellas tardes corriendo de niña detrás de las palomas. Quedaba algún sitio libre en la terraza de El Micalet. Pero, como era ciertamente temprano para comer, decidí hacer algo de tiempo en la librería París-Valencia.

Entre los libros descatalogados, vi alguno de mis primeros poemarios. Dios mío, qué pronto nos convertimos en productos de lo pretérito, pensé. Qué fácil, de un modo arrinconado, en un lugar atípico y que muy poca gente frecuenta. Igual algún escritor o escritora joven pasa una tarde por la librería. Igual todavía no sabe que quiere ser escritor. Igual escoge por curiosidad o bizarra llamada este mismo ejemplar, y alguno de mis poemas, alguno de mis versos, le empieza a conectar con «la otra voz»... Quién sabe.

Continué mirando los estantes llenos de libros. En ocasiones, solo esa imagen me ha reconfortado: las estanterías de cada cual, con sus diversas formas de orden o catálogo. Sí, me han fascinado siempre las bibliotecas. Sobre todo, las de mis compañeros escritores en sus casas o estudios en Madrid. Han sido siempre mis paisajes favoritos. Recorría lentamente la pequeña librería y encontré entre tantos libros expuestos, de un modo aleatorio o no, un ejemplar de bolsillo de *El lobo estepario* de Hermann Hesse, uno de mis libros favoritos. Abrí sus páginas para ventilar su contenido. Mi memoria solo retenía el placer de su lectura hacía tiempo, pero, como en tantas ocasiones, ya no recordaba de un modo concreto algún pasaje que pudiera volver a retomar. De repente, di con algo que volví a leer con gusto y sincronía:

> ... y aunque seguía viviendo todavía dentro del marco burgués, era yo, sin embargo, con todo mi sentir y mi pensar, un extraño en medio de este mundo. Religión, patria, familia, Estado, habían perdido su valor para mí y no me importaban ya nada; la pedantería de la ciencia, de las profesiones, de las artes, me daba asco; mis puntos de vista, mi gusto, toda mi manera de pensar, con la cual yo en

otro tiempo había sabido brillar como un hombre de talento y admirado, estaba ahora olvidada y en abandono y era sospechosa a la gente.

Me quedé releyendo esas líneas escogidas al azar. Pensé en comprar el libro y regalártelo. Pero ya tenía un regalo mejor para ti. Y no quería que ningún otro acompañara al mismo. Para que no perdiera su importancia. Salí de la librería. No llegaban a ser las dos de la tarde. Regresé a la plaza y me senté en la segunda línea de mesas. Justo en la desembocadura de la calle Caballeros al llegar a la plaza de la Virgen. Al instante, se acercó la camarera francesa que se parecía a Maribel Verdú, tal y como te he contado anteriormente. Había paella en el menú. Imaginé que se trataría de ese arroz apresurado y poco elaborado que se prepara sin mimo alguno para los turistas de turno. No obstante, lo pedí. Eso y una ensalada que acompañé con una cerveza.

Frente a mí, la conocida estampa casi florentina de la Basílica con su techumbre de teja azul vidriada. La Basílica vinculada a la Catedral, a los gritos infantiles, a los vendedores de molinillos de colores y migajas para las palomas resueltas al encuentro de los niños y niñas, y al vuelo circular que concluye en los consabidos recodos y tejas. En medio de toda esa percepción de sensaciones regresaba intermitente y punzante Hodgkin. Aguantaba el dolor en silencio. Giré a un lado donde intuí encontrarlo. Y allí estaba mi enfermedad letal y vigilante, en forma de extraño señor cuáquero. Callado e invisible para los demás. No para mí, que tenía que sufrir su compañía, su extraño y tétrico vestuario decimonónico, su mirada enjuta y escrutadora, inquebrantable y doliente. Así lo visualizaba desde que di con él en Internet, para saltar del ordenador y convertirse en mi fiebre. Aparté la vista de mi vigilante y quimérica sombra. Me concentré en la fuente de las ocho acequias. Inundaba de sonido fresco y acuoso la explanada en la que estudiantes alemanas se reunían con sus sándwiches y bicicletas, buscando el sol, coleccionando esos instantes de Mediterráneo que tanto, seguramente, añorarían de mayores, cuando sucediesen los inviernos próximos de Berlín, Leipzig o Maguncia.

Grupos de graciosas y diminutas monjitas cruzaban la alfombra cambiante de palomas. Sonaban lejanas las notas de un acordeón. Y entonces, en ese templado instante, el dolor nuevamente parecía diluirse frente a los niños y sus voces aflautadas. De nuevo, esos niños corriendo y saltando. Dirigí mi mirada otra vez hacia él. Hacia Hodking. Pero ya no estaba. El dolor se había desvanecido. Y pensé que no es tan malo como nos enseñan desde siempre de manera enfermiza, obligándonos a construir nuestras vidas solo con luz, sin oscuridad, sin padecimiento alguno. Cuando se sabe que el mundo está habitado en igual medida por salud y enfermedad, luz y sombra. Y de los dos puntos polares aprendemos si los vivimos con análisis, comunión, entendimiento y escucha.

Quietud y silencio, Sofía. Quietud y silencio te pido. Y que sigas todas estas invitaciones que te lanzo como último legado para que, algún día, puedas enfrentarte a ti misma, no ya con valor, que siempre sé que lo has tenido más que nadie, sino con la alegría de saber que pronto nos iremos todos de aquí, de este lugar maravilloso y mágico en el que tenemos que aprender, a medida que ganamos años, que todo es una especie de regalo efímero y relativo. Sobre todo, nosotros mismos. Y en el que tenemos que aprender a perdonar, no lingüísticamente, sino con todos los sentidos. Perdonar, de esa forma indeleble como yo perdoné al abuelo Jesús hace ya mucho tiempo. Perdonar, Sofía. Eso que tú tal vez solo podrás hacer cuando te enfrentes a tus dormidos miedos. De momento, continuamos así, tú y yo viajando. Y en el camino, cuánto voy queriéndote. Y cuánto voy sabiendo extrañamente, pero con verdad de siglos, que es gemelo también en ti ese sentimiento, hermana.

2

Sofía detiene la lectura. Acude a ella un poderoso recuerdo: ella y su hermano Marcelo son niños. Los dos hermanitos están juntos. Esperan en penumbras la llegada del autobús escolar. Es una mañana fría y callada. Los envuelve un discreto aroma a Nenuco y asfalto húmedo. Alguna triste figura duerme arrebujada en algún patio, resguardándose como puede con cartones y alguna manta quejumbrosa. Arañan sus rostros adormecidos los faros vespertinos de algunos vehículos. El autobús llega puntual. Sube primero Sofía. La sigue Marcelo. Su hermana lo ayuda porque, con su cojera, le es un poco más difícil subir las escaleras. Se presentan entonces las risotadas de los demás niños.

—¡Buenos días, Patapalo!

Eso le dicen. Y otras cosas más por el estilo. La profesora, sentada en uno de los primeros asientos, recrimina a los alumnos esos comentarios. Sofía estalla entonces contra ellos. Diminuta pero vehemente, defiende a su hermanito Marcelo. Así lo hará en cada momento de su infancia. Lo defenderá tal y como una vez Marcelo la defendió a ella, hace ya algún tiempo, en aquella terrible jornada en la que los rayos del sol se estrellaban contra el chorro de los aspersores, provocando así lucecitas mágicas que parecían hadas.

Los hermanitos corrían por el jardín, jugando y gritando decenas de «a que no me coges, a que no me pillas», hasta alcanzar el porche de la casa. Ese lugar que los mayores indican siempre que no sobrepasen si van con los pies mojados. Pero los niños, a pesar de las advertencias, llegan al porche gritando, corriendo, peleando y jugando. Porque son precisamente eso, niños. Escuchan la voz altiva y contundente del abuelo Jesús, que se desliza como un torrente desde el interior. Las palabras comienzan a convertirse en gritos de discordia. Quedan paralizados ante ese tono de voz que ya conocen de otras veces. Es el tono que el abuelo tiene al hablar de negocios, cuando estos no comienzan a dibujarse favorables. Lo demás es un enorme vacío, un apagón de voces y aromas, un oscuro súbito para Sofía. De aquellos recuerdos regresa, una vez más, a la lectura del texto de su hermano.

3

TODOS Y CADA UNO DE LOS ESCRITORES Y ESCRITORAS NO SON sino la válvula por la que se desprende la infancia, la memoria y biografía, la sed de libertad y justicia, de cada uno de nosotros y nosotras. Estamos conectados a esos seres humanos que viven en conflicto, en pesadumbre o alegría, que se transforman individualmente para transformar el mundo entero. Da igual que la historia suceda en el Japón de hace siglos, en un barrio del Londres victoriano, en el París de entreguerras o en el Madrid de Tierno. Son siempre nuestros lugares presentes, nuestras mismas geografías y tiempos.

Dostoievski, por ejemplo, perteneció a una familia cuyo padre era médico militar. Pronto abandonó el ejército y fue destinado a un hospital de beneficencia. Hablamos de algo más de un siglo. Aquel hospital en que viviría durante años estaba situado en uno de los peores barrios del viejo Moscú. Fue allí donde se familiarizó desde niño con las clases más bajas de la sociedad. El sufrimiento y las penurias de aquellas gentes con las que fue empatizando a lo largo de los años de su infancia lo conmovieron de tal forma que se convirtió en uno de los temas fundamentales que recoge su inmensa obra.

Su padre era una persona muy difícil. Muy tacaño con su mujer y sus hijos. De carácter muy irascible. Potenciadas ambas cosas por el demonio de la botella, lo cual generó un ambiente irrespirable durante años en la casa. La infancia y adolescencia de Dostoievski se vio así marcada profundamente por el alcoholismo de su padre. «Hay niños que desde la infancia reflexionan ya sobre su familia, que desde la infancia se sienten humillados por el cuadro que les ofrece su padre», llegó a escribir en una de sus enormes novelas. Todas ellas están conectadas a lo que sufrió de niño. En todas acontece el concepto clásico de la trágica culpabilidad. Hay que rebelarse contra la injusticia del mundo, aunque sea en solitario. Sigue conmoviendo porque los problemas de aquella lejana Rusia siguen siendo los de ahora. Sigue siendo moderno escribir cosas como que el hombre en la superficie de la tierra no tiene derecho a dar la espalda y a ignorar lo que sucede en el mundo, y para ello existen causas morales supremas.

Jamás seré Dostoievski. Pero sí soy alguien que he podido comprobar, contemplando mis orígenes, que para vosotros siempre sucedí, en casa y en otros tantos contextos, sin amigos, sin intenciones, sin nada por lo que luchar, sin nada por lo que esforzarme. Eso pensabais porque me veíais lejano a aquel propósito vuestro, que habéis creído siempre único.

Más de una vez me reprochasteis que no pusiera algo de mí mismo, algo de fuerza y energía para superar ciertos desafíos. Pero, querida hermanita, que sepas una cosa: el mundo, tal y como vosotros lo concebís, me parece absurdo, y casi inmoral en ocasiones. Porque es el mundo en el que se trata de vencer cada día a un semejante. De negarle lo básico a otras gentes, en otros lugares próximos o lejanos. Esos que niegan la dignidad al pobre suelen ser los pomposos y cómodos que se regocijan en su mentira, por pasar tardes de domingos perfumados, tras haber acudido ese mismo día a parroquias de digno y santo mármol. Y mientras, los más dignos, en silencio y anónimamente, van ensuciando sus manos y sueños, o fortaleciéndolos con la gangrena y las pústulas, con la tierra y las aceras, con el barro, el matorral o el vertedero. Pero me extiendo una vez más hacia lugares que no debo y, posiblemente, diluyo tu atención. Perdona, pero tengo tanto que quiero contarte y tan poco tiempo...

Volvamos al momento en el que estaba a punto de verte. Otra vez en la terraza de la plaza de la Virgen. Un hombre a mi lado leía a Khrisnamurti. A otras tres o cuatro mesas de distancia, una pareja leía también. Cada uno un distinto libro de imperceptible título. Pensé en lo poco que habrías leído tú. Recordé que te reías cada vez que me encontrabas recuperando libros de casa del abuelo Gabriel. Cada vez que coincidías conmigo por el centro de la ciudad y, al preguntarme, te decía que venía de una tienda de libros antiguos. Yo me quedaba siempre con las ganas de poder encontrar la manera de decirte que ser poseedor, protector, organizador, dispensador de cultura y memoria ha sido siempre una de las cosas que más feliz me han hecho. Que quería vivir siempre con la compañía de esas encuadernaciones caducas, obsoletas y tan prescindibles para ti; pero, por el contrario, tan fundamentales para mí.

Y es que, donde tú veías páginas inútiles, yo veía posibilidades infinitas de conocimiento, libertad, viaje. Porque quien ha descubierto el placer de expansión y sueño que le provoca un libro ya no deja de calmar su sed de sensaciones a partir de esas puertas que conectan con todo lo lejano o diferente. Eso proporciona precisamente la lectura. Porque, en el ir avanzando de forma privada y tranquila por ciertas páginas, da uno con la llave que abre las puertas a dimensiones impensables. Esas que suponen la emancipación de las ideas programáticas establecidas. Esa liberación se alcanza fácilmente con la ayuda de ciertos autores que, en silencio y desde un lugar distinto tal vez en el tiempo y la geografía, sencillamente iluminan un lugar oscuro dentro de nuestra alma.

La literatura y las artes todas hacen de catalizadores para que nos observemos en nuestro interior. De tal forma que podamos observar de otra manera, amplia y comprensible, todo lo que nos rodea. Los libros son espejos cargados de huellas. Si las seguimos, nos estamos siguiendo a nosotros mismos. Porque todos guardamos dentro un mensaje maravilloso de paz y armonía. Para nosotros mismos y para todos los demás. Descubrir eso es lo más hermoso que pueda sucedernos. Después, ya nada tiene un serio sentido como el que le solemos dar. El dolor y la despedida se convierten en un juego más en este cúmulo de juegos. Y es que concluir las cosas no es malo. Y concluir nosotros mismos tampoco. Pero no se puede llegar a razonar esto, hay que sentirlo. No puedes pensarlo con la cabeza, hay que pensarlo con el corazón sereno. Llegar a esto es fácil. Todas y todos podemos alcanzar este estado. Pero claro, ¿a qué Estado le apetece forjar tantos claros iluminados y libres individuos? Solo quedándonos, en esencia única, nosotros mismos frente a todo lo demás. Solo comprendiendo lo que nos rodea. Sin prejuicios, reproches ni sospechas, que provocan penumbras en nuestro pecho. Busca todo ello desde la paz y el silencio. Lee, dejándote llevar por la tolerancia y la comprensión ante lo que a ti asoma, de un modo diferente al que creías, desde las páginas. Por ahí puedes comenzar, por ahí puedes iniciar el camino, Sofía. Y ese camino puede ser largo, no te digo que no. En mi caso, el equivalente a media vida en los demás, que es mi vida entera, porque ya se acaba. Durante tantos años, una pregunta ha ido acompañándome en todo momento, en todo lugar. Esa pregunta ha sido mi compañera ineludible al tiempo que crecía, evolucionaba, acertaba y, obviamente, también erraba. Periplos, kilómetros, labios, corazones, páginas y más páginas... Todo, al fin y al cabo, viajes dentro del viaje único, y solo de ida, que era tal vez encontrar respuesta a esa pregunta a la que me refiero: ¿quién soy yo?

En la respuesta a esa pregunta, que un día alcancé, viví en paz y equilibrio. Por eso ya no reservo ningún grito. Por eso ninguna actitud vehemente hacia nadie cercano o lejano. Ni siquiera con el doloroso señor Hodgkin. Porque yo ya me conozco. Conozco mi génesis. Esa que estuvo tanto tiempo vagando en pedazos y que, poco a poco, construí en silencio con la arquitectura de las palabras. Las palabras que iban convirtiéndose en poemas, en novelas, en ensayos jamás publicados. Las palabras sobre todo leídas, analizadas, que fueron llevándome poco a poco a mí, sin yo saberlo. Leía, pero también absorbía todo lo que podía en cada cine o teatro, en cada bar o concierto, en cada calle y corazón inalcanzable o de lograda conquista. Sí, tu hermano, el cojo, llegó también a vivir el amor. Y tantas otras cosas que desconoces. Las palabras me ayudaron a vivir todo eso. Sobre todo, cuando empecé a saber manejarlas. En ellas estaba la respuesta. En aquellas páginas y cuadernos, que pronto descubrí como una cosmología posible de luces y sombras, que ya tenía yo dentro. Que tenemos todos. Porque a todas las personas nos habita el cielo y el infierno, la luz y las sombras. Solo establecernos en la luz o en la oscuridad es un imposible, en cuyo intento sucumbimos. No podemos ser siempre luz. No podemos ser únicamente oscuridad, aunque queramos. En el equilibrio han de convivir las dos formas. Así nosotros, así el tiempo, así los planetas y sus satélites, que de vez en cuando incluso llegan a entenderse en forma de eclipse. Yo mismo, por ejemplo, quise hallar la respuesta solo desde la luz. No lo conseguí. Quise hallar la respuesta desde la oscuridad solamente. Tampoco. Pasaban los años en los que me alejaba del convencionalismo y me abrazaba, poco a poco, a la poesía o al relato. Entonces iba expandiéndome a lugares insospechados. Llegué a comprender casi todo lo que antes me producía desaliento. Y todo resultaba ser tan sencillo, tan relativo...

Nacer es acudir a una cuenta atrás, irremisible pero hermosa. Lo realmente bueno es recuperable. Y para lograrlo hay que tomar una distancia imposible casi de nosotros mismos y nuestras mismas circunstancias. Reírnos y vaciarnos de ellas. Renegarnos, sí. Quedar desnudos e indefensos totalmente en el camino. Porque, solo entonces, nos damos cuenta de lo que realmente importa y nos hace fuertes y luminosos. Ese algo inexplicable que nos habita dentro. Que está conectado por siempre con nosotros mismos y el resto del universo y todas las cosas. Todos estamos capacitados para llegar a ese pleno conocimiento. Solo hay que recorrer el camino de la justicia, la libertad, la solidaridad. La cultura es el mejor vehículo con el que recorrer ese camino. Y entonces, poco a poco, vas descubriendo cosas en ti que ni siquiera podías soñar. Así me encuentro yo desde no hace mucho. Así, entendiendo el porqué del papá, el porqué de la mamá, el porqué del abuelo Jesús y tu porqué incluso.

Para alcanzar el auténtico significado de estas palabras tendrás que usar tu mirada de mil selvas como filtro de los auténticos ojos, los del corazón. Con ellos verás que todo es hermoso y posible. Y sonreirás mucho, cada día. Porque verás que todo lo de ahí fuera es muy pequeño. Incluso nosotros mismos. Y que debemos dar las gracias diariamente por tener la oportunidad de vivir un atardecer en otoño, la sonrisa de un niño, el beso de una abuela, las lágrimas dulces de alguien arrepentido, el amor y sus regresos, el amor y sus despedidas. ¿No crees que, con independencia del tiempo que nos quede, está siendo este viaje maravilloso? Si todavía lo estás dudando es que no has encontrado realmente tu génesis y tu cometido. Yo sí que lo hice. Fue un día en el que supe que sí, que sí que llegaron papá y mamá a quererse. Y que por ello estamos tú y yo aquí. Es muy sencillo, somos la prueba de los bonitos momentos que ha habido entre nuestros padres. Y somos también los herederos de sus disonancias, que suceden repartidas. Como partículas difusas pululando en nuestras personalidades. En ocasiones aflora lo mejor de ellos, tal vez de él, tal vez de ella. En otras ocasiones, lo peor. Y sucede en ti o en mí independientemente cuando tú y yo estamos juntos o separados. Hay que saber eso. Que siempre tendremos esos dos lados conviviendo en nuestros adentros. Los orientales lo descubrieron con un círculo cuyas dos mitades en curva sucedían en blanco y en negro. En el interior de esas mitades como en movimiento constante, equitativo y equilibrado, un círculo de igual tamaño con el color contrario.

Mi querida Sofía, cuando compruebes que no es ninguna broma todo esto que te escribo, te pido que no llores mi ausencia. He vivido justo lo que tenía que vivir. Para qué más. ¿Y por qué no irme ya, de la mano de este Hodgkin que me acompaña, punzante y puntual, hasta mi desvanecimiento último? He navegado en las aguas del arte y la literatura. Tal y como yo he querido. He llenado mis años de búsqueda. Y, en ocasiones, incluso de encuentros. Por ello te suplico que no estés triste.

He vivido mucho, Sofía. He leído mucho. Lo digo con todo el sentido de esas dos frases, de esos dos verbos, a pesar de no haber cumplido muchos años. No obstante, claro que me aflige acercarme a las cenizas, al viento y no sé si al olvido. Porque, no sé, queda tanto por leer, queda tanto por escribir, por ver, por morder, por reír, por sentir, por dar, por recibir.

Claro que me consterna llegar a la conclusión inexorable de que no tendré todo el tiempo necesario para disfrutar de esos miles de libros, de esas miles de miradas y sonrisas, y geografías, de esos labios, de esos miles de corazones por conquistar, por conmover, por alegrar. En este convencimiento me abrazo a la idea de hacer, hacer y hacer. De desafiar a los olvidos en forma de un libro nuevamente sin publicar. Uno solo a ti dirigido. Que continúe mi posible mensaje, cuando mi cuerpo sea patrimonio de la nada. Por eso escribo. Por eso trato de prolongarme en ese ejercicio dificultoso y que tanta gimnasia diaria precisa. No me refiero solo al propio ejercicio de la escritura, sino también al de la contemplación. Que es viajar sin moverse. Porque se encuentra uno estático, pero palpitando ante un simple atardecer que se filtra suave por las calles del casco antiguo. Las piedras y los balcones, que difunden geranios y Mediterráneo, se dejan entonces hacer por las caricias turquesas y anaranjadas. Alguna anciana asoma su soledad, tímidamente, en un recodo del balcón por el que se asomaba tiempo atrás lozana, con pletórica sonrisa y curvas vigorosas. Ahora está sentada en una sillita de madera que compró hace mucho tiempo. Más o menos en aquel mes en el que su hijo cumplía cinco años. Pronto pasó el tiempo, y ese hijo marchó a Alemania para encontrar trabajo. Aquella chica esbelta y selvática de barrio pasó a convertirse en una pequeña anciana a medida que iba acumulando días con el recuerdo de ese hombre que fue un día su niño pequeño. La mujer pierde la mirada, y tal vez otras tantas cosas, tras esos geranios con los que dialoga horas y horas. Son ya sus únicas compañías en ese atardecer purpúreo. Otro más en el que ella no sabe que alguien la contempla desde la calle, acertando o no, su propio relato.

¿Por qué será que, casi siempre que vemos un anciano, parece que entendemos que así ha sido siempre, viejo toda la vida? ¿Por qué no somos capaces de tratar de imaginarnos a esos ancianos, encorvados y con raídas pantuflas, en otros tiempos en los que reían, luchaban y también amaban con pasión y energía? Quizá porque solo nos educan a pensar hacia adelante, a entender que lo pasado es algo muerto y olvidado. Todo lo contrario de lo que enseñan los libros y toda la gente que se dedica a la cultura. Que el pasado es memoria. Un tesoro incuestionable porque nos enseña a ser, en el presente y en el futuro, mejores personas.

Hasta estas mismas palabras, he ido preparándome. Cada vez que iniciaba una más de mis conjeturas o viajes, cada vez que me reflejaba en muchas de las sonrisas, o en tantas tristezas que me he ido encontrando. En cada mirada, que luego he recuperado directamente de mi corazón. O mientras paseaba por la orilla de alguna playa, cuando era el invierno, y los ecos del estío se habían desvanecido para que las olas suaves y frías inundaran, poco a poco, las arenas y ciertos lamentos. En cada uno de los recuerdos suaves que acudían súbitos y en un perfecto caos de formas. En el ir colocándolos en su justo lugar. Y, tal vez con ellos, crear el germen de un relato.

He observado a la gente de cada lugar. He observado vívidamente el paisaje de sus rostros. Han sido los verdaderos paisajes de las ciudades. Esos que he abrazado siempre, con apetito literario. Así, sus posibles heridas y soledades. Así, sus prisas en medio de las agresivas las calles y aceras. ¿A qué tanta intensidad y vehemencia mientras vivimos? ¿A qué tanto empeño por las velocidades y los gritos? ¿A qué tanto enfado y rencor, tanto teléfono y televisión, tanta agenda y tanta huida hacia ninguna parte? ¿A qué tanto ruido? ¿Por qué no nos da a todos por quedarnos quietos y en silencio para buscar las respuestas? ¿Por qué no vivir sin imposiciones ni hipotecas? ¿Por qué no vivir sin trampas ni malicia? ¿Por qué no vivir sin dobleces el poco y maravilloso tiempo que se nos ha regalado? ¿Por qué no vivir ayudando y regalando, Sofía? ¿Por qué luchar por patrimonios privados de cemento y vidrio, en vez de por una vida mejor para todas y todos? Queda tanto por leer. Tanto por escribir. Por contemplar, por escuchar, por regalar. Queda tanto por acariciar. Tanto. ¿Cómo entonces puede uno plantearse quedar encerrado en algún despacho toda su vida aunque por nómina se tengan mensuales cheques en blanco? ¿Por qué hay que entregarse tanto a frías paredes, agendas y horarios?

Hace tiempo que ya me hice estas preguntas. Encontrando respuestas o no, fueron aparecieron más y más preguntas. Descubrí que más importante que encontrar las respuestas es seguir haciéndose más y más preguntas. Abrir canales de crítica. Cuestionar y cuestionarse. En ese camino, comienza el alma a expandirse hasta alcanzar las alturas más bellas. Porque se trata del trayecto de la cultura y la paz, del silencio y la contemplación suave. Sin reproches, sin juicios ni prejuicios. Con tolerancia y comprensión ante lo diferente. No somos nada más que afortunadas motas de polvo que, durante un instante, alcanzan a rozarse mientras milagrosamente, y en un infinito, flotan.

4

SOFÍA PERMANECE ANTE ESA PANTALLA TOTALMENTE ATRApada en un laberinto de memorias. Así su corazón. Así toda su alma. Ya el llanto ha quedado, de momento, relegado. Ha sido capaz de aproximarse a sus miedos. Ahora, en todo su ser, acontece la enérgica seriedad de quien es consciente de que se enfrenta a una verdad última. Esa que siempre ha permanecido oculta. Una de esas verdades que comienzan a hacer tambalear todo aquello por lo que se ha luchado durante todos los años vividos. Fuma con lentitud y elegancia otro cigarrillo. El humo se cruza quiméricamente entre la pantalla del ordenador portátil y su mirada de cien selvas. Continúa leyendo ese texto que, más que palabra escrita, es una extraña voz que arremete casi en su carne.

Comienza a escuchar esa otra voz, la misma otra voz que otros cientos de miles están escuchando en diferentes lugares. Calladamente, en comunión con otro libro, con otra novela, con otro relato o poema. Con otras lectoras de distintas razas, edades e idiomas. Eso mismo siente. Eso mismo piensa.

5

ESTOY MURIENDO, SOFÍA. PERO, EN EL DOLOR DE ESTE IRSE, marcho con la alegría de saber que mi adiós póstumo se transformará en un necesario y urgente mensaje. Uno que, posiblemente, no hubiera sido necesario si me hubieras escuchado aquella mañana en la que regresé a Valencia.

Allí te llevo una vez más, hermana. Sigo sentado en la terraza del bar de la plaza de la Virgen. Permanezco unos minutos más con mis pensamientos. Y, de repente, ya te veo desde lo lejos. Atraviesas la plaza, con la misma elegancia que mamá cuando era joven. Te veo mirar de un lado a otro. Sacas uno de tus teléfonos móviles. Son entonces las cuatro y veinte. Mi teléfono móvil suena entonces. Es la primera vez en años que aparece tu nombre en la pantalla. Eso pienso, al tiempo que contesto mirándote a lo lejos.

—¿Sofía?

—Marcelo, estoy en la plaza, ¿dónde estás tú? —respondes con suficiencia al otro lado de la línea.

—Estoy en la terraza frente a la Basílica, justo dando la espalda a la calle Caballeros.

—Ah. Vale. Ya te veo.

Te acercaste caminando, firme y segura, con tus zapatos de tacón, a juego con un bolso Louis Vuitton rojo intenso. Tu traje de chaqueta y pantalón azul marino perfecto. Tus gafas de Dior también rojas, como tu sonrisa altiva y fresca. Me recordaste tanto a mamá. Sobre todo, al sonreírme. Increíble, me sonreías. Levemente, pero me sonreías. Años de diplomático juego empresarial habían forjado en ti un increíble saber estar ante la posible adversidad. Parecía no existir desavenencias entre hermanos, parecía haber desaparecido esa grieta inmensa de distancias y silencios. Me levanté para darte dos besos. Estabas maravillosa. Y olías tan bien…

—¿No podrías llevar, alguna vez, una prenda de otro color que no sea el negro?

Entraste, como siempre, a destajo.

—¿Qué quieres tomar? —te pregunté al tiempo que regresaba la camarera francesa que tanto se parecía, al menos para mí, a Maribel Verdú.

—Un café solo, bien cargado. Ah, estoy agotada…

Y no me hizo falta repetírselo porque ya se encontraba ella a la altura de la mesa cuando pediste. Nuevamente pensé en cierta frase de hace tiempo, una frase escuchada o tal vez leída que venía repitiéndose con los tiempos: «A veces las cosas son más fáciles de hacer que de pensar». Sí, eso mismo. Porque allí estábamos tú y yo, cuando tan impensable había sido ese encuentro durante años.

—¿Qué tal todo? —te pregunté.

—Como siempre, ya sabes, mucho lío. Y tú, ¿qué tal? —inquiriste con tono frío y sereno.

—Como siempre, ya sabes, poco lío… —contesté, tratando de practicar esa consabida ironía tuya para romper el persistente hielo.

—Bueno, tú dirás.

—...

—Eres tú quien me ha llamado para quedar —volvía a vibrar la Martín-Santos, la Sofía que yo recordaba.

—En realidad, a quien he llamado es a tu secretaria, porque tú no cogías mis llamadas.

—No empecemos otra vez, por favor, Marcelo. ¿Qué necesitas? ¿Más dinero?

Sonreí torpemente, como dándome un tiempo para encajar ese duro golpe.

—Necesito...

En ese momento sonó tu teléfono móvil y paralelamente llegó tu café. Contestaste.

—Dime, Patricia... ¡No, mira, dijimos tres millones seiscientos mil!... ¡A mí no me tienes que contar nada! ¡Fue esa la cantidad que acordamos!, ¿sí o no?... ¡Ahora me vienes con tres millones cuatrocientos cincuenta mil!... ¡No, escúchame tú a mí!... ¡Escúchame! Vamos a ver... ¿No os interesa cerrar con la cantidad acordada?, bien, conforme. Te voy a dar entonces una nueva cifra y esta vez no pienso bajar ni un céntimo más, ¿entendido?... Cerraremos el trato... Ahora, escúchame bien, con tres millones setecientos cincuenta mil... Lo que has oído. Coméntaselo a Vicente. Y dile que la nueva oferta termina esta tarde. Te tengo que dejar, que estoy reunida.

Colgaste resolutiva el móvil, con una naturalidad que me provocó cierto frío no exento de admiración. Casi al mismo tiempo que abandonabas aquella conversación telefónica, regresaste a mí, pero sin mirarme a los ojos. Tus frases iban a otra dirección. Tu atención indudablemente también. Estabas atenta a tu agenda de cuero, tachando indicaciones con tu estilográfica Montblanc. Te llevó un tiempo. Guardaste la agenda y el relevo lo tomó un elegante talonario.

—Bueno, dime, ¿qué necesitas? —insistías evadiendo tu mirada verde en las páginas de ese talonario.

—Necesitaba verte. Solo eso. Ver a mi hermana.

—Te lo pregunto entonces de otra forma. ¿Cuánto necesitas?

Continuabas sin mirarme. Seguías a lo tuyo. Yo miré hacia otro lugar también. Concretamente hacia un punto de la Basílica, donde se encontraba un nutrido número de palomas. Una emprendió el vuelo, una solo. En ese preciso instante decidí contártelo, lo juro. A pesar de tu actitud más o menos vejatoria. Comencé, no sé si torpemente, a hacerlo.

—Uno cree que está preparado para todas las cosas, hasta que un día sucede algo concreto e imprevisto que te hace replantear muchas cosas, no sé si me entiendes.

—No, no te entiendo.

—¿Has oído hablar alguna vez del mal de Hodgk...?

Sonó de nuevo tu teléfono.

—Espera un momento —me indicaste con un ademán al tiempo que ya tenías el móvil pegado a tu perfil y tu mirada pegada a la nada.

Me detuve súbitamente ante tu brutal indiferencia. Esta vez no era tu sola mirada, era también tu voz. Tú, en definitiva, a lo tuyo, o sea a años luz de mis palabras. Llegó la camarera con tu café.

—Conecta el manos libres. ¿Ya?... Bien. ¡Escuchadme todos atentamente porque no lo pienso repetir! ¡Vais a pararlo todo! ¡Todo! ¿Me he explicado bien?... ¡Ya sé lo que eso significa, Arturo, no hace falta que me hables como si fuese estúpida! ¡Haced lo que os digo y punto!

La camarera francesa me miró, sonriendo y arqueando las cejas. Depositó tu taza y se fue. Ahí estabas tú, ahí te tenía hablando con la vehemencia propia de papá o del abuelo Jesús, de los Martín-Santos. Hablabas en plural, te dirigías a varias personas a tu cargo por teléfono, por tu otro teléfono. Hablabas con tono de general a un invisible ejército. Habías marcado un número al tiempo que yo trataba de explicarte mi irremisible daño. Te habías encendido un cigarrillo de la misma forma que hacían papá y el abuelo. Fumabas igual que ellos. Me hizo cierta gracia. Eso y el hecho de que, una vez más, me dejabas con las palabras en el aire. Colgadas en un viento apacible que de pronto se convertía en golpe tozudo en el rostro, al comprobar que definitivamente seguías sin querer escuchar.

Por eso, regresé al grácil planeo circular de otra paloma. Sí, lo más seguro es que se tratase ya de otra paloma distinta a la de antes. Surcando el cercano espacio de la plaza de la Virgen, al tiempo que me recordabas tanto a papá o al abuelo Jesús, en sus mejores o no sé si peores momentos. Y entonces pensé: Qué más daba que fuera una paloma u otra. Qué más daba que me escuchases o no. Qué más daba el puto mal de Hodgkin, ese cáncer que galopaba por todo mi sistema linfático, henchido e insalvable. A qué venía tanto querer sentarme contigo a solas para decirte que te quería. Para despedirme o yo qué mierda sé, si regresabas a tus llamadas y órdenes una y diez veces. Y diez veces y una me preguntabas qué te estaba contando. Y volvían a llamarte y colgabas.

—Ah, el café —dijiste—. Bien.

Sonreí moviendo ligeramente la cabeza de un lado a otro.

—¿Qué pasa?

—Nada. Guarda ese talonario, por favor.

—No, en serio, ¿cuánto necesitas?

—Daría igual que te hablara en ruso.

—¿Cómo dices?

—Como siempre, entenderías lo mismo que con el castellano.

No sé muy bien cómo fui tan estúpido de soltarte esas palabras que, lógicamente, te sentaron como un tiro. Quizá porque las acompañé con una sonrisa que siempre has encontrado odiosa en mi rostro, al tiempo que decía o mascullaba algo reforzado en la idea de que era poseedor de no sé qué verdad. Confieso que he pecado mucho de eso último que acabo de escribir. Cometí un grave error. Otro de tantos contigo. Y ese era el motivo perfecto para que tú te crecieras, siempre. Incluso en aquel comienzo de tarde. Porque entonces, agarrada a ese hecho, te sabías fuerte y justificada para contraatacarme. Me clavaste tu mirada intensa y verde, con la misma curiosa fuerza de los anteriores constructores o destructores Martín-Santos, para decirme lo siguiente:

—Mira, Marcelo —dijiste guardando el talonario—, puede que no te estuviera escuchando del todo. Pero si no lo hacía es porque hay otras cosas más importantes que precisan mi atención. La mía. Porque, al contrario que tú, que siempre has vivido a tu bola, sin responsabilidades, sin tener que estar pendiente de otros, yo tengo a mi cargo una empresa con un montón de empleados y problemas. Algo de lo que tú no tienes ni puta idea.

Preferí mantenerme en silencio encajando tus golpes. Dejarte disfrutar ese momento, en el que me tenías acorralado contra las cuerdas.

—Has querido quedar conmigo y aquí estoy —continuaste—. Pero no me jodas con lo de siempre, con si te escucho o no, con lo de estar en silencio y abrazar la luz y mierdas tuyas de esas. Estoy con un lío en estos momentos que no te puedes ni imaginar. Acabo de dejar en el café a la alcaldesa, a concejales, a promotores, porque les he dicho que tenía que ver a mi hermanito. Y aquí estoy. Aquí me tienes. ¿Qué más quieres? ¿Qué coño quieres de mí?

Y al decir estas últimas palabras algo en ti denotaba cierta retractación por lo que habías dicho. Tal vez en tu forma última de soltar el humo y dirigir el cigarrillo al cenicero donde perder levemente tu mirada. Diste un buen trago al café. Y, al dejar la taza, creo que ahí tu cuerpo expresó un intento como de huida, como de quererse levantar de la silla y largarse a varios kilómetros o años de distancia. Evitabas mirarme. Te contemplaba desde la quietud, desde la luz también, sí, hermanita, abrazado a la luz y «a todas mis mierdas esas», desde la sonrisa que comprende y respeta. Pero ya no podía amilanarme, retirarme. También yo tendría que ser un peñasco, en ese rocoso duelo de hermanos. Uno puliéndose a golpe de palabras, para eliminar aquel daño persistente, de una vez por todas.

—Aquí nos solía traer hace años el abuelo Gabriel —dije—. Tú corrías detrás de las palomas. Yo no podía. Me quedaba sentado mirándote. A él le gustaba, más o menos desde esta distancia, hacerte reflejos en tu carita con su pitillera de plata. ¿Lo recuerdas?

Tratabas de huir de esa posible respuesta, de ese pretendido regreso a ese lugar, a ese otro abuelo, a ese tiempo que siempre te habías negado. Lo sé. Pero, junto a nosotros, la fuente de las ocho acequias continuaba su ritmo de chorros de agua que surgían generosos desde las ánforas de las pequeñas niñas falleras desnudas. Y el agua restallando en la misma agua, y el griterío de algunos niños persiguiendo otra vez a otras niñas o a las palomas, todo ese alrededor comenzó a propiciar el viaje incontrolable de tu memoria. Lo pude ver. A mí eso no puedes negármelo.

—Esa fuente la financió el abuelo. ¿Lo sabías? Fue realizada en bronce por el escultor Manuel Silvestre Montesinos, también conocido como Silvestre de Edeta, en 1976. Es una alegoría al funcionamiento del río Turia antes de la riada de 1957, que dejó casi cien muertos e innumerables daños materiales, pero que supuso una cantidad de oportunidades de negocio para el abuelo, como siempre... ¿Ves esa estatua que rodean las falleras desnudas? —proseguí—. Es un hombre con barba lustrosa. Como ves, así acostado sobre un manto de agua, con las piernas flexionadas y la mano derecha alzada. No sé si lo sabes, pero sostiene el cuerno de Amaltea. Viene a significar el cuerno de la abundancia. ¿Ves en su interior frutos de la huerta valenciana? Se demuestra así una gran riqueza agrícola gracias al sistema de riego. Es todo una paradoja tremenda y con un homenaje más o menos secreto. Porque, si te fijas, el escultor realizó esa figura masculina, haciendo un homenaje a don Jesús Martín-Santos. Sí, a nuestro abuelo. Puedes mirarlo detenidamente y sin miedo. Lo puedes reconocer perfectamente. ¿A que sí? Si le quitas la barba y le dejas solo el bigote. Fue un guiño a nuestro abuelo constructor. El que precisamente se fue cargando la riqueza agrícola, la huerta de esta tierra con sus construcciones. Como tú vienes haciendo desde hace años. Mírame a los ojos, Sofía.

—No.

Pero era ya tarde para no pretender acudir a la raíz del problema, a aquella lejana o cercana mañana en la casa de Benibaite. Era imposible no hacerlo, ante la callada petición de tu hermano, cuya mirada vidriosa te gritaba en silencio que lo acompañaras hacia allí mismo, hacia aquella mañana en la que ambos corríamos y saltábamos, como plenos duendes, con los piececitos desnudos, en húmedo contacto con el césped totalmente mojado por el baile de aspersores.

—¿Por qué estoy cojo, Sofía?

—¿Cómo?

—Responde.

—¿A qué viene eso ahora?

—Dímelo.

—Aquello... Aquello fue un accidente.

—No. No fue un accidente y lo sabes. Sabes perfectamente que...

Un nudo en la garganta detuvo las siguientes palabras. Intenté aplacar el llanto con toda la fuerza posible de mi honor y de mi orgullo. En ese mismo momento, los niños corrían y reían alrededor de la fuente, mezclándose en ese restallar del agua y las partículas de luz en las mismas. Y las imágenes entonces cobraron sentido, lo sé, en tu mirada líquida y perdida. En tus propios ojos hallé la confirmación de que una narración, más precisa que nunca, sucedía del todo fluida y libre en tu memoria. Entonces comenzaste a negar con la cabeza, porque ya no podías hacerlo con palabras. Te quedaste mirando a los niños que corrían alrededor de las falleras pequeñas y desnudas sujetando las ánforas, y el enorme Neptuno Martín-Santos, casi tumbado y también desnudo, adulto y corrupto, en medio de ellas.

—Dímelo, ¿por qué me quedé cojo? —continué preguntándote, sin un atisbo de malquerencia o reproche.

Pero tú seguías negando, perdiendo la mirada en la nada. Porque era eso mismo, la nada, todo lo que nos envolvía. Se habían disipado hasta el más puro abandono todos los ruidos, todas las cosas. En el universo, solos tú y yo, por fin, hermana. Y, por supuesto, el dolor, que nos acompañaba.

—¿A que sí que lo recuerdas? —insistí—. ¿A que, en el fondo de tu corazón, lo has sabido siempre? Y quieres hablar de ello. Y lo has querido toda tu vida, pero te lo has tenido que negar para sobrevivir en un mundo que no pretendías. Y...

—Fue un accidente —insististe, atajándome.

—No, Sofía. Se nos obligó a decir que había sido un accidente. Pero en realidad no lo...

Las campanas del Miguelete comenzaron a anunciar entonces las cinco de la tarde. Con el sonido de los enormes hierros, regresó también la realidad y todas sus circunstancias. Por un momento parecía que íbamos a lograrlo, pero no. Nuevamente estabas más o menos a salvo en tu caparazón perfecto. Ese que hacía muchos años te habías construido para poder continuar sin enfrentarte a lo abstracto e infinito. Ya estabas de nuevo a salvo, o eso creías, al agarrarte a la materia, a lo reconocible, a lo controlable, como millones de seres necesitan en este enfermo sistema. Pero yo supe que sí, Sofía. Que pudiste por unos segundos recuperar esa sucesión de imágenes con exactitud cinematográfica al quedarte, como finalmente hiciste, suspendiendo tu mirada en la triste profundidad de la mirada mía. Yo, tu propio hermano, supe que habías llegado a la respuesta, aunque tus labios negaran emitirla. Fue entonces cuando, para controlar más o menos el llanto que clamaba la superficie, cambié de tema.

—El tío Santi se acordaba mucho de ti, ¿lo sabías? —dije mirando hacia otro lugar—. En una de las veces últimas en las que estuve con él allí, en la isla, rescató de su memoria un momento dulce y maravilloso. Parece ser que un día de verano, en Benibaite, compró blocs de dibujo y ceras de colores como las que nos daban en el cole. Nos quedamos con él bajo una de las sombrillas de la piscina, dibujando, ¿lo recuerdas? El tío Santi nos hizo una propuesta. Nos pidió que dibujáramos cada uno por separado la casa en la que nos gustaría vivir. Yo comencé mi proyecto con ciertas dudas. Finalmente, me decidí por una isla desierta en la que había una cabaña de madera llena de libros, donde yo vivía solo. Alrededor de la isla dibujé algunos delfines. Dibujé unas nubes y un sol, como lo dibujan todos los niños, con una sonrisa y dos ojos. Dibujé así mismo unos ángeles. El tío Santi me preguntó por qué había dibujado dos ángeles. Le contesté que eran las abuelas. Comenzó a llorar. Tú le dijiste: «No llores, tío Santi», y le diste un besito que empapó tus regordetes labios con sus lágrimas. Con ellas todavía en los ojos, significó una sonrisa y pasó a analizar tu dibujo.

La casa de tus sueños, la que habías dibujado tú, era pequeña, blanca y con el techo rojo. Una chimenea despedía humo, calidez, silencio. Lo importante, en ese dibujo tuyo, era el contexto en el que se encontraba, sus alrededores. Habías dibujado un río sobre el que acontecían montañas. Detrás de la más grande, se adivinaba un divertido sol también sonriente, que asomaba enorme, pero tímidamente, entre las colinas. Un sol igual que el mío, igual que los soles que dibujan a los seis años todos los niños. Luego, poco a poco, ya se sabe, dejamos de ponerles sonrisa y ojos a los soles o a las estrellas, porque nos vamos haciendo mayores. E incluso llega el día en el que ya no dibujamos soles, con o sin rostro; ni tampoco sonrientes estrellas.

Pero aquella mañana, junto a aquella casita, dibujaste un sinfín de pájaros y caballos, de perros y gatos, y niños, muchos niños por todas partes, niños de todas las razas, curioso, porque comentaste que tu sueño era viajar mucho por el mundo y tener amigos en todas partes.

Lo que más me marcó fue que, cuando el tío Santi te preguntó qué es lo que harías en esa casa, le contestaste que lo que tú querías hacer ahí era escribir, escribir cuentos. La casa era pequeña, pero el alrededor era verde e infinito, y cargado de flores y espacio en el que soñar, correr, reír con todos los amigos y ser niño por siempre. Pasó el tiempo y, un buen día, me enseñaste unos planos que representaban según tú la casa de tus sueños. Un dúplex con dos plantas de quinientos metros cuadrados en la altura veintiocho de los inminentes apartamentos que estaba a punto de ejecutar a escasos metros de otra playa el Grupo Martín-Santos. Cómo había cambiado el cuento. Cómo había cambiado el dibujo.

—¿A qué has venido? —preguntaste con los ojos cerrados.

—Me estoy muriendo.

Finalmente lo dije.

—¿A remover la mierda y a los muertos? —volviste a preguntar sin abrirlos, ni ojos ni oídos.

Lo acababa de decir, serenamente, pero tú no me escuchabas. Tu atención estaba en otra dirección y, así, quedabas sorda, como en tantas ocasiones, ante lo verdaderamente importante.

—¿Has venido a eso? —dijiste.

—No me has escuchado, ¿verdad? —contesté yo desconcertado.

Seguías sin escuchar, sobre todo esa frase última que había salido suave e incontrolable desde lo más hondo de mi ser, ya totalmente podrido por ese mal de Hodgkin que nunca le desearé a nadie de este mundo.

—Sí. Has venido para eso, claro.

—¿Qué te acabo de decir?

—Aunque te empeñes…

—¿Qué te acabo de decir?

—… todo es mucho más sencillo de lo que crees.

—Explícate.

—El tío Santi se buscó su propia ruina, y fin de la historia. Tú lo sabes.

—No. El tío Santi fue lanzado desde su niñez a esa ruina que tú dices. Principio de la historia. Y tú lo sabes.

Se gestó una pausa intensa.

—Siempre quiso ser pintor —proseguí tratando de recuperar la calma—. Pero no se atrevía a llevarle la contraria al abuelo. Por miedo. Porque a base de bofetadas se le quita a un niño las ganas de pintar, de estudiar incluso. Y se le empuja a un adolescente, si le toca esa edad en los años setenta, al encuentro de viajes con cucharas, mecheros y agujas compartidas.

Te recuerdo que, en la sucesión de estas palabras no dejaba ver en mi rostro ningún ápice de aversión, te lo iba diciendo con serenidad.

—¿Por qué os da por dividir las muertes en limpias o sucias? —continué—. La muerte es muerte, Sofía. Venga como venga, se prolongue como se prolongue. Mira todas esas señoras que entran ahora en la Basílica.

Dirigiste tu mirada hacia esas mujeres. Por fin, parecía interesarte algo de lo que te decía.

—Creen adorar a Cristo, creen que son buenas cristianas. Pero ensuciarse sus manos, sus joyas, con las pústulas de un enfermo de sida jamás, claro. Abrazar a un leproso que tiene frío nunca, por Dios. Alterar sus cabellos lacados en barrios mal iluminados, en viviendas llenas de polvo, tierra y problemas nunca, faltaría más. Cristo sí, pero si es pisando mármoles, acariciando finas maderas de nogal, sintiendo el calor de una calefacción central. Cristo, dando dinero a la parroquia para volverle a dar una capa de oro a candelabros, crucifijos y otras reliquias.

—No tengo tiempo para esos discursos tuyos, Marcelo, ya te lo he dicho.

—Perdona. Yo tampoco quería haber hablado tanto, ni tampoco haber... En realidad, solo he venido sencillamente para... darte esto.

—¿El qué?

Saqué de mi bandolera un marco del tamaño de un folio envuelto con un sencillo papel de regalo de color neutro y crudo. Te lo acerqué a la altura de tus manos, esas que tanto se han parecido siempre a las mías.

—¿Qué es esto? —me preguntaste con un pétreo enfado y recelo conquistando tu rostro.

—Es algo que te he traído desde un lugar muy lejano.

—Ya estás con tus jueguecitos.

—Cógelo. Es muy importante que lo tengas de nuevo.

—¿Para esto has querido verme?

—Ya te lo he dicho.

—¿Para restregarme el pasado? ¿Para amargarme el día?

Y te levantaste de la mesa, rechazando ese regalo que te había traído desde Madrid, o tal vez desde algún remoto lugar del tiempo desde el que tal vez hubieras podido comprender ese mensaje mismo y tantas otras cosas. Te ibas sin despedirte, sin un beso, sin un abrazo. Pude ver que tus ojos se encharcaban de lágrimas. Y al darte cuenta de que estaba a punto de verte llorar, lo cual tal vez hubiera sido maravilloso y liberador por una vez en nuestras vidas, decidiste huir de eso; nuevamente impidiendo mostrar tus verdaderos sentimientos. Una vez más, huyendo hacia el trabajo, hacia tu soledad, tu vacío, tu imperio.

—Adiós, Marcelo.

—Adiós, Sofía.

Te fuiste. Quedé quieto. Pendiente de tu figura. Se iba haciendo cada vez más pequeña y anónima, a medida que te confundías entre el vibrante gentío de esa primera hora de la tarde. Claudiqué sereno y en silencio. En compañía de ese regalo que habías rechazado. Y en compañía de Hodgkin, el nombre de mi muerte, que volvía a arremeter con fuerza al tiempo que te marchabas, con disfrazada e intensa fiebre, con los consabidos picores extendiéndose por mi piel, ya casi sin contacto con la carne y sí con mis sombras.

Qué mal había cumplido mi propósito. Qué torpe. Yo, dando lecciones de inteligencia emocional, en plan terapeuta, cuando lo único que tenía que hacer era darte ese regalo y presentarte al señor Hodgkin. Ese cabronazo que volvía a doler en mis entrañas y que, desde algo más de un par de meses, venía consumiéndome. Una vez más, tú valías más que diez Marcelos. Te dejo escrito lo que no supe decirte:

En Madrid, cerca de mi casa, en el Hospital General Gregorio Marañón, el doctor Marrero me indicó que la mía era una enfermedad muy frecuente en hombres cuyas edades se sitúan entre los quince y los treinta y cinco años. Y que la causa es sencillamente desconocida. Me comentó que la enfermedad de Hodgkin era un tipo de cáncer que se originaba en el sistema linfático. Guardé silencio. El doctor comprendió que quien tenía frente a sí no sabía exactamente qué era el sistema linfático. Por ello me sirvió una explicación, serena y concienzuda, en la que me vino a explicar que ese sistema está formado por una serie de vasos que recorren todo el cuerpo y por ganglios, que son como unos colectores. Los ganglios linfáticos son como unas pequeñas bolsitas que se encuentran en distintas partes del organismo como el cuello, las axilas, las ingles, el tórax, el abdomen y la pelvis. Dijo que los linfocitos son un tipo de glóbulos blancos y que su función es la de la defensa del organismo. Te lo abreviaré para no hacerte extensible un mayor número de apreciaciones y tecnicismos médicos. Lo que me venía a decir ese doctor es que, en muy poco tiempo, yo iría perdiendo esas defensas.

Tras los consabidos análisis averiguamos que los linfocitos eran malignos. Que estaban comenzando a diseminarse por todas las partes de mi cuerpo. Y que podrían estar pasando al torrente sanguíneo y afectar a múltiples órganos. Y, aunque había muchas probabilidades de vencer ese mal, en mi caso, era Hodgkin quien estaba claramente ganando la batalla.

Uno cree que está preparado para todo. Pero eso no es sino conjetura de folio, razonamiento cartesiano, hasta que de verdad lo escuchas. Hasta que alguien te lo dice con semblante serio y rostro apagado. Así su rostro, tal vez por la intensa jornada de guardias. Lleva unas gafas ligeras que encajan perfectamente en el conjunto de cejas pobladas y párpados vividos. Tiene una mirada afrancesada y elegante. Labios finos y ligeramente arqueados hacia las comisuras que han sostenido otras comisuras y cigarrillos. Labios que no se separan mucho al pronunciar esa frase que cae como un enorme y afilado vidrio en el pecho:

—Señor Martín-Santos, le queda muy poco de vida.

No he dejado de recordar el rostro cansino y elegante del doctor en aquella sala del hospital. El rostro que daba la espalda casi a aquella ventana, que anunciaba formas curiosas de ramas secas, batidas más o menos por el aire que pronto discurría entre los bulevares y ciertas risas ajenas. Ciertas parejas, ciertos amores e historias profundas o livianas, ciertos otros problemas pueriles o brutales en otras calles adyacentes o lejanas. Ciertas palabras en cualquier idioma, en cualquier país, bajo cualquier clima. Ciertas lágrimas en cualquier tez, en cualquier piel de cualquier raza. Sí, me sentí tan diminuto e inexacto, tan de mentira y sueño, tan pobre, tan sin nada. Iba a morir, y lo iba a hacer sin remisión, pero sin una fecha concreta.

Esa misma noche, ya en casa, conecté el ordenador y escribí esa palabra, esa denominación en el Google: Hodgkin.

Me encontré con más de tres millones de enlaces. No quise ponerme a leer contenidos, pero sí que tuve la curiosidad de ponerle cara a ese nombre. Pedí al buscador imágenes y me encontré con la de un señor con entradas en el cabello y rostro espigado. Vestido como de cuáquero con un pañuelo al cuello. Llegué a jugar con la improbabilidad de tenerlo a él mismo a mi lado. Como una especie de extraño buitre haciéndome vigilante compañía. Esa imagen me ha perseguido durante mis últimos días, potenciada tal vez por mis fiebres.

Cuando ya mi vista no pudo alcanzarte, pedí la cuenta a la camarera parisina. Noté en su rostro serio y algo apenado que nos había estado observando. Le pagué y comencé a alejarme de aquella mesa donde acabábamos de dirigirnos, de viva voz, nuestras últimas palabras. Yo recorrería un camino más o menos perpendicular al tuyo, justo por donde había venido. Regresando con mi leve cojera a la estación de tren. Inundado por reflexiones que te puedes imaginar. Y recuperando las palabras del doctor Marrero. Las que no había sabido ofrecer a tus oídos, pero que, en Madrid, en mi soledad y preludio de muerte, sí que podrían ser escritas con la calma y precisión debidas. Perdóname. Por eso y por tantas cosas en esta vida.

6

Sofía es, en ese momento, materia detenida. Asimismo todo su espíritu y su energía. Despega nuevamente la mirada de su ordenador. Concentra esa mirada verde en la nada. En la nada su tacto, en la nada su memoria. Siente ese leve desfallecer en el vacío. Pierde las nociones todas. Acaricia el cristal de la ventanilla del Bentley Arnage, como si lo tocara por vez primera. Es niña y anciana. Consciente, como en ningún momento anterior en su vida, del principio y el final de todas las cosas. Consciente de la mortalidad. De la mortalidad también propia. Sofía muere, viviendo ese cúmulo de segundos o infinitas páginas. En su diluirse en el universo de las palabras. En el haberse olvidado de su nombre. De sí misma. Como cuando, ante un espejo, nos olvidamos vertiginosamente de nuestra propia imagen reflejada.

En ese irse al lugar último o primero, en ese despojarse de denominaciones, tactos, respiración y propósitos o trampas, se encuentra ahora ella. En ese invadirse uno mismo de la ausencia, de la ausencia misma. Así queda, sintiendo la llamada de la muerte precisa, de la muerte serena y tranquila. Ya no de su hermano, sino de todo lo que la rodea. En ese comprender sin palabras, sumida en un silencio indescriptible, vuelve a emerger de las posibles profundidades del texto para introducirse en otro lugar. Con los ojos cerrados, de ese modo, respira tranquila. Por vez primera en muchos muchos años, es capaz de contemplar, en el insostenible y casi olvidado rincón de sus recuerdos, cierta confusa secuencia.

Es una noche de verano. La noche previa a la caída de su hermanito Marcelo por las escaleras del porche. Está acostada en su camita. Medio destapada por el calor que hace, aunque la ventana esté abierta. No corre ninguna brisa en esa noche. Las cortinas permanecen quietas. La niña duerme. Sus piernas son pequeñas. Sobresalen del ligero camisón. Las sábanas están apartadas. Pronto esas piernas de niña son cubiertas por una sombra gigante que precede a una voz de hombre mayor, altamente reconocida, que envuelve su perfil ingenuo e infantil, ahora casi dormido. La voz arrastra un aroma bruto de alcohol y tabaco que inunda sus mejillas hasta arremeter susurrante en su oído, dejando el siguiente mensaje: «Chsssss, sigue durmiendo, princesita. No tengas miedo. Tú sigue durmiendo. No te despiertes. No te despiertes. Chssss... El yayo te cuida». Y la niña obedece y guarda silencio. Mientras aquella mano caliente, peluda, gigante y hondamente reconocida procede a la búsqueda deleznable de toda su inocencia corrompida. La sombra detiene su mano porque, en ocasiones, hasta las sombras gigantes tienen una pizca de conciencia. Se aleja de esa habitación, no sin antes ponerse casi a llorar. Como lloran algunos hombres que dirigen imperios, cuando algunas noches acuden de golpe todos sus fantasmas.

Por vez primera entiende que lo que tantas veces creyó como una pesadilla sucedió, justo la noche que precedió al accidente o no accidente de Marcelo en el porche. Con la clarividencia y fuerza de esa concepción, con el enfrentarse sin miedo ni duda a la verdad, contempla el conflicto sin quebrantables olvidos, sin huidas. Se siente liberada. Tiempo habrá para seguir analizando sus pretéritas sombras, piensa. Ahora, sin más, solo le importa seguir leyendo. Algo en su perfil denota cierto ennoblecimiento que da siempre la paz recobrada.

7

HACÍA CASI UNA HORA QUE NOS HABÍAMOS DESPEDIDO. ME encontraba ya en la estación del Norte, pensando en lo diferente que puede ser un mismo camino recorrido a la inversa. No quedaba mucho para la salida de mi tren con destino a Madrid. La ciudad última que recogería mi ineludible muerte. Mis divagaciones fueron súbitamente cortadas por el consabido aviso por exteriores de la próxima salida de mi tren Alaris. Se hizo la hora. Dirigí mi mirada hacia el decimonónico reloj. Junto a él, una paloma iniciaba el vuelo hacia el techo. No sé si se trataba de la misma paloma de esa misma mañana. Lo que sí sé es que esta en cuestión, y tras varios intentos, encontró un hueco en el techo y pudo así, por fin, abandonar su enorme cárcel de megafonías, hierros y paneles de uralita.

Me dirigí al vagón con mi leve cojera. Hodgkin acudía de nuevo con otra pequeña oleada de pinchazos y sudores fríos. Pasé el control de maletas de rayos X. La azafata de Renfe que recogía el resguardo del billete me contempló con mirada preocupada. Me preguntó si me encontraba bien. Respondí que sí, que solo era un ardor de estómago. Entré en mi vagón y, una vez me acomodé en el asiento de ventana que tenía asignado, Hodgkin pareció volver a quedarse dormido poco a poco. A los pocos segundos se sentó a mi lado una mujer de unos cincuenta años. Primeramente, colocó en el estante de arriba su pequeña bolsa de viaje. Me sonrió. Llevaba consigo una revista de decoración y un libro que dejó en la redecilla que queda en la parte trasera de los asientos, justo debajo de la pequeña bandeja plegable. Leí el título. *Libertad bajo palabra,* de Octavio Paz. Uno de los libros preferidos del abuelo Gabriel. Recordé algo que venía escrito como prólogo a ese enorme poemario, una frase que el abuelo tenía subrayada: «Contra el silencio y el bullicio invento la Palabra, libertad que se inventa y me inventa cada día».

Tres horas y media más tarde, el tren Alaris entraba puntual en la Puerta de Atocha.

8

AL ENTRAR EN CASA SENTÍ UN SILENCIO EXTRAÑO. DIFERENTE. Como con más peso. Dejé el paquete envuelto en la cómoda de la abuela Teresa. Era el paquete que me habías rechazado horas antes en la plaza de la Virgen, en Valencia. Recorrí el pasillo. Ni todas las fotos enmarcadas que recogían los rostros de nuestra familia ni todos los libros y vinilos del abuelo que siempre me habían lanzado a la escritura eran capaces en ese momento de inyectarme la ilusión o inventiva precisas para aplacar el rumor del vacío.

La noche pronto se desplegaría sobre Madrid. Era ese momento en el que el cielo parece ser un lienzo con relajantes formas violáceas, rojas, rosas. Preparé algo de cena. Salí a la terraza con mi plato y una botella de vino de Utiel-Requena. En todo momento, en silencio y muy serio, me estuvo acompañando el señor Hodgkin. Levanté mi copa sin dejar de mirarlo. Le dirigí un callado brindis y me dispuse a beber el primero de varios tragos.

Cuando ya se hizo la noche contemplé, junto a la botella casi vacía de vino, las pocas estrellas que el contaminado cielo madrileño filtraba. Me preguntaba en qué parcela de oscura antimateria iría a parar mi alma. Hodking señaló un lugar concreto del cielo estrellado. Miré hacia el lugar más o menos indicado. Y, cuando regresé a su rostro, asintió y volvió a desaparecer. Pronto mis párpados me fueron advirtiendo del sueño al que estaba a punto de dejarme vencer. Me dirigí cojeando ligeramente a la cama, donde no tardé en quedarme profundamente dormido.

9

A LA MAÑANA SIGUIENTE, ME DESPERTÓ UNA LUZ SEDOSA Y CLAra que se filtró por la ventana, entre las cortinas de lino, hasta alcanzar mi rostro. Me levanté con no poco esfuerzo y la boca algo reseca. Fui directo a la cocina a beber un par de vasos de agua, y a prepararme un café y un par de pequeñas tostadas con ajo restregado y aceite de oliva.

Desayuné nuevamente en la terraza, bajo un cielo celeste y despejado. Al terminar, y antes de retirar el plato y la taza a la cocina, me apoyé en la barandilla contemplando la enorme frondosidad del parque del Retiro. Bajo aquel manto inmenso y verde, pensé, se encontrarían los rostros de los posibles niños alegres, jugando con sus mascotas. O esos ancianos solitarios, o no, paseando bajo las frescas sombras de los abedules centenarios. Pararían a hacer un poco de ejercicio, en esos aparatos mecánicos que hay dispuestos, para que puedan girar y estirar articulaciones, al aire libre, como si estuvieran en un gimnasio. También se encontrarían las parejas de amantes de distintas edades caminando discretos por los senderos. Agradecí en silencio, una vez más, contar en Madrid con ese penetrable bosque que todo lo cura y relativiza. Del mismo modo que hace el mar, cuando surgen en las geografías costeras ciertas inquietudes o sombras. Aquí, en Madrid, es el enorme Retiro el que nos libera un poco de las tensiones del alma.

Me di una ducha, me arreglé un poco y bajé a darme un paseo como en tantas ocasiones. Crucé por entre el gran estanque y la Casa de Vacas. Llevaba conmigo un cuaderno para tomar notas. Decidí sentarme en la terraza de uno de los quioscos del parque. El que queda frente al enorme estanque y al monumento a Alfonso XII. Pude escoger entre varias de las mesas. Tras unos segundos, sin apercibirla en entero detalle, pude constatar la presencia a mi lado de una pequeña y elegante anciana. Varias barquitas se movían lentamente en las dóciles y quedas aguas, más o menos verdosas. Algunos estudiantes enamorados remaban sonrientes, con ropa estival, con calma y sin rumbo cierto, como tal vez en los mares de sus propias vidas. Pensé que los madrileños y los demás visitantes de este parque tuvieron que esperar algo más de un siglo desde su apertura a mediados del siglo XVIII para disfrutar de esos terrenos de ocio y relajamiento solo concedidos, en un principio, para la realeza y la aristocracia. Creo que esta pueril apreciación, no sé si acertada, fue lo primero que me puse a escribir en el cuaderno tras haber pedido al puntual camarero un café. De alguna manera tenía que comenzar y nada mejor que describir el lugar en el que me encontraba, acometiendo esas mis primeras palabras. Escribía y escribía hasta que, de repente, despegué mi mirada del cuaderno y la dirigí hacia la pequeña anciana de la mesa próxima que me observaba sin decoro, sonriendo traviesa. Pude ahora confirmarla con mayor número de pormenores. Una vez más, la vida convertía una figura anónima en un personaje de reparto que pronto iría ganando obligado protagonismo.

Me miraba sonriente, como te digo, con el rostro redondo y gracioso. La mirada chica, muy morena, muy viva, con el cabello cano y largo. La miré, le sonreí, y traté de seguir escribiendo. Pero de repente su voz se materializó.

—¿Dónde publica usted?

—Aquí últimamente —le dije sonriente, mostrando mi cuaderno, tras pensar un par de segundos mi respuesta.

—Esa es la mejor de las editoriales —me contestó cómplice.

—Bueno, las conozco mucho más interesantes.

Al tiempo que parecía construirse un diálogo, yo continuaba intentando escribir y, aunque atento y de soslayo a aquella dama, no podía impedir permanecer con mi rostro suspendido en el interrogante o desafío de esa página en blanco. La vieja dama lo percibió al instante.

—Pero continúe usted, continúe, por favor, que no quiero entretenerlo.

Le dediqué un gesto de agradecimiento y correspondencia y comencé a colocar palabras, con más o menos acierto, durante un nuevo y tal vez torpe silencio. Todo parecía indicar que ya había dado con el disparador creativo que se me resistía esa mañana cuando…

—Mi marido también fue escritor. Sí, me hace mucha gracia verlo con esa energía escribiendo en su cuaderno —me dijo, con ese acento melodioso y confuso que no acertaba a ubicar con exactitud—. Me trae imágenes y recuerdos de cuando vivía, de cuando era joven. También escribía en los cuadernos apretando como usted el bolígrafo. Todo el que así escribe es poeta y revolucionario.

—¿Poeta y revolucionario? Sí, al final parecen pergaminos —contesté refiriéndome a las páginas.

—Sus manos, sus dedos, sus palabras, sus cuadernos. Tan parecido todo. Bueno, por eso le he preguntado.

—¿Su marido era escritor?

—Sí.

—Y ¿cómo se llamaba?

—De momento no se lo voy a decir. Pero digamos que era mexicano y muy conocido aquí en su país.

Su aterciopelado castellano con un ligero acento francés no muy concreto quedó en suspenso. Sus ojitos me miraban traviesamente, como invitándome a un juego. Sonreí porque decidí jugar.

—Un escritor mexicano que fue muy conocido aquí... —comenzaba a hacer mis cábalas.

—Era y es. Supongo que sigue siéndolo o no le estarían haciendo un homenaje.

—¿Un homenaje? ¿Dónde?

—En la Residencia de Estudiantes. —Era muy buena en el juego—. Me llamo Marie José. ¿Usted?

—Marcelo.

—Ah, ¿como Mastroianni? —Y soltó una risita infantil e inesperada.

—Pues sí, de hecho, a mí me pusieron ese nombre porque a mi madre le encantaba ese actor; y a mi hermana gemela Sofía, porque a mi padre le gustaba mucho esa actriz.

—Ah, la Loren.

—*Los girasoles* era la película favorita de mis padres.

—Pues sí que tienen buen gusto cinematográfico sus padres.

—Tenían.

—¿Cómo dice?

—Murieron. Hace tiempo.

—Comprendo. Lo siento.

Y regresó de nuevo ese embarazoso silencio que igual significaba el posible final de ese ir conociéndose. Pero no...

—¿Tiene usted una hermana gemela?, qué lindo.

—Bueno. No nos vemos mucho, la verdad.

—Eso no tiene ninguna importancia. Los hermanos son hermanos, se distancie uno mil kilómetros o mil heridas.

Quedó diciendo esto último abandonando su mirada tierna y circunspecta a ciertas memorias reservadas. Volvió a sonreír de nuevo, en silencio. Y se le escapó otra casi risa. Como una pequeña exhalación traviesa.

—Yo conocí a Mastroianni en Saint-Germain. Vivía cerca de allí, en la rue Bonaparte, junto a Saint Sulpice. Vivía en un edificio junto al de Catherine Deneuve, que fue su mujer. Desde que se separaron, no pudo distanciarse nunca de ella.

La vieja dama quedó absorta en sus privados pensamientos al tiempo que decía esas palabras. Solo me venía un nombre a la cabeza. Un novelista mexicano de cierta edad. Pero había algo que no me convencía en mi elección. Dudaba de que ese escritor estuviese muerto. Ella entendía dulce y claramente lo que acontecía en mi interior, esa búsqueda silente de posibles nombres. Ese disfrazado no acierto por mi parte.

—Pero insisto, usted a lo suyo, continúe, continúe escribiendo, ándele.

—Usted no es mexicana. Del todo, quiero decir.

—¿Cómo?

—Es que no sitúo su acento.

—Tengo una mezcla de muchos acentos. En realidad, soy francesa. Mi marido sí era mexicano. Pero hemos vivido en muchos lugares. Incluso en la India. Quizá por eso lo de mi acento. Me lo han dicho siempre. Pero escriba, escriba.

Con menos apremio que en la primera vez, regresé a mi cuaderno. En esta ocasión creo recordar que empecé a describirla a ella y el preciso momento que estaba viviendo. Era la excusa perfecta para fingir que se colocaban palabras precisas. Que no estaba realmente pensando en quién sería ella. Y, lo más importante, el escritor de quien me hablaba. Llegué a pensar si no se trataría de…

—Todavía me dura el *jet lag,* ¿sabe? Es que llegué a París del DF hace dos días. De ahí a Madrid. Y todavía siento que me dura este extraño cansancio. Ya ve usted, tres días después. Será la edad.

—Eso pasa a cualquier edad —le respondí rápidamente porque en realidad lo que quería era continuar con la conversación más que con el escrito.

—No crea —me contestó resuelta—. No hace muchos años, mi marido y yo no parábamos de viajar desde México a cualquier parte del mundo. Y nunca nos sentíamos cansados. Supongo que porque viajábamos los dos juntos. Y eso rejuvenece.

—Qué bonito.

—¿El qué?

—Eso mismo que ha dicho.

—¿Usted tiene novia?

—…

—Oh, vamos, no pensará que estoy intentando…, ¿cómo dicen ustedes?, ligar con usted. —Y volvió a soltar la infantil y agradable risita como de vieja sirena todavía con ganas de olas y playas—. ¿La tiene?

—No.

—Escribe entonces como un lamento dirigido a alguien que no pudo entenderlo y que…

—Escribo a mi hermana.

—¿A Sofía?

—Sí, a Sofía.

—Marcelo escribiendo a Sofía. Y ¿qué le escribe?, ¿cosas que no se dijeron «*Ayer, hoy y mañana*»?

—Más o menos.

—¿Conoce esa película?

—Sí, claro. En casa conocemos todas las películas de Mastroianni y Sofía Loren, como podrá imaginarse.

—Claro. Marcelo a Sofía, qué lindo. ¿Ha estado usted en París?

—Sí, algunas veces.

—Ah, ¿conoce entonces el Café de Flore, o el Deux Magots en Saint-Germain?

—He estado tomando café y notas algunas veces en ambos sitios. Me gusta mucho una librería que hay allí, entre los dos cafés, que permanece abierta las veinticuatro horas.

—Ah, sí, La Hune. Yo estuve anteayer almorzando en el De Flore y... ¡Dios mío, cómo ha cambiado todo en Saint-Germain! Ahora está lleno de turistas americanos. Horrible. Y pensar que hubo un tiempo que se reunían allí todos los existencialistas y los editores, las estrellas del jazz, los actores y directores... Usted hubiera disfrutado mucho allí en esa época. A mi marido le encantaba ese ambiente, con Sartre, con Simone de Beauvoir, con Camus. A usted le hubiera también encantado todo aquello, sí.

—Sigue sin querer decirme el nombre de su marido.

La vieja dama quedó en suspenso. Me miró intensamente, con análisis y cierto cariño, exactamente como se hace cuando se pretende asegurar en la mirada del otro la verdad última antes de decir ciertas palabras.

—¿Con qué número se identifica? —me preguntó de repente.

—¿Cómo dice?

—No lo piense mucho, dígame un número con el que se sienta próximo.

—El cinco —respondí subiendo los hombros y sin pensarlo mucho, tal y como me pidió.

—¡El cinco! Interesante. ¿Por qué?

—Es una buena forma de estructurar una obra de teatro, o la vida misma. En cinco actos. Me gusta su forma porque reúne líneas rectas y circulares. La mano, por ejemplo, tiene cinco dedos —dije estúpidamente mirándome la mano derecha—. Juntos funcionan como un equipo perfecto. Cinco líneas forman el pentagrama sobre el que se ha escrito la música. Lo más maravilloso que ha podido crear el ser humano. No sé. Me gusta ese número. De hecho, creo que me ha acompañado mucho en esta vida si lo pienso con detenimiento.

—El cinco es el número de la libertad, ¿lo sabía? —me dijo—. El de la independencia, el cambio, la adaptación, el movimiento, la búsqueda de nuevas experiencias, el espíritu viajero y aventurero. Sí, usted responde al cinco. No solo porque haya respondido cinco. Al verlo escribir así, con tanto ímpetu, he sabido que es usted un espíritu inquieto en busca constante de la verdad que nos rodea. Necesita acumular la mayor cantidad de información posible para saber qué es lo que está sucediendo en profundidad. ¿Me equivoco? —No podía responder, tan atrapado y fascinado me tenía—. También es el número de la fortuna, la magia y la aventura. Le atrae lo desconocido, lo extraño, lo misterioso. Las personas «cinco» son inteligentes, egoístas, curiosas y con gran capacidad artística. De normal, su pasión por la vida y la libertad las lleva a abandonar el hogar muy jóvenes y se convierten en eternos viajeros. Les encanta conocer gente, explorar nuevos países y vivir nuevas experiencias. Odian la rutina, la espera y necesitan estar en movimiento constantemente. No les gusta dar explicaciones por sus actos y siempre buscan recordar todos los actos de juventud. Son tremendamente inteligentes. Al estar en el centro de la tabla numerológica, mantienen una relación con los otros números. Y, al mismo tiempo, tienen acceso a ellos. Una persona «cinco» es la que está más capacitada de escuchar «la otra voz».

—¿Cómo ha dicho?

—La otra voz.

Quedé mudo ante esas palabras. No podía ser. Eso que estaba viviendo no podía ser casual. Primero lo del poeta revolucionario y ahora...

—¿Ve usted a esa gente que está observando desde aquí? ¿Esa que camina o que se toma ahí al lado un café, leyendo el periódico? —prosiguió la dama—. La mayoría de esa gente escucha en su vida unas ciertas voces, pero no la otra. Esa que hace ver de distinta manera el mundo. Que obliga a tener que contar el mundo mismo, mediante la escritura o cualquier representación artística, para mejorarlo. Para crear un futuro vínculo con quien vuelva a escuchar esa otra voz, algún día, en cualquier parte del planeta. Usted la ha escuchado. Lo sé. Se le ve en la mirada. Y en esa forma enérgica de escribir que tanto me ha recordado a mi marido.

Era imposible no quedar sorprendido por la súbita llegada a mis oídos de esas palabras. Una vez más, se me presentaban de la más aleatoria y cuántica de las formas. Intensamente fueron recuperadas las veces que había escuchado esa misma frase, indivisible y compacta: «la otra voz». Las veces que me lo había puntualizado el abuelo Gabriel, incluso don Ceferino. Pero ya nunca nadie más. «La otra voz». Hasta la llegada de esa vieja dama que, al depositar en mi anhelante corazón ese escueto mensaje o designación, detuvo nuevamente mis pensamientos o tal vez los expulsaba a todas partes.

—¿Ha estado usted alguna vez en la India?

—No.

Ella era consciente del efecto que en mí habían provocado sus inmediatas palabras.

—Mis años en la India con mi marido fueron memorables. Nos conocimos en Nueva Delhi. Él era embajador allí. Nos quisimos tanto… Fue tan inspirador para su obra aquel infinito lugar… Un nuevo nacimiento. La estancia en la India lo marcó profundamente, él siempre lo decía: «una educación sentimental, artística y espiritual», un cambio que alcanzó las raíces vitales de nuestras existencias.

Durante casi una media hora habíamos mantenido una charla de esas que logran detener el tiempo, que hacen olvidar a los posibles Hodkings. Ella se había negado en todo momento a darme el nombre de su marido. Era ese su juego. Pero, evocando una vez más aquellos dulces y lejanos tiempos en la India, la vieja dama comenzó a emocionarse. A su inteligente mirada acudió un pequeño atisbo líquido que no quiso que contemplara. Tal vez en una sola lágrima puede condensarse todo el amor del mundo. Eso mismo pensaba yo al tiempo que mi silencio se extendía. No sé si por respeto o por torpeza. De repente, aunque continuando apacible, se mostró inconmovible y tajante.

—Ahora voy a pedirle algo y quiero que lo haga sin preguntar ni objetar nada.

—Usted dirá.

—Váyase de aquí ya. Váyase ahora mismo. Abandone esta conversación, esta mesa, este enorme estanque. Vaya afuera del parque. Entréguese usted a la ciudad y al mundo con esa energía tan suya, tan joven, tan de «cinco». Escriba. Escriba. Escriba. Su voz será escuchada. No lo dude. No desista.

—Pero…

—Vaya afuera. Vaya, vaya. Ya le invito yo a su café. Ándele.

Con una supeditada lentitud, resolví lo que me pedía. Dejé a aquella vieja y pequeña sirena sin mar ni escamas, no sin antes agradecerle la invitación del café y, por supuesto, el regalo tan bonito que me había ofrecido esa mañana: su corazón, su memoria, su sonrisa.

Volví a girarme. Ya no pudo decirme «ándele» otra vez, tan solo dedicarme un ademán con su arrugada mano indicándome que me alejara. Lo hice sin mirar atrás. Y en el recorrido de vuelta a casa me di cuenta de que, en todos aquellos minutos, se me había olvidado por completo mi muerte irremisible y matemática. Sonreí, aun siendo consciente del poco tiempo que me quedaba. Con el aprendizaje sereno e inminente de algo muy importante: se puede quedar uno absorto de los males, de las sombras, con muy poquita luz, limitándose a dedicar la atención en algo sencillo.

Regresé a casa bajo la silente vigilia de los abedules, robles y fresnos. Varios corredores sudaban la camisa recorriendo el lateral de la verja con el rostro sufrido y los auriculares lanzando privadas músicas a sus oídos. No dejaba de preguntarme por qué no le había dicho dos cosas a esa mujer. La primera, que el cinco es en realidad tu número favorito, Sofía, siempre lo ha sido. La segunda, que la India es tu destino soñado. Con todo el dinero del mundo y todavía sin haber ido. Siempre diciendo que, para ese viaje, necesitas un mes y ese tiempo no se lo podías quitar a la empresa, al grupo Martín-Santos.

Salí por la puerta de O'Donnell y continué, con lento paso y pensamiento acelerado, hacia mi casa. Como bien sabes, en el 11 de la misma calle Menéndez Pelayo. Una vez dentro, lo primero que resolví fue dirigirme con determinación hacia el ordenador. Entré en Internet. Escribí en el *search* de Google: «Escritor mexicano homenaje Residencia de Estudiantes Madrid». Acto seguido daba con miles de enlaces que me llevaban al poeta, ensayista y nobel mexicano nacido en Mixcoac, que respondía al nombre de Octavio Paz... ¡Octavio Paz!, ¡el poeta que fue amigo del abuelo Gabriel!

Y, en efecto, al continuar leyendo, encontré un apartado en el que se narraba que en 1937 asistió al Congreso de Escritores Antifascistas en Valencia (España); donde publicó un poemario, *Bajo tu clara sombra,* y entró en contacto con los intelectuales de la República Española, con Pablo Neruda, y —aunque no lo ponía obviamente en esos textos— donde conoció a nuestro abuelo Gabriel. Pensé en un segundo en salir apresurado de nuevo a la cafetería del parque. Pero claudiqué por dos motivos: en primer lugar, porque mi tullida pierna, seguramente, y como en tantas y tantas ocasiones, me impediría llegar a tiempo. Y, en segundo lugar, porque no quería emborronar la magia del momento con la prolongación de un nuevo y súbito encuentro en el que explicarle que sí, que ya sabía quién era su marido. Que incluso fue amigo de mi abuelo.

Por todo ello, sencillamente, seguí leyendo y descubriendo que continuó publicando revistas y poemarios en México. Y que en 1945 entró en el Servicio Exterior Mexicano y fue enviado a París. Que allí mismo, y a través del poeta surrealista Benjamin Péret conoció a André Breton, que le hizo amigo de Albert Camus y otros intelectuales europeos e hispanoamericanos del París de la posguerra. Durante la década de 1950 siguió publicando libros fundamentales como *El laberinto de la soledad.* En 1951 viajó a la India y en 1952 a Japón. Regresó a México en 1953, donde hasta 1959 siguió desarrollando una intensa labor literaria. En 1960 regresó a París y en 1962 volvió a la India, como funcionario de la Embajada de México. Conoció a Marie José Tramini —aquí me quedé de piedra—, con quien se casó en 1964. ¡Marie José! ¡Marie José! Abrí otra ventana en la pantalla del ordenador. Y le pedí al nuevo *search* que solo buscara imágenes de Octavio Paz y Marie José. Comenzaron a aparecer inmediatamente. Allí estaban ambos. Allí estaba ella, la vieja dama de la cafetería del Retiro, pero mucho más joven, tal y como yo la había presumido. Se les notaba tan enamorados...

Seguí leyendo datos y más datos, como que en 1968 renunció a su puesto de embajador en la India por la matanza del 2 de octubre. Y que en 1990 obtuvo el Premio Nobel de Literatura, al tiempo que publicaba el ensayo *La otra voz*. Un homenaje o explicación a esa voz, de la que tanto te he hablado en este escrito. Esa otra voz que tanto promulgara el poeta, antes de hacerla libro, a amigos como el abuelo Gabriel. «La otra voz» que tan clara y categórica me había recuperado, no hacía ni una hora, la propia viuda del poeta. Ese al que acababan de homenajear en la Residencia de Estudiantes, hacía tan solo un día. Todo parecía conspirar dulce y fácilmente para lanzar «la otra voz» hacia una dirección clara y concreta:

A ti.

10

A ti, Sofía. A ti, sí. Lo supe con la rotundidad de quien es poseedor de una verdad ya indiscutible. A ti tendría que lanzarte «la otra voz». No ya a tus oídos sordos, sino a tu corazón. Todo me llevaba a mostrarte lo que tú nunca has querido reconocer: que eres tú la auténtica escritora. Tú, la poeta revolucionaria. Tú, quien, desde niña, no solo sacabas los sobresalientes con las redacciones, sino que además tenías tiempo para realizar todos mis trabajos de Lengua y Literatura en casa; para pasarme las soluciones de los exámenes en el colegio, arriesgándote a que te pillaran. Mi hermana sudando el doble para realizar los trabajos de Filosofía, diferenciándolos de los tuyos propios, para que don Ceferino no sospechara. Tú, encargándote de que no me suspendieran. Incluso en eso. Con unas narraciones prodigiosas. Y no solo en el colegio. También al abuelo Gabriel, que creyó durante mucho tiempo que eran míos todos aquellos cuentos que tú, de manera anónima, escribías. Más que anónima, poniendo mi nombre en ellos. Yo no tenía tu talento. A fuerza de ir probando, equivocándome y volviendo a probar, empecé a encontrar eso llamado técnica. Tú, en cambio, soportabas una presión brutal. Cada vez que te ibas haciendo mayor, sabías que todos depositaban en ti, en tu talento ineludible, todas sus esperanzas. Y, por eso, abandonaste en la adolescencia ese don. Para refugiarte en lo que sentías que era tu obligación. Obligación de apellido y casta.

Lo que sucede, hermana, es que un don nunca muere, solo queda dormido. Y yo me iba a convertir, antes de morir, en ese despertador posible de tu talento y destino. De ese modo dejaría de ser un Bartleby más en el océano del tiempo y las humanidades. Me forjaría con absoluta inmediatez, el tiempo que Hodgkin me permitiera, en el arquitecto de tus raíces, de tus cimientos, desde los cuales tal vez tú podrías ir reconstruyendo tu esencia misma con la contemplación del privado conflicto, ya sin necesidad de huidas.

Me puse a recuperar así la memoria. A convertirla en palabras para ti, para que, de ese modo, recuperaras la tuya propia, tu memoria dormida. Y cada vez que te iba recordando en mis palabras revivían, súbitamente y de un modo alegre, los abuelos, los papás, los tiempos todos que ya te he ido exponiendo casi tangibles. Porque todo ello vive de alguna forma en la medida que nosotros vivimos. En la medida que existió entre nosotros ese enorme abrazo, por ejemplo, que nos unió en unos segundos mucho más que décadas de armonía templada. No solo hablo del recuerdo, del eco de sus risas o bromas, hablo de algo mucho mayor y mágico. Busca en tu corazón, es fácil encontrar eso de lo que ahora te hablo. Llegamos a abrazarnos en algún momento de niños. Y recuerdo que mi mejilla apretaba con fuerza la tuya y que llegamos a ser tú y yo uno solo. ¿Recuerdas? Volvíamos a ser los mellizos que navegaron juntos en las mismas aguas. Nuestros pechos firmes pero temblando, nuestras mejillas bien prietas. Entonces las lágrimas tuyas y mías se encontraron en un mismo recorrido para formar un solo hililllo de tristeza, hermandad y memoria. Tus lágrimas llegaron a la comisura de mis labios trémulos. Noté el sabor de sal y de infancia en mi boca. Y entonces inundé tu mejilla de besos. Y tú la mía. Y te quise exactamente como ahora te quiero, como siempre te he querido. Mucho más incluso que a mi propia vida. Aquella fue la vez última que sucedió ese abrazo o fusión entre los hermanos. Sucedió cuando mamá se fue. Y yo me pregunto: ¿es que únicamente tiene que ser siempre ante otra pérdida, ante otro adiós póstumo, cuando se han de abrazar los hermanos?

Con esa pregunta, suspendida en el aire de mi habitación, fue cuando sucedieron realmente las primeras palabras a ti dedicadas. Esas que me imagino que estarás leyendo ahora. Comenzó a hacerse la noche. En el cambio de luz y texturas acudió una súbita y fresca lluvia. El agua arremetía ahí afuera en los asfaltos. La gente se arrebujaba en paraguas y capuchas. Desde el balcón, esas figuras iban y venían, ligeras y mojadas, como seres fantasmales que arrastraban invisibles cadenas. Imperceptibles yugos que les eran revividos o esperaban en cada una de sus casas perfectas. O en cada uno de sus perfectos despachos. La gente iba y venía. Y, en muchas ocasiones, sin dejar de moverse con esas prisas, realmente no alcanzaban a llegar a ninguna parte. Mamá me miraba desde el cuadro con esa mirada suya entre cándida y por desarrollar. Esa mirada todavía no muy elaborada que desprendía un no sé qué de ternura y paz, que tan imposible me resultaba de recuperar en su mirada última. Debía de tener poco más de veintiséis años en ese cuadro si es que no los veinticinco. Estaba muy bonita. Había tomado esa mañana misma una cantidad notable de sol. Destacaba el bello bronce de su piel, pese al maquillaje que se adivinaba en pómulos y mejillas. Siempre me gustó su piel. Tengo una imagen en mi alma. La de mis dedos pequeños y curiosos recorriendo recodos de sus brazos, de sus piernas, de su cuello, de su espalda. Mamá era una playa hermosa cuando quedaba tumbada al sol. Y mis dedos, diminutas olas que la acariciaban en cada una de sus orillas. Porque una madre siempre acontece ante los ojos del niño primitivo y despierto como un ser elaborado y enviado por los dioses. En línea directa con ellos. Para un niño sensible y abierto, su madre es una diosa a la que adorar y defender. Ese es el período más entrañable, noble y puro entre un niño y su madre. Luego vienen las inevitables evoluciones, las insistentes adolescencias donde todo amor es confundido e interrogado. Y uno piensa que ya solo existe para adorar a aquellas Silvias o Anas de su colegio, que tienen más o menos su edad. Como esos otros efímeros ángeles en bikini de los últimos días de estío. Entonces, hemos de abandonar a nuestra antigua diosa, nuestra adoración se diluye y mamá se convierte en una señora cercana a la abuela. Abandonada por Eros o entregada a las hadas. Y comienzan las épocas oscuras y tristes de los hijos con las madres. Solo suceden pinceladas de ternura y magia desde ese momento cada vez que algo concreto en el aire o en algún cierto detalle nos recupera épocas celestes en las que éramos pequeños príncipes que custodiaban a la gran diosa de nube y magia.

A nosotros mamá se nos fue joven y bonita. Me hubiera gustado mucho verla envejecer. Me hubiera gustado mucho verte envejecer a ti también, paralelamente a mi envejecer, más o menos mellizo. Recuerdo mucho a mamá. Os recuerdo mucho a todos, a todos... Os recuerdo... Recuerdo... Sí, recuerdo... la luz tamizada, fresca. Hace calor. Los rayos del sol se estrellan contra el chorro de los aspersores. Las lucecitas entonces son mágicas. Tú crees que son hadas. Recuerdo nuestros piececitos morenos y descalzos. Recuerdo que no solo están húmedos por el césped que recorren y que, en ese mismo momento, está siendo invadido suavemente por ese discurso de aguas estratégicamente establecido. Esa misma agua rebota en los troncos de las palmeras enérgicas y mayestáticas, que nos sirven para continuar con nuestros juegos de escondite y «a que no me coges, a que no me pillas». Nuestros piececitos también están húmedos por la piscina a la que regresamos una y otra vez. La piscina en la que convergen pelotas de colores, varios muñecos Geyperman, Madelman, algunos Playmobil piratas, que me traía papá de sus viajes. Algunas abandonadas gafas de bucear azul celeste, con el borde metálico. Y una dormida colchoneta, a rayas rojas y verdes, navega silenciosa de parte a parte y, en algún momento, queda anclada en la escalera metálica.

Corremos y gritamos por el vigoroso césped recién cortado. Me gusta el olor del césped recién cortado, recién regado. Me gusta el olor de la hierba mojada. Continúa el juego de aspersores y los niños corriendo entre ellos. Continúan sus risas y empujones de goma. Recuerdo que nos estamos persiguiendo. Que tú me persigues a mí, para ser más preciso. Que te cuesta alcanzarme. Que, de hecho, nunca lo consigues. Y yo me río. Y eso te desespera. Y me gritas imbécil y tonto, y yo aumento mi risa. Sí. Nos lo estamos pasando bien, muy bien. Sobre todo yo, por ver que no me pillas. Somos como dos duendecillos perfectos, corriendo entre palmeras y arbustos, entre tinajas de esas de barro que quedaban expuestas en el jardín medio volcadas para dejar asomar unas flores. Donde nosotros guardábamos aquellos tesoros, ¿recuerdas?, aquellas cajitas cuyo interior estaba formado por impagables canicas y cromos de Kempes, Botubot, Tendillo o Solsona; y tus sortijas y pulseritas de plástico rosa. Guardábamos los tesoros de noche, cuando no nos podían ver. Permanecían ocultos los tesoros, tres o cuatro semanas, bajo las flores. Luego los desenterrábamos. Era una fiesta. Lo celebrábamos con una Fanta de naranja y una rebanada de pan con Nocilla de dos colores. Recuerdo cada uno de los aromas de nuestra infancia. Son los aromas que más vívidamente me persiguen y alcanzan. Porque son los de aquella misma fatídica jornada en la que me quieres pillar, corriendo por entre las palmeras, alrededor de la piscina. Decidimos, por un instinto de niñez y aventura, acercarnos adonde precisamente se nos prohíbe si no estamos secos y con zapatillas. Sabemos que es imposible ir mojados allí, al porche de la casa, que tanto resbala. Los mayores nos lo han repetido hasta la saciedad. El porche de la casa enorme de cal blanca que construyó el abuelo Jesús para la abuela Teresita, para los tíos y para papá. Es la misma casa, pero reconvertida con los años. Papá en ese momento se encuentra en el club de tenis perdiendo dos sets a uno, y el abuelo Jesús lo sustituye dentro de su despacho. Nos hemos quedado con él.

Recuerdo las paredes de cal blanca y con relieve. Recuerdo los ventanales de madera tan mediterráneos como el par de olivos que acompañaban a las palmeras en el jardín. Recuerdo que las puertas de las ventanas quedaban sujetas en los laterales por unos hierros negros con casi forma de S inclinada. Siempre que los miraba o jugaba con ellos dándoles vueltas me acordaba de ti, Sofía; me acordaba de tu nombre, que también empieza por esa letra que se parece al número cinco. Seguíamos jugando y jugando y, entre humedades e infantiles euforias, alcanzamos el prohibido porche con nuestros pies mojados. Llegamos gritando, corriendo, peleando con esa excitación propia de los críos. Tú me persigues alrededor de la mesa redonda de hierro lacado en blanco. Tiene una base de piedras en juego cromático donde priman los colores cobre y hueso. Las sillas son también de ese mismo hierro lacado en blanco. Van a juego con la mesa en ese porche que ya hemos alcanzado. Sobre ellas descansa algún periódico, alguna otra revista de mamá. Las revistas de mamá están por todas partes. Como también, por todas partes, están nuestros juguetes y tebeos. En una de las sillas, por ejemplo, descansa otro de mis Madelman, un soldado aliado de la Segunda Guerra Mundial que papá me acaba de traer de su último viaje a Ibiza. Tú también tienes muñecas desperdigadas por todas partes. En la mesa descansa un cenicero de vidrio transparente y fuerte talle. Algunos cigarrillos Winston consumidos del abuelo. Corremos alrededor de la mesa. Es nuestra forma de comunicarnos y expresarnos. Somos niños. Son nuestros comprensibles comportamientos. Papá queda en el club de tenis. En ese mismo momento, remontando su partido, igualando a dos sets. Mamá lo acompaña y lo anima en ese partido. La abuela Teresita ha ido con Vicenta, la criada, al mercado de Benibaite a por algo de pescado. Y el abuelo Jesús, por el contrario, se encuentra dentro de la casa, de nuestra casa. Nos ha dejado libres por el jardín. Escuchamos su voz altiva y contundente, que se desliza como un torrente desde el interior. Las palabras comienzan a convertirse en gritos de discordia. Y quedamos paralizados ante ese tono de voz que ya conocemos de otras veces. Es el tono que el abuelo tiene al hablar de negocios, cuando estos no comienzan a dibujarse favorables. Papá va ganando el partido poco a poco, lanzando *drives* de difícil respuesta en pista abatida. El abuelo Jesús habla por teléfono con alguien de otra ciudad, alguien de otra parte que parece ser está ralentizando una operación inmobiliaria muy importante que no admite más demora. Hay mucho en juego en ello. Mucho dinero. Son palabras textuales que estamos escuchando. No sabemos muy bien qué significa, pero es algo serio que trunca nuestro juego, o no. Hemos ido avanzando en silencio, hasta estar ya dentro de la casa. La acción ha sido un poco irresponsable, porque sabemos que no podemos hacer tal cosa sin antes secarnos bien. Tú me lo recuerdas, me lo recuerdas suave y seria. Que no podemos entrar, que nos van a reñir. Entonces, acude a mi pecho de niño un aire de desafíos y aventura que me obliga a continuar con este nuevo juego que se nos presenta. Espiar al abuelo Jesús. Nos convertimos los dos en agentes secretos. No podemos ser descubiertos. Tenemos que escuchar esa conversación tan importante sin ser vistos ni oídos. Así te lo hago saber, y tus ojitos verdes se iluminan llenos de miedo. Al principio no quieres. Yo te convenzo. Y poco a poco discurrimos en silencio, como panteras de la jungla, por el salón con suelo de mármol. El suelo está frío. Los rayos de sol nunca alcanzan el suelo de mármol. La sensación es emocionante. El frío en los pies conecta directamente con nuestras pequeñas y húmedas espaldas. Avanzamos graciosos y diminutos sorteando la mesa y el sofá. Una puerta abierta despide la vehemencia de otra serie de palabras malsonantes del abuelo Jesús. Es la puerta del que fuera su despacho. Ahora es el despacho de papá, el despacho que tiene instalado allí en la casa de Benibaite. Junto al mismo, otra puerta también abierta anuncia la cocina desierta. Entonces es cuando te propongo atravesar la puerta del despacho de papá, sin que nos vea el abuelo. Tú asientes temblorosa pero cómplice del mismo apetito de riesgo y prueba. Y así lo hacemos, sigilosamente, sonriendo y en silencio. Primero soy yo. Luego tú, un poco dubitativa. En ese momento, el abuelo cuelga cabreado el teléfono. Te llega a ver cruzar la puerta. Llegamos a la cocina. Tú lo miras aterrada, calladamente, tan atenta que casi creo que voy a reír, pero solo sonrío. Ahí estás tú, a mi lado, pequeña y morenita, toda sin habla, toda tu boquita como una cereza trémula y medio abierta, todo tu cuerpecito mojado todavía por el agua de los aspersores que se escuchan leves afuera. Súbitamente el abuelo pega un grito al que acompaña otra serie de palabras brutales para los oídos de un niño o una niña.

—¡¿Y vosotros?!, ¿¡qué coño hacéis aquí mojados?! ¡¿No veis que es peligroso?! ¡¿Que os podéis resbalar y caer, y haceros daño?!

La enérgica voz del abuelo me provoca un espasmo nervioso en el que se mezclan sorpresa y miedo. Comienzas a llorar y gritar. Oigo al abuelo dirigirse hacia ti con rapidez. No puedes hacer otra cosa que lo que todos los niños hacen en tales casos. Lo ves venir quieta con la cara inundada de infantil horror. El abuelo se acerca. Es un gigante enorme con una rigidez en los labios, una mirada afilada y sangrante. Te agarra del brazo, te arrastra con violencia. El abuelo está fuera de sí.

—¡No le pegues! —le grito golpeándole en la pierna por detrás.

Comienzo a recibir yo entonces los golpes por defenderte. No cierro los ojos. Recibo una, y otra, y otra bofetada que provoca pitidos en mis oídos e incomprensión en mi corazón de niño, en mi corazón de nieto. Me quedo en silencio y cabizbajo. Ahora los golpes, con la palma del abuelo abierta, son en la cabeza. Cada vez que me va pegando, tú gritas más y más lloras. Paralelamente a las cruentas bofetadas del abuelo suceden los *drives* de papá, lejos de allí, en el club de tenis. ¡Dios mío!, ¡solo estábamos jugando! ¡Solo eso!

El impulso de cada bofetada y golpe me lleva hasta el porche. El abuelo sigue pegándome y gritando cosas que no puedo oír. Continúan los pitidos en mis oídos. Pierdo la consciencia. Trato de huir, tal vez para pedir ayuda. Con la sola mirada de niño aterrado, me enfrento contra el sol enérgico que ciega mis ojitos y ya solo escucho un grito. El de la abuela Teresita que acaba de llegar a la entrada de la casa en ese momento preciso. Grita porque me ve caer por las escaleras.

Papá, lejos de allí, sonríe y grita de rodillas al ganar el partido. Mamá ríe su gansada. Ninguno de los dos puede imaginar qué es lo que le está ocurriendo a su hijo en ese mismo momento. Escucho a la abuela llamarme por mi nombre, y a ti, un poco más atrás, gritando y llorando: «¡¡¡Nooo!!!». Lo demás es un enorme vacío, un apagón de voces y aromas, un oscuro súbito.

11

Recuerdo despertar en una sala blanca y fría. Recuerdo una chica joven y morena que me mira con cara de pena. Recuerdo que es guapa. Me gustan sus brazos delgados y elegantes. Son muy morenos. Me gusta su cuello. Creo que le sonrío, justo antes de que ella derrame lágrimas. Justo antes de que acaricie mi mejilla como si fuera mamá o la abuela. Noto una extraña sensación. Creo sentir que me quiere. Es solo ese segundo en el que le provoco lástima y un cariño enorme. Tal vez ella pasó por algo parecido en su infancia. O puede que ella llegase a ver algo parecido a lo que tú viste hacia su hermanito. No sé. El caso es que no puede evitar emocionarse. Y me acaricia justo antes de escuchar una frase, impositiva y firme, que demanda que preparen el quirófano. Entonces vuelvo a abandonarme al vacío, al oscuro. Quedo dormido. Y, cuando despierte, ya nunca volveré a ser el mismo niño.

En *Los hermanos Karamazov,* Dostoievski se sirve de Iván, uno de los tres hermanos, para decir que el amor de Cristo por el hombre es una especie de milagro imposible en la tierra. Poco después de decir esto, Iván justifica esas palabras a uno de sus hermanos, Aliosha, haciéndole ver que no puede entender cómo se le puede hacer daño a los niños en este mundo. A los niños, prosigue, se les puede amar incluso de cerca, incluso sucios, hasta feos. No han comido la manzana prohibida, todavía. Por tanto, no son culpables de nada. Reflexiona o nos hace reflexionar a todos nosotros sobre una idea: si también sufren los niños en la tierra, se debe, claro está, a sus padres. Y es curioso, porque siendo como son inocentes de todo, porque todavía no son adultos, son castigados por ellos mismos, los adultos, los padres, que sí han comido de esa manzana.

El autor ruso, mediante esta obra última en la que sintetiza su pensamiento, denuncia también en ella la corrupción engendrada por el poder del dinero, las pasiones incontroladas y el vacío moral. Es capaz de llegar al límite, cuando continúa explicando, por medio de Iván, que hay personas que se excitan a medida que pegan. Que cada golpe les hace experimentar esa sensación de voluptuosidad, de auténtica voluptuosidad, en progresión creciente. Que azotan un minuto. Que azotan, al fin, cinco minutos. Incluso durante diez minutos. Que siguen azotando más y más, y con más fuerza. Y que son muchos adultos los que tienen afición a golpear a los niños. Solo a los niños. Respecto a los demás sujetos del género humano, los otros adultos, esos verdugos se comportan hasta como personas amables y humildes.

—Ha sido un accidente —os dijo el abuelo, cogiéndome en brazos—. ¿Me oís bien? ¡Ha sido un accidente!

La abuela Teresita quedó sin voz. Entró en un estado de autismo silente sin despegarse durante años de la mecedora del porche. Su tristeza e impotencia la iría lentamente matando.

Luego el tiempo pasó, con esa fugacidad que ya conocemos, hasta el tiempo presente en el que tú has recogido el testigo de papá. El mismo testigo del abuelo Jesús. Quedando como heredera de todo un imperio. La única Martín-Santos ya realmente preocupada con los negocios familiares, las sociedades patrimoniales, los porcentajes en periódicos, televisiones y radios. Cada vez te has hecho más fuerte, más gigante, más respetable e incluso temida. Como papá, como el abuelo. Y como ellos mismos, cada vez más sola. ¿O acaso me equivoco?

Yo te imaginaba con tus velocidades y ansiedades, ajena a mi muerte, desde un Madrid de grises conclusiones en el que me remitía diariamente a cuadernos y libros driblando a Hodgkin. Preparándolo todo para ti. Únicamente para ti esta colección de memorias y otras voces con las que hilar, no sé si con fineza, mi adiós póstumo. Sabiendo que nunca quisiste comprenderme del todo. Porque la libertad es para ti, al igual que para muchos otros, un término confuso que simplemente intranquiliza y da miedo. Esquiva como eras a comprender, con el corazón y el alma, que solo siendo libre puede ser el amor, que este no es una cosa de la mente, porque la mente siempre está inquieta, pidiendo, exigiendo, buscando, poseyendo, con celos, temores y ansiedades. Reacia a asumir que el amor es el comprender desde la quietud y el silencio, siempre me reprochabas mi desinterés casi insultante por las cosas importantes. Por la familia, por los negocios, por las posesiones y los apegos. Cosas que, según tú, son las que más importan. Me llegaste a gritar llorando que era una vergüenza para la familia. Pero yo te sonreí. El tío Santi no supo hacerlo ante esos gritos de sus hermanos, porque no se encontró del todo a sí mismo. Porque estuvo siempre en guerra con todo. Porque no tuvo tal vez figuras fundamentales en el camino que lo orientaran a lo largo del viaje para escuchar la otra voz. Para ir consiguiendo establecer con seguridad y luz quien era él en realidad. Y cómo establecerse, sin complejos ni conflictos, ante los tan diferentes suyos. Ese fue el motivo de su ausencia aquel invierno. Sin Gabrieles ni Ceferinos, la sobredosis puede ser una resolución escueta y fría que sirva para quitarnos, de una vez, todo el daño que puede acumular un niño que ha recibido golpes y azotes por parte de su padre.

Nada más queremos saber de la vida que lo que nos afecta o con lo que afectamos directamente. No queremos hacer análisis de lo que provocamos o provocaremos de un modo indirecto. Creemos que somos buenos ciudadanos, buenos amigos, esposos o hermanos por dar propinas, abrazos, sueldos o regalos navideños. Nada más lejos que lo auténtico y verdadero que se tiene que dar, que es comprensión. Algo de lo que, cada vez que evolucionamos como seres humanos, más y más nos vamos alejando. Comprensión. La que tal vez necesitó el tío Santi cuando a los diecisiete le dijo al abuelo que lo que él quería hacer era pintar. Que le dejara un tallercito, uno de sus miles de bajos para poder ir haciendo, ir probando el verano anterior a su entrada a la Facultad de Bellas Artes. Y, tras reírse al principio el abuelo junto a sus hermanos, y tras un nuevo grito y nuevas bofetadas también, le exigió que abandonara sus sueños de peludo, piojoso y de rojo, y que se matriculase en Económicas, ya que ese era el proyecto de su padre. Con el que cerraba el organigrama familiar perfecto. Una vez en esa facultad, comenzó a vincularse con grupos estudiantiles en constante protesta con el régimen del agonizante Franco. Huían, casi a diario, de las batidas de los grises. Tenían que separarse de cualquier vínculo familiar conservador, para poder ejercer sus ideas y sus valores. En la familia solo contaban la de disgustos que estaba dando al abuelo. Solo eso. Solo esa explicación fuimos heredando. Eran aquellos tiempos difíciles en los que un Martín-Santos vivía en grupo con otros estudiantes en rebelión, búsqueda y protesta. Era el nacimiento de los setenta. Era la época del lanzarse sin redes con las drogas, porque les servían a muchos como pasaporte perfecto para huir de hogares autoritarios y de ciertos patriarcas.

Lo único que pretendió siempre el tío Santi fue expresarse. Solo eso. Y su destino con acuarelas, pinceles y lienzos curiosamente lo encontró una tarde en la que acompañó al abuelo a una galería. Inauguraban en ese espacio una exposición de un artista abstracto, cuyo padre era un íntimo del abuelo. Un señor con muchas ideas similares al abuelo, pero con un objetivo bien distinto en cuanto a sus hijos: que llegaran a ser todo aquello que les gustase. O sea, que fueran libres, como se ha de ser en este mundo, por mucho miedo que ese concepto provoque a hombres como el abuelo Jesús Martín-Santos.

12

Mi querida Sofía, quiero que te cuides mucho, que contemples la vida de vez en cuando con otras miradas. Que leas y escribas como hacías de niña. Con toda la magia y el talento que todavía tienes, estoy seguro. Quiero que recuperes, de vez en cuando, al niño aquel que fui. Travieso y fuerte, veloz y temerario, siempre contigo en aquellos veranos en Benibaite. En aquellos tiempos en los que me fue permitido correr y saltar. En los que jugábamos juntos, en aquella nuestra casa cercana al mar. Actualmente enterrada en las memorias por bloques residenciales alienados que tanto papá como tú misma habéis impulsado para el olvido triste de los paisajes de roca y pino. Ya el mar no puede contemplarse en silencio. Ya el mar asoma tímidamente ante esas legiones estáticas de edificios que se agigantan en cuanto a extensión y altura con los años. Por eso las gaviotas ya no proclaman las orillas como antes. Ni las soledades de las noches de verano camuflan encuentros furtivos que no se olvidan en toda una vida y dos resurrecciones. No, ahora todo son vallas que cubren indicios de piscinas y pistas de pádel perfectas, rodeadas por hileras de ventanales fríos y contraproducentes, que son todos esos apartamentos que clonáis a millares y que han borrado aquellos lugares de paz y magia de no hace tanto tiempo.

Ya queda poco de aquellos lugares de recogimiento natural, como poco queda tal vez ya de las infancias nuestras. Infancias infinitamente celestes, que sucedieron frescas, frente al mar y sus secretos. Porque el mar siempre acumula esos secretos que se lanzan en silencio. No solo desde las templadas orillas, sino desde los más personales e intransferibles átomos. El mar atesora también nuestros sueños y pequeños placeres que, en ocasiones, se consiguieron. Hemos compartido con él, bajo el claro de luna perla de una noche de soledad, en un agosto cualquiera, aquel nombre de niña que amábamos en torpe secreto. Sí, ya poco queda de aquellas sensaciones, tan solo viven posibles esos universos en nuestros corazones. Y posiblemente no queden pronto espacios para que los niños y adolescentes de las próximas generaciones contemplen sus corazones reflejados en un atardecer. O sus almas mismas en la infinitud divina de una noche estrellada, en la que reinen la quietud y perspectivas de tierra y mar, de alga y sal; de roca, arena, concha y erizo. No, muy pronto será todo un perfecto y matemático «Paseo», rebosante de azulejos y luces eléctricas, de edificios monolíticos de colores suaves y sensaciones frías. Muy pronto hablar de la infancia estival, que tú y yo vivimos, que tantos y tantos otros, será una quimera y un cuento del pasado. Será como cuando se hablaba de aquellos que vivían en cuevas o castillos. Y duele, duele pensar que no exagera uno.

Nuestra labor habría de consistir en detener nuestras vidas y reconducirlas hacia el aprendizaje de nosotras y nosotros mismos. Hacia el descubrimiento de nuestras capacidades luminosas. Para capturar esas esencias perfectas y armónicas, que nos envuelven y rodean a todas horas. Pero que somos incapaces de ver, debido a nuestras cegueras de dólar o plástico. Formamos parte de esa explosión única y cuántica, de la que tanto se ha hablado. Somos parte del resultado de ella, lo queramos o no. A ella regresamos o deberíamos regresar ayudados por la poesía, la música, el donativo, el beso, la sonrisa a un anciano anónimo, el jugar con un niño desvalido o enfermo. Pero, sobre todo, por el perdón.

Ojalá hoy se tiren trescientas bombas menos en el mundo y llegue a tiempo esa vacuna, esos cuatro panes, tres piezas de fruta, un litro y medio de leche y diez cuentos a las manos de otro niño. Ojalá que eso mismo se repita una y otra vez hasta que no quede ni una niña ni un niño sin el pan, sin el juguete, sin la rosa, sin el libro. Ojalá un poco más de educación, sí. Y recursos para esa Sanidad que debería ser igual para todo el mundo. Lo mismo la verdad. Lo mismo la justicia. Ojalá se suavice el hombre este otoño. Y el otoño siguiente acuda con empeños certeros de humanidad y ejemplo. Con propósitos fuera de lo crudo y económico. Que los mares dejen de ser violados, asimismo los ríos. Que los bosques ya no sean objetivo del fuego y del ladrillo. Que el hombre demuestre que todavía sigue siendo un niño. Que, aunque de vez en cuando grite y llore como adulto, no descargue su furia contra inocentes e indefensas criaturas.

Solo ya decirte eso y comentarte el sueño que tuve ayer. Sí, querida hermana, porque incluso en la casi llegada de mi muerte todavía queda espacio para un penúltimo sueño, que es este:

Es una mañana estival. El aire tiene una textura dulce y sedosa. Contemplo mis pies perfectos de niño, que superan las distancias de arena húmeda y blanca espuma. Rebotan en las olas unos destellos mágicos que parecen hadas. Escucho tu voz. Escucho tu risa detrás de mí o en todas partes. Con intermitencia, aparecen en el ángulo de mi visión mis manos también de niño. Hay un aroma fácilmente reconocible a salitre, piedra y alga mediterránea. Partículas de inocencia reencontrada navegan súbitamente por mis venas. Puedo escuchar el latido de mi corazón. O tal vez es el latir del tiempo vivo. Llenísimo de posibilidades. Ríes. Yo también. No puedes alcanzarme. Puedo correr y saltar. Puedo de nuevo jugar contigo. Dirigir mis piernas, veloces e inquietas, hacia un horizonte cierto. Donde el mar raya un atardecer que dignifica las casas blancas y poetiza las rocas húmedas. No, no me alcanzas. El universo entero acude a mi rostro, como un vendaval de sensaciones cósmicas. El cielo se despliega, azul e infinito, como una tela de mercurio perfecto que va mutando en su forma. Puedo alcanzar las nubes. Transformarlas en formas de animales y objetos, que quedan suspendidos como algodones de azúcar o magia. Tú también juegas conmigo a ese juego de las mutaciones y distintas formas. Nos comemos las nubes dulces. Tienen un sabor conocido. A torrija de la abuela Teresita. Es ella quien nos grita desde la distancia del suelo que no comamos nubes, que si no luego no comeremos paella. La abuela queda abajo llamándonos mientras nosotros volamos y quedamos sentados en las nubes de azúcar y canela. El sol glotón y travieso se come la que nos recoge sentados. Y entonces caemos a un abismo de flores y colores raudos y cambiantes, por los que nos deslizamos como si fuesen toboganes o colas de sonrientes dragones blancos. Siguen tus risas y tus gritos aflautados. Siguen mis enérgicas piernas y manos de niño. Somos semidioses en un paisaje imposible que nos remite a nosotros mismos. No importa dónde exactamente nos encontramos. O importa, precisamente, todo. Hombres saltan con corbatas y maletines riendo a carcajada incomprensible. Lanzan sus maletines, sus porta-documentos y zapatos, sobre los valles de colores. Saltan descalzos hasta pellizcar el cielo. Regresan a los mágicos colores cambiantes, como si se tratase de camas elásticas. Siguen sus carcajadas porque, a medida que ganan altura y juego, van comprendiendo lo ridículo y diminuto de sus existencias. Por eso ríen y se contemplan los unos a los otros, inundándose de esa risa sinfónica que los arrastra a más y más risa. Suena música. ¿La oyes?, te digo. Sí, por allí. Y me indicas una puerta suspendida en el aire, con un alrededor de azul intenso y unas nubes teatrales que parecen sábanas de lino blanco. Nos acercamos. Abrimos la puerta y entramos dentro.

Estamos de repente en un salón dorado y recargado de lámparas gigantes de araña y enormes candelabros. Son brillantes, como el mármol de mosaico que recoge el suelo. Suenan violines y chelos. Una perfecta composición de cuerda para cámara. Pero no hay nadie. Todas las paredes son espejos. Nos multiplicamos en ellos, junto con los candelabros y los destellos hasta el infinito. Súbitamente los vemos. Ella viste de negro elegantísimo. El también, con un traje cruzado a medida y de corte italiano. Bailan como deidades del cine musical y clásico. No sabía que podían bailar como Fred Astaire y Ginger Rogers. Pero ahí los tienes. ¡Con qué ritmo! Sus calzados son de charol, sus sonrisas inmaculadas y sus cabellos perfectamente dispuestos. Como en una película de los años cuarenta, de plata y sueño. Los llamamos, pero no responden, no nos oyen. Solo tienen sentidos para ellos dos. Solo tienen alma para ambos. Son papá y mamá. Son jóvenes y hermosos. Son antes de que tú y yo seamos. Pero un viento arrastra melancolía y hojas secas de otoño, que marchitan la estancia barroca y dorada, convirtiéndola en un bosque árido. Ellos se hacen viejos. También sus ropas. Entonces comienzas a llorar. No llores, te digo o pienso. No llores. Yo te quiero.

Pero no dejas de llorar porque tienes frío. Y porque papá y mamá se han ido. Llamas a los papás, pero ya no están. Entonces el abuelo Jesús se multiplica gigante en todos los espejos. Y yo te digo: No llores. Ven, ven conmigo. Hay otra puerta. Podemos seguir el viaje por ahí. Podemos seguir jugando y soñando lejos del abuelo. Pero tú tienes frío. Prefieres quedarte en el hueco de un árbol gigante y protector. Uno que te dará seguridad y confortabilidad, en su interior fuerte y firme. Prefieres quedarte con el abuelo. Porque no sabes lo que deparará la otra puerta. Como quieras, te digo. Yo seguiré solo y libre, si eso es lo que quieres. Pero regresaré pronto con el relato de los colores y sabores infinitos que vaya coleccionando.

Llego a la puerta. Esta se abre anunciando unos naranjos perfectos. Huele a fruta de selvas cálidas. Me giro. Tú sigues siendo una niña. El abuelo ha llegado hasta ti. Comienza a acariciar tu espalda. A medida que lo hace tú te vas haciendo mayor y él va desapareciendo. Con él también el árbol que es ahora un enorme despacho. Caminas como lo hacía papá en sus amplios despachos. Llevas zapatos de tacón como solía llevar mamá. Hablas por teléfono, por uno de tus dos teléfonos móviles, y comienzas a irritarte como papá lo hacía también por teléfono. Detrás de ti un amplio ventanal frío y gigante anuncia un paisaje de edificios, clonándose en alturas brutales frente al mar. Los edificios comienzan a darse codazos. Yo me entrego a la infinitud naranja que me atrapa con la textura de una gominola viva y sin azúcar. Es lisa e incomparable. Se puede morder incluso. Y eso mismo hago por mí. Y por ti. Siguen mis manos de niño jugando. Siguen corriendo y saltando mis piernas de niño.

Querida Sofía, así terminaba mi sueño. Con él y con estas últimas palabras habré acabado mi escrito. Espero que todo esto llegue a ser leído por ti. Y que tu corazón esté dispuesto a escuchar «la otra voz», para saber transmitirla tú, más adelante, a alguien merecedor o merecedora de la misma. Es tu verdadero destino. Tuyo es ahora el sagrado vínculo. Recuerda que las mentes y los corazones son como los paracaídas, solo funcionan si están abiertas. Piensa que cada día hay que sentirse afortunados por vivir en un planeta tan hermoso y tan lleno de sorpresas mágicas. Debemos concienciarnos de ello. De que somos todos iguales, todos hermanas y hermanos. De que los mensajes de amor están por todas partes, a todas horas, en todas las miradas del mundo. Tenemos que tener preparados los corazones, como auténticos captores de las magias que pululan discretas e invisibles por ciudades y pueblos, por valles y playas; esas magias que hinchan el alma hasta lo infinito. Tenemos que beber sin descanso en los manantiales de la cultura, para así conocer y comprender mejor nuestro entorno y sus posibilidades. Porque de ese manantial se desprende infinitamente el amor, la armonía, la paz. Somos capaces de crear belleza y proyectarla, de inspirar belleza a otros como el eclipse provoca ánimos luminosos. Basta con detener un momento las prisas y ansiedades. Quedarse callado un momento con los ojos cerrados. Abrirlos y continuar el día sonriendo sin precisar motivo concreto. Basta con recuperar aromas y sensaciones de infancia a diario. Basta con desprenderse de los apetitos burgueses adultos. Del ansia de conquista de despachos enormes y poderes de talonario. Sí, Sofía. Sí, hermana. Se trata de amar hasta el aire que se nos regala en cada bocanada involuntaria. Se trata de agradecerlo. Así hacerlo a diario. ¿No lo sientes? ¿No lo has sentido alguna vez? ¿No has escuchado a tu corazón lanzándote un grito de vida incomprensible, contemplando el paisaje más hermoso, la sonrisa de un niño, o rememorando cierto momento de infancia celeste y claro?

Mañana será el eclipse anular. El eclipse total y perfecto. El sol y la luna se comprenderán. De un modo divino y áureo. En la mañana en que unos contemplarán sus almas rebotadas en el cielo. Y otros seguirán escandalosamente aferrados a sus teléfonos y negocios. Esos entre los cuales ya te adivino. Igual no pararás tus asuntos. Preferirás no contemplar en silencio algo maravilloso. Que hasta los planetas, los satélites y los astros pueden llegar a entenderse de un modo armónico, pacífico y perfecto. Y por eso no podrás pensar que ese eclipse puede que se nos presente como una inextricable metáfora. Por eso te lanzo este escrito. Porque estoy seguro de que no tendrás ni cinco segundos para ese eclipse ni este pensamiento.

Muero. Sé que ya está a mi lado la eterna compañera sin fecha. Sé que ya me aborda, que me recoge suave y tierna. Ya no me quedan fuerzas para seguir, pero sí para dejarte escritos unos versos de Aleixandre como epitafio último:

¡Ah, pronto, pronto; quiero morir frente a ti, mar,
Frente a ti, mar vertical cuyas espumas tocan los cielos,
A ti cuyos celestes peces entre nubes
Son como pájaros olvidados del hondo!

Muero en la ciudad de mis huidas y respuestas. Muero en Madrid, donde el mar no se puede concebir, como canta Sabina. Aquí cierro los ojos para concebir ese mar de mi infancia. Lugar donde quiero abandonarme. Allí mismo, donde jugábamos de niños, Sofía. Ahora te estoy viendo. Ven... Corre, pequeña... Corre y salta por la orilla... ¡A que no me coges! ¡A que no me pillas!... Conquisto el cielo y sus espumas. El cielo es el mar en Madrid. El cielo y cualquier barra de un bar. ¿No lo sabías?... Corre... Corre... ¡A que no me pillas!... El cielo es el mar. Solo lo sabemos al morir. Lanza mis cenizas a ese mismo cielo, Sofía. Lánzalas con una sonrisa y con un beso.

13

YA NO QUEDAN MÁS PALABRAS FRENTE A ELLA. SU CORAZÓN queda encogido. Un ahogo incalculable recorre todo su pecho. Sus ojos vuelven a preñarse de prontas lágrimas. Su fino y elegante dedo presiona, insistente y con fuerza, la tecla del cursor. Lo hace desesperadamente. Pero ya no quedan más palabras. Ya el texto de su hermano ha concluido. No, no quedan más palabras. Y, abatida y desesperanzada, prorrumpe en llanto.

Arturo Meneses le indica, para aliviarla, que ya están entrando en Madrid. Así es, efectivamente. El Bentley Arnage atraviesa la plaza Conde Casal. Continúa por el paseo de la Reina Cristina hacia el parque del Retiro. Va rodeando el amplio bosque vallado, discurriendo por la avenida Menéndez Pelayo en busca del número 11. La dirección de Marcelo Martín-Santos.

Al llegar al patio en cuestión, casi a la altura de O'Donnell, no puede encontrar un inmediato lugar de aparcamiento. Detiene el coche en segunda fila.

—No se moleste, Arturo. Ya bajo yo. Quédese aquí o vaya a buscar un *parking*.

—¿No prefiere que la acompañe?

—No, tranquilo, de verdad. Ya me encuentro bien. Prefiero ir sola. Me llevo el móvil. Tenga conectado el suyo en todo caso.

—Claro, por supuesto.

—Bueno, pues luego nos vemos.

Sale del automóvil. Es la primera vez, desde que inició el viaje en esa mañana del eclipse. Sus piernas se resienten al estirarlas. Mira hacia lo alto del edificio número 11 de Menéndez Pelayo. Conecta nuevamente uno de sus móviles. Se aproxima hacia la entrada. Toca un par de veces el botón correspondiente al ático. No tiene respuesta. Vuelve a insistir. Tampoco. Decide entrar independientemente de la posible respuesta del megáfono. Se encuentra en el patio a un hombre sencillo. Está sentado. Tiene unos cincuenta, mirada seria que dirige a las releídas páginas de un periódico y peinado antiguo. Se acerca a él.

—Perdone, ¿es usted el portero?

—Sí, ¿en qué puedo ayudarla?

—Verá, soy la hermana de Marcelo Martín-Santos. —El portero la mira circunspecto—. Marcelo Benedet. Acabo de llegar de Valencia, estoy tocando a su timbre, pero…

—Ah, sí. Ya me dijo, sí.

Ante la atónita mirada de Sofía, el portero se levanta de su mesa. Le indica que espere con un gesto. Se dirige al interior de un cuartito próximo. Sale de allí, al cabo de unos segundos, con un par de llaves.

—Me las dejó hace unos días. Me indicó que, si venía usted por aquí, se las diese.

—¿Eso le dijo? —pregunta tomando las llaves—. ¿Si yo venía?

—Eso mismo, sí. —Ella las contempla y queda callada. Él no puede evitar ejercer de portero—. Por cierto que lo vi entonces muy desmejorado.

—¿Eso cuando fue?

—Pues hace unas semanas, dos o tres…

—Bueno, pues gracias.

Muy a su pesar, Sofía le corresponde con una forzada sonrisa. Con las llaves en mano se dirige al ascensor. Del teléfono móvil recién conectado suceden repetidos avisos de mensajes. Opta por no atenderlos. Entra en el ascensor. Pulsa el botón del último piso. Cuando comienza su trayecto ascendente, respira nerviosamente. Guarda un serio silencio al tiempo que se encuentra con su rostro reflejado en el espejo. Por primera vez en mucho tiempo, se da cuenta del ineludible parecido con su hermano. El ascensor se detiene súbitamente. Sofía sale al pasillo. Se dirige decidida hacia la puerta. Duda unos instantes si llamar o no al timbre. Lo hace y espera. No escucha nada. No escucha a nadie. Vuelve a llamar. Espera nuevamente. Nada. Decide emplear directamente las llaves que le acaba de proporcionar el portero. Prueba con la más grande, la que indudablemente corresponde a una puerta blindada. La puerta se abre. Cruza el umbral.

—¿Marcelo?

Un silencio de siglos reina en ese lugar. Un aroma a familia, a ausencia, a tiempo, a libro. Cierra con cuidado la puerta.

—¿Marcelo? Soy yo, Sofía. Me ha dado las llaves el portero… ¿Marcelo?

Con voz trémula, y no muy decidida, lanza el nombre de su hermano. Una vez más, envuelta en un interrogante de hielo. Sigue sin haber respuesta. El pasillo aglutina cientos de libros y recuerdos, por todas partes y más o menos ordenados. Se puede percibir una dejadez considerable en la vivienda. Como de quien ya ha preferido no preocuparse por ese cometido. El ventanal del salón permanece abierto, haciendo bailar las cortinas, permitiendo la entrada de los ruidos de la calle, un poco más suavizados al alcanzar la altura del ático. Sofía sigue avanzando por el pasillo. Su lento paso va siendo vigilado por ese montón de libros, de fotografías y recuerdos de familia almacenados en estanterías que alcanzan el alto techo. En ese sencillo y breve recorrido del pasillo, puede sentir la totalidad de las palabras recién leídas de su hermano.

—¿Marcelo?

Utiliza una vez más su nombre. Justo antes de alcanzar la puerta medio abierta de la habitación última. Sigue sin contestar nadie. Vuelve a coger aire entrecortadamente. Su mano empuja la puerta. La habitación está colmada por documentos, cuadernos, un ordenador portátil que descansa en una antigua mesa junto a manuscritos y más libros. Entra en silencio, dejando caer los párpados sobre su mirada de selva, como tratando de reunir toda la fuerza posible de su genética entera. Cuando cree tenerla toda congregada, decide despegar los párpados. Sus ojos se encuentran frente a la cama. En efecto, allí se encuentra la figura yacente de su hermano.

Su rostro comienza a ser pretendido por el llanto claudicante. Una extrañísima serenidad reina en esa habitación. En el semblante de su hermano. Sofía llora todavía quieta, indefensa, permaneciendo de pie frente a la callada y fría figura. La aborda un vacío enorme al saberse la última de su familia. Seguidamente se acerca a la cama. Se sienta junto al cuerpo de Marcelo. Lo mira con lentitud y cariño. Le dirige unas palabras no dichas. Ese discurso que se queda siempre, secretamente sellado, en el corazón de quien habla a un difunto. Contempla su cara en suave rictus. Sin dejar de llorar, limpiándose con las manos los pómulos. Dirige sus labios a la mejilla de su hermano. La besa. Y siente ese frío indescriptible que automáticamente hace pensar a quien lo vive que nunca más besará a un muerto. Al retirarse del inerte rostro de su hermano, comprueba que su mano derecha retiene algo envuelto con un papel neutro y crudo. Lo despega de su mano. Se sienta en la cama. Por el tacto, parece indicar que se trataba de una especie de marco. Puede recordar sin dificultad. Se trata del mismo paquete que Marcelo le quiso dar la última vez que se encontraron en la plaza de la Virgen, en Valencia. En ese momento suena el móvil. Sofía mira la pantalla del mismo. Se trata de Eva, su secretaria. Contesta tratando de recuperar la serenidad, al tiempo que va abriendo el envoltorio.

—Eva, tranquila. Había desconectado por petición de mi hermano… Sí, estoy ya con él. Sí… Sí, está bien, está muy bien… Ya te llamo yo luego, ¿de acuerdo?… Otro para ti y… una cosa más… —Deja apartado el papel, efectivamente se trata de un marco que queda bocabajo porque todavía Sofía no le presta la atención suficiente—. Quería decirte que… muchas gracias por todo… Por estar ahí siempre, Eva. Por haberme aguantado tanto todos estos años y… Luego te llamo.

Cuelga. Cuando ya ha descendido de la seriedad del breve momento dedicado a su amiga, gira el marco. No alcanza a ver bien de qué se trata porque, en ese preciso instante, un reconocido reflejo alcanza tímidamente sus ojos. Gira el rostro tratando de encontrar el motivo de ese reflejo del sol. Sus ojos verdes se encuentran con algo que brilla en la mesa de su hermano, junto al ventanal abierto. Se levanta y se aproxima hacia ese objeto metálico. No tiene que avanzar mucho para darse cuenta de que se trata de la pitillera de plata de su abuelo Gabriel. La emoción la invade. Trata de evitar el llanto con una sonrisa. Acaricia la pitillera y de sus labios sale casi imperceptible y tembloroso un…

—Trailariro-trailará…

Regresa a la cama, junto a su hermano. Ahora sí que mira ese cuadro, sin reflejos y con todo el tiempo del mundo. Se trata de un reconocible dibujo infantil. Es de hace muchos años. Uno que hizo ella misma con ceras de colores. En él acontece una casita pequeña, blanca, con el techo rojo y una chimenea que despide humo, calidez, silencio. También suceden montañas y un río. Detrás de la montaña más grande se adivina un divertido sol sonriente, asomando enorme pero tímidamente entre las colinas, con una gigantesca sonrisa y expresivos ojos azules. Un sinfín de pájaros y caballos, perros y gatos. Y niños, muchos niños por todas partes. Niños de todas las razas, claro, porque Sofía Martín-Santos recuerda que su sueño de niña consistía en llegar a viajar mucho por el mundo, tener amigos en cada parte. Y una casa pequeña, pero con un alrededor infinito y verde, cargado de flores y espacio donde poder escribir relatos y cuentos. Donde también soñar, correr, reír, con todos los amigos. Y ser niña por siempre. Recuerda asimismo, perfectamente, cuando sus manos, mucho más pequeñitas, dibujaron el dibujo ahora enmarcado. Abandona el cuadro y recoge la inmóvil mano de su hermano. Súbitamente, con la palma, dibuja un lento y delicado recorrido en la palma de la mano gemela. Lo hace hasta conseguir entre ellas, siendo consciente o no, un eclipse perfecto.

AGRADECIMIENTOS

Toda novela es una larga travesía, en ocasiones algo oscura, que siempre se lleva a cabo en solitario. Una travesía que uno no puede concluir sin la ayuda de ciertas estrellas y algunos faros.

Los que, de alguna manera —y en ocasiones sin ellos mismos saberlo—, han ido iluminando y guiando estas páginas hasta llegar a tus manos en forma de libro han sido Antonio Gómez Rufo, Clara Rasero, Palmira Márquez, María Zaragoza, Miguel Ángel Matellanes, Charo Cuevas, Raúl González, Paco Bastida, Flaco García Poveda, Pedro Pastor, Begoña Vidal, Gregorio Muelas, Javier Alandes, J. R. Barat, Vicent Baydal, Ana D'Atri, Joaquín Martín, Ciriaco Izquierdo, Enrique Oltra, José Luis García Sánchez, Manuel Vicent, Octavio Fernández-Roces y Marie-José Tramini, cuyas palabras una tarde en el Café de Flore de París me dieron todo el aliento necesario para seguir escribiendo.

A todas y todos ellos va dirigido mi más profundo agradecimiento.

Y por supuesto a ti.